그들만의

어드
벤
처

그들만의 어드벤처 2

김성희 판타지 장편 소설

초판 1쇄 찍은 날 § 2003년 1월 29일
초판 1쇄 펴낸 날 § 2003년 2월 9일

지은이 § 김성희
펴낸이 § 서경석

편집장 § 문혜영
편집 책임 § 권민정
편집 § 장상수 · 이종민
마케팅 § 정필 · 강양원 · 이선구 · 김규진

펴낸곳 § 도서출판 청어람
등록번호 § 제1081-1-89호
등록일자 § 1999. 5. 31
어람번호 § 제1-0346호

주소 § 경기도 부천시 원미구 심곡1동 350-1 남성B/D 3F (우) 420-011
전화 § 032-656-4452 팩스 § 032-656-4453
http://www.chungeoram.com
E-mail § eoram99@chollian.net

값 7,500원

ISBN 89-5505-599-4 (SET)
ISBN 89-5505-601-X 04810

김성희 판타지 장편 소설

그들만의

어드벤처

2

밑어지지 않는 이야기

도서출판
청어람

믿어지지 않는 이야기

목차

3장

이야기는 계속 이어지고…

"그런데 말이죠, 주인님께서는 왜 실프에게 순간 이동을 부탁하시지 않는 거죠? 사막 여행을 즐기시는 것 같진 않은데……."

"왜 미처 그 생각을 못했지?"

축 늘어져서 시원한 바다에서 수영하는 상상을 하던 남주의 눈에 순간 생기가 도는 듯했으나 이어지는 가희의 말에 다시 망상의 바다로 빠져들고 말았다.

"실프는 이곳의 지리를 전혀 모르기 때문에 워프 좌표를 설정할 수 없다고 했어요. 덕분에 사막 지대의 안내인으로 언니를 불러낸 거죠."

그녀의 말에 라토모는 움찔거렸다.

"응? 지금 뭐라고?"

"실프가 이곳 지리를……."

"아니아니, 그거 말고 방금 날 부른 단어 말이야."

"아, 언니라는 호칭이 마음에 들지 않는다면……."

가희의 말에 라토모는 낙타가 놀랄 정도로 빠르게 가희의 옆으로 다가와 생글생글 미소를 지었다.

"너, 너무 귀엽다. 좋아좋아, 이제부터 이 언.니.가 귀여운 동생을 위해 좋은 정보를 제공해 주지. 잘 들어. 실프는 어디든지 워프가 가능해."

"응? 그게 무슨 소리야?"

남주가 그녀의 말에 관심을 보이자 더욱더 신이 난 라토모는 실프에 대해 묻지도 않은 이야기까지 술술 풀어냈다.

"실프는 평범한 진 따위가 아니에요. 평범한 진이었다면 제가 이렇게 두려워할 필요도 없겠죠. 그는 말이죠, 이프리트보다 강하다구요. 정말이지, 상상이 되세요? 마신왕이라 불리는 이프리트가 일개 진일뿐인 실프 앞에서는 몸을 사린다는 게……. 그런 실프가 좌표가 없어서 워프를 못한다구요? 주인님께서 타고 계신 낙타가 비웃겠네요. 분명 실프는 다른 꿍꿍이가 있을 거예요."

"에? 다른 꿍꿍이?"

"예를 든다면 자신의 수준에 맞는 주인님 키우기라든가 귀찮으니 모든 것을 라토모에게 맡겨 버리기 같은 음흉한 속셈이죠."

윙크까지 해 보이며 신나게 실프를 씹느라 그녀는 남주가 소환책을 꺼내 드는 것을 보지 못했다. 더우기 실프의 소환진을 찢어 '실프 소환'이라는 말을 읊어대는 것조차 듣지 못하고 계속해서 그의 흉을 보기 시작했다.

"외모만 보면 누가 그를 그처럼 뛰어난 진이라고 보겠어요. 딱 삼십대의 불쌍한 대머리아저씨 이미지인데다가 말하는 걸 봐요. 푼수기가 철철 넘치다 못해서 어떻게 보면 멍청해 보이기까지 하잖아요. 실프 자신은 그 사실을 알기나 하고 있는 건지."

"아마 모를걸."

"그럼, 그럼요. 알면 그 특유의 푼수 짓이 그렇게까지 자연스러울 리가 없죠."

라토모는 고개를 끄덕거리다가 이내 흠칫한 듯 천천히 목소리가 들린 방향으로 고개를 돌렸다. 분명히 들릴 리가 없는 남자의 목소리가 들려왔던 것이다.

"여어, 라토모! 오랜만이지?"

특유의 능글맞은 말투에 라토모는 깜짝 놀라 비명을 지르듯 그의 이름을 외쳤다.

"실프?!"

"실.프.님이라고 해야지. 아무리 만만해 보여도 명색이 내가 네 전대 주인이라는 것을 잊은 거냐?"

실프의 말에 일행은 놀란 표정으로 그녀를 바라보았다. 전대 주인에 대한 애정이 담긴 말투를 사용했던 라토모니 그녀가 그렇게 꺼려하는(?) 실프가 사실은 전대 주인이었다는 상황이 일행에겐 확실히 충격이었다.

"그나저나 네가 나를 그렇게 생각하고 있었다니 이 고마움을 어떻게 표현해야 하나?"

실프는 평상시와 듯한 목소리로 그녀에게 말을 걸어왔지만 그녀는 계속해서 고양이 앞의 쥐처럼 아무런 대답도 하지 못했다.

"어이, 실프 씨!"

"네, 주인님."

남주가 부르는 소리에 조금 전의 당당함은 다 어디로 가고 그녀에게

착 달라붙어 예의 접대용 미소를 짓고 있는 실프를 보며 라토모는 안도의 한숨을 내쉬었다. 어쨌거나 당분간은 실프로부터 고문을 받을 리는 없으니까 말이다.

"있지, 내가 저기 있는 언니에게 신기한 이야기를 들었거든."

"주인님, 언니라니요? 언제 일행이 늘었습니까?"

진은 두 눈을 동그랗게 뜨고 주변을 두리번거렸다.

"아니아니, 저기 뱀 언니 말이야."

'뱀 언니'라는 말에 라토모는 마음에 안 든다는 듯 미간을 찡그렸지만 이내 식은땀을 흘려야만 했다. 실프의 표정이 말도 안 된다는 듯 험악하게 일그러져 있었던 것이다.

"저 녀석더러 언니라고 하신 겁니까? 소환수에게 언니라니……. 주인님으로서 자각이 있긴 있으신 겁니까?"

"분명히 나보다는 나이가 많을 테니까 언니라고 불러도 상관없잖아."

"상.관.있.습.니.다. 나이로만 따지자면 할머니라고 불러야죠! 그녀는 올해로……."

"실프님!"

라토모의 항의가 담긴 목소리에 실프는 헛기침을 하며 잠시 끊어졌던 자신의 말을 이어 나갔다.

"뭐, 아무튼 주인님은 주인님답게 라토모라고 부르면 되는 겁니다. 이 실프를 부르듯이 말입니다."

"헤에~ 뭐야, 그러니까 내가 저 언니에게 언.니.라고 불러주는 거 가지고 질투하는 거야?"

"제가 라토모보다 주인님과 친하다고 생각했는데 아니었습니까?"

그녀의 질문에 그가 부리부리한 눈초리로 긍정의 의미인 듯 따져 묻자 남주는 황당한 표정으로 되물었다.

"나보고 어쩌라고?"

"그러니까 그녀에게 언니라는 친근한 호칭을 사용한다면 저에게도……."

"아, 무슨 말을 하고 싶어하는 건지 알겠어!"

남주가 실프의 말을 자르며 고개를 끄덕이자 그는 만족했다는 듯한 얼굴로 그녀의 대답을 느긋하게 기다렸다. 분명히 듣기 좋은 목소리로 얼굴을 붉히며 귀엽게 '오빠'라고 불러줄 테니까…….

"친근한 호칭이라고는 하지만 취향이 참 특이하네? 보통은 이런 소리 듣고 싶어하지 않을 텐데……."

"상관없잖아요. 자기가 듣고 싶다는데……. 게다가 귀여운 소녀들로부터 듣는 말이니 오히려 좋아하는 자들도 많을걸."

라토모의 말에 그녀는 의아하다는 듯 고개를 갸웃거리다 쑥스러운 듯이 머리를 긁적거렸다.

"저기… 실프… 아……."

의외로 남주가 뜸을 들이자 그 역시 쑥스러운 듯 머리를 긁적거렸고 남주는 '에라, 모르겠다!' 하는 표정으로 실프를 불렀다.

"실프 아저씨, 만족해?"

그러나 그녀의 질문에 실프는 아무런 대답을 하지 못했다. 믿었던 남주의 기습 공격에(?) 무참히 쓰러져 손으로 바닥을 파대고 있었던 것이다.

"아저씨라니… 아저씨라니……."

충격이 심한 듯 계속 중얼중얼거리며 재기 불능에 빠진 실프의 뒤로 소리 죽여 웃다가 낙타에서 떨어져 바닥까지 구르면서 히죽히죽거리고 있는 모습—다행히 바닥이 모래인지라 다치지는 않았다—의 빈과 우는 건지 웃는 건지 구분도 안 되는, '히익히익' 거리는 소리가 이제 거의 흐느낌으로 변하고 있는 설아가 있었다. 그것을 지켜본 가희는 이해가 가지 않는다는 표정으로 남주에게 '도대체 왜들 그러는 거야?' 라고 물었지만 남주로부터 돌아오는 대답은 어깨를 으쓱거리는 제스처뿐이었다.

"실프 아저씨, 내가 아저씨를 부른 건 이런 농담이나 하자고 부른 게 아니라 물어볼 게 있어서야."

"아저씨라고 부르실 바에야 그냥… 실프라고 불러주십시오."

반쯤 정신 차린 실프의 말에 고개를 끄덕거린 남주는 계속해서 말을 이어 나갔다.

"이프리트인가, 이프트인가? 아무튼 뭔지 모르겠지만 굉장히 강한 녀석과 싸워도 이긴다면서?"

"최상의 진이니까 그럴 수도 있죠."

그가 너무나도 당연하다는 듯한 태도를 보이자 남주는 고개를 갸웃거렸다.

사실 말이야 바른말이라고, 진에 대한 지식이 거의 없는 그녀로서는 이프리트나 진이라는 존재가 똑같이 생소하게 느껴질 뿐이었다.

"그래? 뭐… 그거야 그렇다고 넘어가더라도 워프 말이야, 이 언니는 네가 아주 유능하다고 하던걸. 워프 같은 건 마치 일도 아니라는 듯이 설명했었지, 아마?"

확인이 필요하다는 듯 소녀들에게 시선을 돌리는 남주에게 그녀들은 고개를 끄덕거렸다.

"최상급 진이니까 워프 정도야 쉽습니다만……."

실프가 어쩐지 우쭐거리는 듯한 태도로 말을 잇자 남주는 도끼눈을 치켜떴다.

"뭐야? 그럼 우리 괜히 고생했다는 소리야? 너 전에는 좌표가 어쩌고저쩌고 하면서 워프 못한다고 하지 않았어?"

그녀의 말에 실프는 생긋 미소를 지었다.

"좌표 설정에 대해서라면 그때 충분히 설명해 드렸다고 생각합니다만……."

"설마 사막 지리를 모른다고 말씀하시고 싶은 건가요? 천하의 실프님께서?"

어이없어하는 라토모의 말투에 남주는 가벼운 한숨을 내쉬었다.

분명히 둘 중 어느 하나가 거짓말을 하고 있다는 생각에 그녀는 정색해 보였다.

"실프, 넌 세상에서 뭐가 가장 무서워?"

"글쎄요, 그다지 무서워하는 것은 없습니다만… 역시 계약 파기겠지요."

라토모의 도움을 받아 낙타에 다시 올라탄 빈이 무사하다는 듯 정신 사납게 손을 흔들어대자 그쪽으로 눈을 살짝 흘긴 남주는 그를 향해 진지한 얼굴로 질문했다.

"좋아, 어떠한 일이 생기더라도 난 실프와의 계약을 파기하지 않겠어. 이 순간 이후부터 계약에 관한 것으로 장난을 치지도 않을 거야. 만약에 내가 이 맹세를 어길 경우에는 소환사임을 포기하겠어. 어때? 조건에 어울릴 만한 제약이지?"

"주인으로서 모범이 될 만한 훌륭한 자세입니다."

"고마워. 실프에게 부탁이 있어."

"무엇이든지 말씀만 하십시오, 주인님."

"명령이 아니라 부탁이니까 싫으면 거절해 줘."

"네, 알겠습니다, 주인님."

실프의 대답에 남주는 여전히 딱딱하게 굳어진 표정으로 질문했다.

"나에게만은 항상 진실하게 대하겠다고 약속해 줄 수 있겠어?"

"전 언제나 진실합니다만……?"

"의심하는 게 아니라… 으음, 어쩌면 의심하는 건지도 모르겠다. 언니에게 들은 이야기로는 어쩌면 실프인 당신이 마스터인 나를 가르치는 걸지도 모른다는 이야기를 들었거든. 아, 그렇다고 그 문제를 따지려고 부른 건 아니야. 그냥 난 복잡한 건 정말 싫어. 특히 누군가에 대한 '믿음'의 문제가 복잡해지는 것은 상상하는 것조차 싫어. 내게 있는 소환수 중에 자주 보는 사람들이라고 해봤자 저 뱀 언니랑 너 달랑 둘뿐이야. 그런데도 내가 의심이라는 걸 해야만 하는 상황이 만들어진다면 그건 생각만 해도 머리가 아프다구."

남주는 미간을 찡그리며 실프와 라토모를 바라보았다.

"그래서 하는 이야기야. 나를 대할 땐 둘 다 진실할 거라고 약속해 줄 수 있어? 약속한다면 난 믿을 거야. 만약 두 명이 서로 다른 이야기를 할 땐 곤란하겠지만 오해라는 게 생길 수도 있는 문제니까 어쨌거나 믿을 거야. 약속해 줄 수 있어?"

"어떤 제약을 걸어야 하는 겁니까? 주인님 믿음의 무게에 상응하는 공포는 이미 거두어가셨으니… 저에겐 그에 상응하는 제약이 남아 있지 않습니다만……."

난감한 표정의 실프에게 남주는 생긋 미소를 지었다.

"제약 같은 건 필요없다니까. 이건 부탁이지 명령이 아니잖아."

"이거이거, 또 다른 공포가 생겨 버렸군요."

"누가 아니래. 주인님의 믿음을 배신하는 공포야말로 소환수들에겐 계약 파기 이상의 공포잖아."

실프와 라토모는 서로를 바라보며 한숨을 내쉬었다.

'임자 만났다' 라는 말은 바로 이럴 때 쓰라고 만들어놓은 게 아닐까.

"약속드리죠. 저 실프는 쉴드의 권능을 빌어 맹세하노니 주인님께는 언제나 진실될 것을 제 마력과 목숨을 걸고 약속드립니다."

실프가 맹세하는 동안 공기 중의 차가운 기운이 일행의 주변을 감싸며 마구잡이로 움직여 댔다. 그것은 바람처럼 가벼워 기분을 좋게 했지만 분명히 바람은 아니었다. 마구잡이로 움직인다는 느낌은 서서히 사그라들어 이번엔 마치 일정한 흐름의 규칙이 있는 것처럼 모여들기 시작했다.

소녀들이 이 생소한 느낌에 놀라워하자 아쉽게도 그 느낌은 완전히 사라지고 말았다.

"제법이시군요. 저 라토모는 영원한 아름다움과 주인님의 약속을 지키기 위해 쉴드님의 권능에 대고 맹세하지요. 주인님께 언제나 진실할 것을 맹세합니다."

라토모의 말에 실프는 피식 미소를 지었다.

"뭐냐, 파충류? 넌 가장 두려운 것이 고작 외모였냐?"

"고작? 하긴… 아름다움의 가치는 아름다운 자들만이 알 수 있는 법이지요. 당신에게 풍성한 금발의 소중함을 말해 봤자 제 입만 아프듯이 말입니다."

라토모는 역시 질 수 없다는 듯 맞받아치기 시작했다.

"주인님께 쓸데없는 말을 지껄인 게 그 잘난 혓바닥이냐? 아, 그러고 보니 그 아름다움이 내면인지 외면인지 말하지 않았구나. 어쩐지……. 여차하면 내면의 아름다움이라고 말할 생각 아니었냐? 내면의 아름다움이란 게 있어야 계약이 성립될 수 있을 텐데… 아무리 생각해 봐도 너한테 손해 보는 계약은 아닌 것 같다. 가져갈 게 있어야 손해도 보지."

"실프님!"

라토모가 참을 수 없다는 듯 소리를 빽 지르자 남주는 손을 휘휘 저으며 둘을 떨어뜨려 놓았다.

"어이어이, 그만들 좀 해. 내가 처음부터 제약 같은 건 필요없다고 했는데 어째서 그런 거 가지고 싸우는 거야?"

"우우, 주인님, 한번 물어보세요. 실프님께서 프리로 워프를 할 수 있을지 없을지 말이에요."

라토모가 분하다는 듯 실프를 노려보자 그는 잠시 움찔거렸다.

"주인님, 그건 말입니다……."

식은땀을 삐질삐질 흘리는 실프에게 남주는 커다란 눈을 치켜떴다.

"어떻게 된 거야?"

"라토모의 말이 반 정도는 맞습니다."

변명부터 터져 나올 줄 알았는데 순순히 사실을 털어놓는 실프의 말에 남주는 털썩 낙타 위로 엎드려 버렸다.

"변명……."

신음처럼 내뱉는 남주의 말에 실프는 마치 과제를 해오지 않아 선생님의 눈치를 살펴야 하는 학생 같은 표정으로 얌전하게 그녀를 바라보았다.

"그러니까 날 납득시킬 만한 변명을 해봐."

"필요합니까? 어차피 변명인데……."

"그것도 그렇네. 그럼 그럴싸한 핑계라도……."

"…끈질기시군요."

남주는 사악한 미소를 지으며 다시 한 번 실프에게 대답을 요구했다.

"내가 좀 인내심이 많지."

남주의 말을 끝으로 잠시 어색한 침묵이 흘렀다. 그는 이 어린 마스터로부터 어떤 벌을, 혹은 어떤 말을 듣게 될까 하는 표정으로 남주를 바라보았고 소녀들 역시 궁금하다는 듯 남주에게로 시선을 고정시켰다.

"하아, 어쨌거나 실프 네가 내 교육을 맡을 정도로 난 소환사로서의 지식이 조금 부족하다는 거지?"

"조금이 아니라 많이 부족하죠, 주인님."

실프의 냉정한 말에 남주는 마구 헛기침을 해댔다.

"에헴! 흠흠! 아무튼 말이지, 흠흠! 요는 날 위해서라는 거지? 그렇다면 어쩔 수 없는 거잖아. 오히려 내가 고맙다고 해야 하는 거 아니야?"

"앗! 그럼 우리 고생한 건 어쩌고?"

빈이 날카롭게 따져 묻자 설아가 의아한 듯한 표정으로 되물었다.

"고생이라니? 우리가 무슨 고생을 했는데?"

"무슨 고생이라니? 그게 고생이 아니면 뭐야? 이 타 들어가는 열기만 해도 그래. 으으… 숨이 콱콱 막힌다구!"

빈이 손가락으로 태양을 가리키며 대뜸 신경질을 부리자 남주는 순간 울컥한 나머지 빈을 바라보며 꽥꽥 소리를 지를 뻔했으나 말은 맞는 말이었다.

저놈의 태양.

아무리 봐도 현재로서는 빈이보다 저놈의 밉살스런 태양이 더 짜증

나는 존재다.

"안 되겠어. 장소가 안 좋아. 근처에 오아시스라도 없을까?"

"없으면 만들면 그만이죠."

"그런, 갑자기 생겨난 오아시스라니…… 인간들이 어떻게 생각하겠어요?"

"괜찮아. '놀고 난 뒷자리는 깨끗하게 치운다' 가 내 좌우명이니까."

"그런 간단한 문제가 아니잖아요."

본격적으로 잔소리를 늘어놓으려던 라토모는 자신의 눈앞에 펼쳐진 풍경에 할 말을 잃었다.

어느새 생겨 버린 호수를 향해 미친 듯이 돌진하는 네 명의 소녀와—정확히는 낙타지만—야자수 그늘 아래에서 유유히 '너 혼자 거기서 뭐 하냐?' 하는 표정으로 자신을 바라보는 실프라니…… 거기다 실프 녀석 말하는 것 좀 보라지.

"아무리 뱀고기라지만 타면 맛없다."

뭐라고 소리칠 기분마저 사라진 라토모는 한숨을 내쉬며 남주에게 다가갔다.

낙타에서 내린 라토모는 이제 막 물을 마시려던 차여서 남주가 자신을 돌아볼 때까지 얌전히 기다렸다.

"아아, 시원해! 언니는 안 더워?"

"이래 봬도 사막 지대에서 살고 있는 몸이랍니다. 더군다나 뱀… 흠흠!"

실프를 의식한 듯 그녀는 헛기침을 하며 잠시 말을 끊었다.

"아무튼 실프님이 오셨으니 제가 할 일은 끝난 거겠죠?"

"안내는?"

"네? 워프하실 거 아니에요?"

"응, 안 할 거야."

예상외의 대답이었는지 한가하게 물에서 둥둥 떠다니고 있는 뮤만 빼고는 다들 그녀들에게로 시선을 집중시켰다. 특히 빈의 경우 여차하면 먹살이라도 쥘 것 같은 표정으로 쓸데없는 소리 말라는 듯 그녀를 뚫어져라 노려보고 있는 중이다.

"도대체… 사서 고생을 하려는 이유가 뭐죠?"

"아니, 고생이 아니라 실프의 충고를 받아들이려는 거야. 막말로 내가 이 세계, 아니, 이곳에서 살아가는 동안에 익혀야 할 건 경험을 통해 익히는 게 제일 확실할 거 아니겠어? 사막이 뜨겁다는 건 알지만 그 뜨거운 사막을 지나가는 법은 모르거든. 난 그걸 배워야 해."

남주가 목소리를 깔며 분위기를 잡자 빈은 못 봐주겠다는 듯 비아냥거려 댔다.

"그건 또 무슨 오크가 편식하는 소리야?"

"빈아, 나중에 설명할 테니까 지금은 가만히 있어주라. 응?"

"시비 거는 거야?"

"부탁하는 거다."

잠시 서로를 노려보던 두 사람은 서로를 향해 가벼운 한숨을 내쉬었다.

"나중에 만약 말도 안 되는 변명을 지껄여 댄다면 그 잘난 입을 꿰매버릴 테다."

"납득한다면 그 나쁜 머리를 쥐어박아 주지."

두 사람의 눈에 불꽃이 튀는 것도 잠시, 가희의 따가운 눈총에 남주는 황급히 라토모에게로 시선을 옮겼다.

"아무튼 그렇다는 거지. 이해가 안 된다면 할 수 없지만……. 후후, 아니면 나중에 다시 불러줄 테니까 쉬고 있을래?"

"네, 그럼 이만… 나중에 뵙도록 하죠."

그녀가 사라진 뒤 실프는 남주를 향해 생긋 미소를 지었다.

"주인님께서 제 뜻을 알아주시니 정말 감사합니다. 사실 주인님처럼 대단한 자질을 가지고 계신 소환사들은 마법사들처럼 체력이 엉망일 경우가 많지요. 그러나… 안 될 말입니다. 소환사는 체력이 강해야 합니다. 마나가 부족한 것은 어떤 방법을 쓴다 해도 보충하기 힘들죠. 그렇다고 아이템에 의존할 경우 정신력이 떨어지는 경우가 생기니 소환사로서는 창피한 일입니다. 무엇보다 소환서를 사용할 수 없는 경우가 생길 수도 있으니 힘을 길러둬야지요. 지식도 마찬가지입니다."

"으음, 아무튼 고마워. 앞으로도 부탁해."

"물론이죠, 주인님. 좋은 스승 만난 줄 아십시오."

자부심에 가득 찬 실프의 표정을 보며 '저 녀석, 설마 잔소리를 좋아하진 않겠지?' 하는 불길한 의문에 휩싸이는 남주였다.

"실프도 필요해지면 부를 테니 이만 돌아가 봐."

"그럼 나중에 뵙지요. 쉴드의 가호가 함께하시길…….."

실프까지 완벽하게 사라진 것을 본 소녀들은 지금까지 묻고 싶은 것을 참느라 괴로웠다는 표정으로 남주를 뺑 둘러쌌다.

"자, 설명해 준다고 했지? 어서 해봐."

"빈이랑 남주, 이번에 또 다투면 나 정말 화낼 거야."

가희의 말에 빈은 슬그머니 화제를 돌려 버렸다.

"그런데 실프 좀 수상하지 않아?"

"수상한가?"

설아는 잘 모르겠다는 표정으로 고개를 갸웃거려 댔다.

"그렇게 말하면 내가 다 알아들어? 한 사람씩 천천히 말해."

남주의 말에 빈이 제일 먼저 질문했다.

"자, 나한테 설명해 줄 게 있지?"

"별것없어. 우리는 지금 설아의 이야기 안에 있는 등장 인물이긴 하지만 어디까지나 조연이야. 주인공처럼 행동하면 안 된다는 소리지."

난데없는 남주의 말에 빈은 눈을 크게 떴다.

"무슨 소리야? 아직 주인공은 정해지지도 않은 것 같은데……."

"그렇다면 그것대로 큰 문제지. 주인공은 정해지지도 않은 상태에서 자기들끼리 더 튀는 조연이라니……."

설아를 바라보며 한숨을 내쉬는 남주에게 빈은 피식 코웃음을 쳤다.

"무슨 소리 하고 있는 거야? 왜 우리가 그런 것까지 신경을 써야 하는데? 원하지 않게 설아의 프로그램 속에 빠진 것도 억울한데 행동의 제약까지 받아야 한다는 거야? 그럴 거면 처음부터 관찰자 쪽을 택해서 무슨 일이 생기든 느긋하게 구경만 했을 거다. 더군다나 좋은 작가가 되려면 이런 돌발 상황 정도는 알아서 잘 처리해야지. 게다가 넌 원고가 완성되면 그냥 완성되는 거라고 생각해? 수정은 생각 안 해? 한두 번으로 끝나는 거면 거창하게 수정이란 말을 붙이지도 않을 거야. 개인차는 있겠지만 '수정이 창작보다 어렵다는 사람 줄 서 봐요!' 라고 말하면 설아가 제일 먼저 '저요!' 하고 뛰쳐나갈 거야. 난 그런 녀석의 수고를 덜어주는 거라구. 설아는 과감하지가 못하거든. 대신 터뜨려 줄 때를 내가 알아서 터뜨려 주니까 좀 좋아?"

"…그게 말이 되냐?"

"말이 아니면 뭔데?"

그녀의 말에 남주는 눈에 핏대를 세웠다.

"헛소리라는 거야. 대신 터뜨려 주다니? 뭘? 이 이야기는 설아 거야. 그런 웃기지도 않는 생각으로 이야기를 흐려놓겠다고?"

"하, 너야말로 어리구나! 이야기가 작가 혼자만의 것인 줄 알아? 독자는 생각 안 해? 그럼 작가는 무슨 이야기든 자기 마음대로 써버리기만 하면 된다는 거야?"

"수백 번의 수정이 가해진 이야기는 분명히 훌륭한 이야기가 될지는 몰라도 작가의 감정은 그 수백 번만큼 줄어들어. 그게 좋은 이야기니?"

가만히 있던 설아의 질문에 빈은 한숨을 내쉬었다.

"눈에 거슬리는 문장들의 나열은 그럼 독자에 대한 예의니?"

"말이 좀 심하다."

설아가 눈살을 찌푸리며 중재에 나서자 빈은 코웃음을 쳤다.

"그래도 설아가 남주보다 어리진 않구나. 적어도 '그럼 안 보면 되잖아!' 소리는 안 하는 걸 보면……."

"아아, 타협하는 거지. 적당히… 어린것과는 상관없어. 그런 것들은……."

우울한 표정을 짓던 설아는 갑자기 호수 속에 얼굴을 푹 집어넣어 버리더니 이내 평상시의 웃는 얼굴로 돌아와 빈의 어깨를 덥석 잡았다.

"어이, 젊어서 고생은 사서도 한다잖아. 이 모든 것의 원인은 '고생하기 싫다'는 생각에서 시작된 거였었지?"

"굳이 따지자면……."

"그러니까 마음을 넓게 쓰라니까. 젊어서 고생은 사서도 한다잖아."

"그건 괴로움을 즐기는 매저키스트들 이야기고 인간에게는 보다 안락하고 행복한 삶을 추구하려는 욕망이 있는 거지. 더군다나 이야기

속의 캐릭터라면 넘쳐 나는 꽃미남 속의 하렘을 꿈꿔볼 희망 사항이 있는 거라구."

"그건 나도 동감."

남주가 고개를 끄덕이며 자신의 말에 찬성하자 빈이는 더욱 목소리에 힘을 주었다.

"고생하는 건 역시 절대로 싫어. 정 고생을 한다면 아무래도 꽃미남에게 쫓기는 게 좋다구. 이런 아무것도 없는 사막에서 태양 빛에 쫓기는 거 말고 말이야."

"그것참⋯ 앞으로 진행될 이야기가 남았는데 벌써부터 고생이 어쩌고저쩌고하면 어떻게 하려고 그래. 자자, 기운 내자구."

만일 저 말을 남주나 가희가 했더라면 어느 정도 위안이 되었겠지만 이 이야기의 작가인 설아의 입에서 나온 이야기인지라 어쩐지 세 명의 소녀들은 온몸에서 소름이 돋는 것을 느꼈다.

"도대체 얼마나 고생을 시키려고?!"

"꽃돌이."

"에?"

"꽃돌이에 대한 너희들의 소원을 풀어주지."

설아가 회심의 미소를 짓자 남주와 빈은 눈을 반짝이며 동시에 그녀를 향해 소리 질렀다.

"진짜?!"

"그럼그럼. 너희 혹시 엘프 본 적 있어?"

"⋯엘프?"

"응, 꽃 중의 꽃이 장미라면 판타지의 미남 중 미남은 단연 엘프라구."

눈을 빛내며 금방이라도 엘프를 소환하려는 듯한 설아의 말투에 서로를 바라보던 빈과 남주의 눈에선 잠시 파지직파지직 하며 불꽃이 튀었다.

"좋아. 빈아, 우리 협상하자. 엘프 꽃돌이 만날 때까지 무슨 일이 있어도 절대로 설아 갈구기 없기로……."

"물론이야. 저 녀석 변덕이야 내가 더 잘 알지. 아무리 힘들어도 참는 거다. 꽃돌이 엘프를 위해서!"

어쩐지 두 소녀가 불타오르고 있다고 생각하는 것은 설아만의 착각이었을까?

"자, 그럼 쉴 만큼 쉬었으니까 출발할까?"

빈의 말에 설아와 남주는 동시에 눈살을 찌푸렸다.

"그건 네 생각이고 난 허리가 욱신거려. 조금만 더 쉬었다 가자."

설아가 허리를 두드리며 자리에 털썩 주저앉아 버리자 뮤도 오래간만의(?) 휴식을 포기할 수 없다는 듯 물 밖으로 나오지 않았고 내색은 하지 않았지만 가희 역시 피로한 듯 살짝 한숨을 내쉬었다.

"뭐, 그럼 조금만 더 쉬었다 갈까?"

"난 대찬성!"

앉은 채로 손을 번쩍 들어 보이는 설아를 향해 가희와 남주 역시 동의한다는 듯 생긋 미소를 지었다.

"그러니까 우리가 있는 곳이 이쪽이라면 임플란드는 오른쪽의 해마처럼 생긴……. 라이더님, 거기에 있는 비스킷 좀 치워주시겠어요?"

"아, 미안."

"네, 그러니까 아래에 툭 튀어나와 있는 곳 보이시죠? 그곳이 바로 네일입니다. 임플란드로 가려면 네일을 거치는 편이 비교적 가깝습니다."

"어디? 어디가 튀어나왔다는 건데?"

라이더가 흥미를 보이며 입가에 묻어 있는 비스킷 가루들을 털어내자 사람 좋아 보이는 한스의 얼굴에서도 조금은 짜증 섞인 표정이 묻어 나왔다.

"그러니까 어지간하면 그 비스킷덩어리 좀 치워주시지 그러십니까? 아아, 그냥 제가 치우지요."

한스는 지도 한쪽에 쌓아둔 비스킷들을 탁자에 놓인 접시 위로 옮기며 지도를 툭툭 털었다.

"헤에, 바로 저기가 네일이라는 곳이구나. 그럼 네일로 가서 어디로 가면 돼?"

추격자가 되어야 할 라이더는 타지로 나가본 경험이 전혀 없었다. 더군다나 지식과 교양의 대표적인 종족이라는 엘프의 특징조차 눈을 씻고 찾아봐도 보이지 않는 특이한 엘프였다(적어도 한스가 보기에는 그랬다).

인내심도, 배려심도, 매너도 엘프들과 지낼 때의 라이더에게는 필요 없는 것이었는지 몰라도 사람들과 원만하게 지내기 위해서는 꼭 필요한 것들이었다.

한스는 자신의 작은 눈을 최대한 크게 뜨며 라이더에게 부족한 인내심과 매너 등에 대한 것을 상기시키기 위해 진지한 표정을 지었다.

"그거야 일단 가봐야 알겠지요. 그보다 라이더님께서 주의하셔야 할 만한 것들을 먼저 알아두셔야 하지 않겠습니까?"

"내가 알아둬야 하는 거라니?"

"쓸데없는 걱정인지 모르겠지만… 임플란드의 주요 종족은 인간입니다."

"그게 왜?"

"그러니까 우리가 제일 처음 가게 되는 네일 역시 이 종족은 찾아보기 힘들다는 겁니다. 그러니까 아무래도 라이더님께서 눈에 띄게 될 거란 거죠. 시비가 붙는 일을 피하려면 약간의 요령과 매너가 필요할 겁니다. 예를 들면……."

"매너야 훌륭하니까 걱정하지 않아도 돼. 엘프가 괜히 엘프겠어?"

자신만만하다는 듯 피식 미소를 짓는 라이더에게 한스는 가벼운 한숨을 내쉬었다.

"하아, 남의 말을 끊는 것도 매너에 어긋나는 것임을 모르시는 겁니까?"

"당연히 잘 알고 있어. 알고 있는 것을 구태여 잔소리까지 듣고 있을 필요는 없잖아?"

의기양양한 그의 말투에 한스는 아는 것과 행동으로 보여주는 것은 다르다고 한마디 쏘아붙여 주려다 이내 생각을 돌렸다.

"남의 충고를 잔소리로 취급하는 것도 매너가 아니지요."

"지금 감히 인간 주제에 나에게 훈계하려고 드는 거냐?"

"자신과 다른 종족을 깔보는 것도 매너가 아닙니다. 당연히 알고 계시겠지요?"

생글생글 미소까지 지어가며 잔소리를 늘어놓는 한스를 보며 라이더는 벌레 씹은 표정을 지어 보였다.

"인간들에게 그렇게까지 비위를 맞춰야 할 필요성을 못 느끼겠다면?"

"그런 말씀을 의기양양한 표정으로 하실 말씀이 아닌 것 같습니다만… 뭐, 라이더님께서 스스로 무덤을 파겠다고 하시는 걸 말릴 정도의 호인은 아닌지라 그저 구경만 하겠지요."

"구경이라니?"

한스는 팔짱을 끼며 떴는지 감았는지도 모를 실눈으로 라이더를 바라보았다.

"인간에게 몰매를 맞고 있는 라이더님이라거나 경비대에 끌려가고 있는 라이더님을 구경하게 되겠지요. 기껏 말썽을 피할 수 있는 법을 알려 드린다고 해도 본인이 싫다는데 어쩌겠습니까. 그나저나 엘프가 평화보다 분쟁을 좋아하는지 처음 알았습니다. 이거 꽤 충격이군요."

"그게 무슨 드워프 풀 뜯어 먹는 소리야?! 엘프만큼 평화를 사랑하는 종족 있으면 나와 보라고 그래! 쳇, 까짓거 치사해서 매너인지 뭔지 들어준다."

"…그럴 땐 '바쁘실 텐데 시간을 내주셔서 감사합니다' 라는 인사부터 하시는 거랍니다. 하하, 매너라고 해도 지키기 위해 필요한 것은 의외로 간단하니까 그렇게 인상을 찡그리실 필요는 없습니다."

사람 좋아 보이는 미소를 지으며 팔짱을 풀었다.

"시끄러워. 본론이나 말해."

"첫 번째, 인내심! 두 번째, 매너! 세 번째, 배려심! 이것만 생각하고 행동하면 인간이든 엘프든 서로 다툴 일이 없을 겁니다."

"뭐야? 내가 인내심도 없고 매너도, 배려심도 없다는 말이야?!"

라이더가 흥분한 듯 소리를 버럭 지르자 한스는 오해하지 말라는 듯한 표정으로 말을 이었다.

"없다는 것이 아니라 부족하다는 말입니다. 특히 타 종족에게 말입니다."

한스는 사람 좋은 얼굴로 라이더에게 생긋 미소를 지어 보였다.

"아무튼 제 통행증이 나올 때까지 일주일 이상은 걸릴 테니까 느긋하게 준비하도록 하죠."

"일주일?!"

라이더가 의자에서 벌떡 일어나 기가 막힌다는 듯 소리를 지르자 한스는 한숨을 내쉬며 좌우로 고개를 흔들었다.

"엘프면 엘프답게 차분히 고개를 끄덕이거나 조용히 항의해 주시면 안 되겠습니까? 이래 봬도 인간들은 엘프에 대한 환상을 가지고 있습니다만……."

"그런 놈 있으면 어디 나한테 좀 데려와 봐."

라이더가 발을 까딱거리며 한스에게 말을 걸자 그는 샤베르를 떠올렸다.

"…그 은발의 엘프도 전형적인 엘프일 것 같습니다만……?"

"예만 들지 말고 데. 리. 고. 와보라니까. 내가 그 답답한 성격들을 개조시켜 주지."

…한마디로 성격 파탄 엘프란 말인가?

"아무튼 큰일이군요. 우리가 알고 있는 것은 아크레라는 이름과 외모밖에 없으니……."

"비스킷으로 가려질 만한 나라가 넓어봤자 얼마나 넓겠어?"

"뭔가 착각하고 계시는군요. 그 손 좀 치워보시겠습니까?"

한스의 말에 라이더는 지도를 가리고 있던 손을 얼른 탁자 아래로 내렸다. 그의 손바닥이 가리고 있던 또 다른 나라가 드러나자 한스는 헛기침을 했다.

"흠흠! 라이더님께서 손으로 가리고 계셨던 나라가 이노르입니다. 바로 우리들이 살고 있는 이곳이죠. 그리고 라이더님께서 비스킷으로 가리고 계셨던 곳은 임플란드 내의 네일이라는 도시일 뿐입니다. 크기로 치자면 결코 이노르보다 작은 나라가 아닙니다."

"에계? 그럼 내가 요만한 땅덩어리에서 살고 있다는 거야?"

라이더가 손가락으로 이노르를 가리키며 말도 안 된다는 표정을 하자 한스는 눈을 가늘게 뜨며 엄지손가락과 검지손가락 사이를 정말 거의 표시도 나지 않을 만큼 띄고는 미소를 지었다.

"아니죠, 아니죠. 요만해요."

"…놀리는 거냐?"

라이더가 불신의 눈으로 한스를 바라보자 그는 손뼉을 치며 자신의 말을 번복했다.

"아니다, 아니다! 거기 흘려놓은 비스킷 가루만 하려나?"

"너, 이 자식! 죽고 싶지!"

라이더가 거의 멱살을 잡으려 폼을 잡자 그는 고개를 저었다.

"…지도를 본 적이 한 번도 없으신가 보군요? 뭐… 조금 더 큰 지도를 원하신다면 엄지손톱만한 크기로 늘릴 수는 있어요. 이 지도는 너무 작군요."

생긋 미소를 지으며 지도를 원래 크기로 말아놓은 한스는 배낭 속에 집어넣고는 가볍게 한숨을 내쉬었다.

"아무튼 전 여행에 필요한 물품들을 준비하겠습니다. 그동안 쉬고 계십시오."

한스는 공손하게 목례를 해 보이고는 문밖으로 나왔다.

"이왕 가게 된 거 어쨌든 좋게좋게 지내야지. 지금 보니까 저 엘프도 어지간히 어린 것 같은데 조금이라도 나이 먹은 이 형이 잘 보살펴 줘야 하잖아."

픽!

"누가 형이라는 거냐?! 얼레? 이 녀석 준비하러 간다더니 왜 여기서 자고 있는 거지? 정말 웃기는 녀석이라니까."

라이더는 자신이 벌컥 열어버린 문에 '픽!' 하는 소리와 함께 쓰러져 버린 한스를 보며 '쯧쯧…' 하고 혀를 찼다.

엘프의 귀는 매우 예민하다는 교훈과 함께 기절해 버린 한스를 질질 끌며 거실에 아무렇게나 굴려놓는 라이더를 보면 이 두 사람의 여행이 그렇게 순탄하지만은 않을 것 같다.

어쨌거나 엘프만큼 주변의 영향을 쉽게 받는 종족도 없을 것이다.

조화를 중요시하는 종족이기에 그들의 시야에 들어오는 모든 생물은 엘프들에게 배움의 대상이 된다. 그들이 지혜로운 종족이라 불리우는 것도 모두 엘프들의 그런 특성에서 비롯되었다.

라이더 역시 엘프는 엘프다.

"물 주머니? 이런 게 왜 필요한데?"

"사막에서 물 없으면 죽겠다는 겁니까?"

"운디네가 있잖아, 운디네!"

버럭 소리를 지르는 라이더에게 한스는 그렇지 않아도 작은 실눈을 가늘게 뜨며 그를 노려보았다.

"있긴 뭐가 있습니까? 전 정령술 못한다구요."

"내가 할 줄 아는데 이게 뭐가 필요해? 짐 줄여, 짐!"

"다 필요한 거라니까요!"

"그럼 네가 다 들어. 난 죽어도 이거 하나만 들고 갈 테니까."

식량이 담긴 배낭을 집어 들며 라이더가 짜증을 부려대자 한스는 예의 사람 좋은 얼굴로 유들유들하게 대답했다.

"그럼, 그럼요. 짐은 당연히 라이더님께서 드실 필요가 없죠. 낙타나 말이 괜히 있는 것은 아니니까요."

"뭐?! 이것들을 전부 저 애들 등에 싣고 갈 거란 말이야?!"

네 개의 커다란 짐 꾸러미를 보며 경악하는 그에게 한스는 당연하다는 듯 고개를 끄덕거렸다.

"제가 이것들을 모두 들고 낙타에 타나 낙타에 싣고 타나 무게는 똑같지 않겠습니까?"

"야만인! 저 애들이 불쌍하지도 않아?"

"…장난하시는 겁니까? 저는 여행 준비를 위해 저 낙타들을 돈 주고 산 겁니다. 친구를 구하고 싶은 거라면 차라리 돈 안 드는 새하고 하십시오. 겉보기에도 그럴듯해 보일 테니……."

냉소적인 표정으로 따끔하게 일침을 놓는 그에게 라이더는 버럭 소리를 질렀다.

"이래서 인간들이란……. 생명을 돈으로 사고팔다니……."

"라이더님은 그것 때문에 제게 시비를 걸고 계시는 겁니까? 뭐, 좋습니다. 각자의 방식이라는 것이 있으니까요. 웃싸!"

한스는 생글생글 미소를 지으며 커다란 두 개의 짐을 라이더 앞으로 내려놓았다.

"갈아입을 옷과 간단한 취사 도구, 그리고 침낭입니다. 텐트를 챙기기엔 짐이 너무 많아서 침낭만 챙겼으니 어디 뺄 것 있으면 빼보십시오. 단, 라이더님께서 돈으로 낙타를 사는 것이 그리 탐탁지 않으신 것 같으니 필요한 것만 골라 혼자의 힘으로 가는 것도 좋을 것 같군요. 설마 이제 와서 힘들다고 낙타를 사진 않으시겠죠?"

"그렇게 말하지 않아도 그럴 생각이었어. 그리고 짐은 이 배낭 하나로 충분해."

"다른 것은 몰라도 사막의 밤은 혹독합니다. 침낭은 꼭 챙기셔야 할 걸요."

그의 말에도 일리가 있다고 생각했는지 라이더는 미간을 찡그리며 침낭으로 추정되는 짐 꾸러미 하나를 챙겨 들었다.

"누가 질 줄 알고?"

"부디 뜻대로 하시길……."

한스는 또다시 생글생글 미소를 지으며 낙타의 등에 짐들을 실었다.

통행증에는 크게 두 가지가 있다. 왕궁에서 나오는 신원 파악이 확실하게 가능한 것과 교단에서 나오는 출신 국가와 이름만 나와 있는 통행증으로 신청하는 곳이 다르다는 것뿐 발급 과정과 방식은 거의 똑같았다.

그러나 그 두 가지의 통행증은 내용 면에서 많은 차이가 난다.

왕궁에서 발급되는 통행증은 비교적 쉽게 발급받으며 본국으로 돌아왔을 때 갱신을 받아야 하는 일회성을 가지고 있어 나이까지도 비교적 정확하게 기재되어 있다는 것에 비해 교단에서 발급되는 통행증은 신청 자격이 매우 까다로운 편이라 아무나 발급받을 수도 없다. 그러나 일단 한번 발급받으면 주교가 바뀔 때까지는 갱신받을 필요도 없으며 여행 중 신전의 도움을 받을 수 있다. 요컨대 여비가 떨어졌다거나 식량이 떨어졌을 때 신전에서 빌려주는 것은 물론이거니와 신전에서 머무는 동안 모든 숙식이 해결된다(아크레의 통행증이 바로 교단 측에서 준비해 준 것이라 한스는 그의 신원을 파악하지 못한 것이다).

한스는 자신의 통행증을 다시 한 번 점검하고는 낙타 위에 올라탔다. 사막의 햇빛은 모든 것을 집어삼킬 듯이 타오르지만 라이더에겐 별 여흥을 주지 못했다. 목마르면 운디네가, 더우면 실프가 제공해 주는 물과 바람이 있는 데다가 낙타들과 간혹 수다를 떠는 것으로 지루함마저 달래고 있으니 되려 약이 오르는 것은 한스였다.

과연 큰소리칠 만하다고 생각하며 입술을 적실 정도의 극소량의 물을 마시는 것으로 갈증을 참아낸 한스는 문득 좋은 생각이 들었는지 라이더를 향해 생긋 미소를 지었다.

"라이더님."

"왜 불러?"

시큰둥하게 대답하는 라이더에게 한스는 여전히 생글생글 미소를 지으며 검지손가락을 들어 보였다.

"이건 어쩐지 반칙이라는 생각이 드는군요. 분명히 혼자의 힘이라는 말씀을 드렸던 것 같습니다만 정령들이 도와주는 것은 혼자의 힘이 아니지 않습니까?"

정령들은 결코 인간의 눈에는 보이지 않는다고 한다. 예외적으로 정령을 볼 수 있는 자들이 존재하기는 하지만 그것은 오크가 마법사가 될 확률만큼 희박한 숫자였다. 정령의 존재를 100% 보고 느끼는 종족들은 예외없이 자연과 친밀한 자들이다.

그런 의미에서 생각해 볼 때 엘프와 드래곤은 선택받은 종족이나 다름없었고 드워프나 인간들은 스스로 그 선택을 등진 자들이라 할 수 있었다.

그중에서도 특히 드워프의 경우에는 아직은 자연과 문명 발달 사이에 양 발을 걸치고 있는 인간과는 달리 대부분의 드워프가 문명 발달의 길을 선택했기에 정령에 대한 개념에 무감각하다. 아이러니컬한 것은…

자연으로부터 완전히 등을 돌린 것같이 보이는 드워프보다 어정쩡하게 양다리를 걸치고 있는 인간들이 오히려 심각하게 자연을 훼손한다는 것이다. 인간이 쉴드에게 창조된 이후부터 다른 종족들은 서서히 그 숫자가 줄어들고 있다는 것이 바로 숨길래야 숨길 수 없는 증거다.

과거의 인류학자들이 조심스럽게 예언하기를 이대로 가다가는 그다지 멀지 않은 미래에 세상을 주도하게 되는 것은 인간일 것이라고 이야기해 왔다. 그리고 그런 인류학자들의 이야기는 현실이 되어 있었다.

요즘의 인류학자들은 조금 먼 미래가 되면 인간에 의해 간접적이든 직접적이든 대부분의 종족이 멸종되거나 역사에서 행방이 묘연하게 변할 것이라는 예언을 하고 있다.

뭐, 이런 것들은 현재의 라이더와 한스에게 중요하게 와 닿는 상황이 아니었으니 기회가 되면 나중에 이야기하기로 하고 지금 중요한 것은 한스가 어떻게 정령에 대해 알고 있느냐 하는 것이다.

"너, 혹시 실프랑 운디네가 보이는 거냐?"

"보이면 제가 이러고 있겠습니까?"

"그럼 내가 정령의 도움을 받고 있다는 건 어떻게 알았어?"

"…엘프는 땀도 안 흘린다는 겁니까?"

한스의 대답에 라이더는 알겠다는 표정으로 손뼉을 '탁' 소리가 나도록 치더니 단호한 표정으로 고개를 끄덕였다.

"안 흘려."

"…네?"

"안 흘린다구. 실프가 있는걸."

근본적인 문제였던가…….

실프가 있으니 더우면 바람을 보내줄 테고 추우면 샐러맨더나 카샤를 불러내면 그만이다. 거의 수족을 부리듯―엘프들은 부탁을 하는 것이라고 하겠지만 인간들의 관점에서 보자면 어디까지나 자신들이 말이나 낙타를 부리듯 엘프들 역시 정령을 부리고 있다고 느낄 뿐이다―정령들을 이용해 추위나 더위를 피하고 있으니 땀을 흘릴 일이 거의 없는 데다가 그런 것으로 시비를 걸었다가는 오히려 한스가 쪼잔한 녀석으로 보일 뿐이었다. 그렇다고 해도 여기서 물러설 한스는 아니었다.

그가 웃으면 실눈이 되는 자신의 작은 눈에 진지함을 가득 담아 라이더를 바라보자 그는 순간 주춤거리며 뒷걸음질쳤다.

"자자, 그런 말씀을 하신다고 혼자의 힘이 스스로의 힘으로 바뀌진 않았습니다. 혼자의 힘이라는 것은 어디까지나 라이더님의 체력만을 이용한 힘입니다. 스스로의 힘이라고 약속했다면 마법도, 정령도 불러내는 것이 인정되겠지만―그런 것들을 불러내는 힘은 아이템을 사용하지 않는 이상 순수하게 자신의 능력을 필요로 하는 힘인 것이니까―아쉽게도 혼. 자. 의. 힘이라고 쐐기를 박지 않았습니까? 엘프는 한 입으로 두말하지 않는 법입니다."

"그 딴 법은 누가 정한 거야?"

"사소한 것에 화를 내면 여자에게 인기가 없는 법입니다."

한스는 버럭 소리 지르고 있는 라이더에게 생글생글 미소를 지었다.

"그 딴 거 내 알 바 아니야."

"자자, 그러지 말고 인간이 어째서 낙타와 말을 돈을 주고서라도 필요로 하는지 궁금하지 않았습니까? 게다가 쉴드께서는 거짓말하는 엘프는 좋아하시지 않을 겁니다. 저희는 내기라면 내기고 약속이라면 약속을 하지 않았습니까? 뭐… 이대로 제가 이긴 것으로 봐도 된다면 상관없겠지만 말입니다."

저 생긋 웃는, 사람 좋아 보이는 얼굴이 오히려 라이더를 자극시킨 듯했다.

"좋아좋아, 이 정도 핸디는 있으나마나 한 것일 테니까."

라이더가 자신만만한 표정으로 대답하자 한스는 그런 라이더를 보며 생긋 웃는 얼굴로 고개를 끄덕거렸다.

"부디 뜻대로 하시길……."

엘프도 땀은 흘린다.

모든 신체 구조가 귀만 빼고 인간과 거의 유사하기 때문에 더우면 자기네들도 땀을 흘릴 수밖에 없다. 그 증거로 라이더는 채 십여 분이 지나지도 않았는데도 보는 한스가 측은해할 정도로 땀을 뻘뻘 흘리고 있었던 것이다.

이미 셔츠는 등에 짝 달라붙은 지 오래고 목과 어깨선 역시 땀으로 축축하게 젖어버려 끈적끈적한 감촉이 그대로 피부에 와 닿았다. 얼굴은 자신의 머리 색만큼이나 붉게 달아올랐고 초록색의 눈동자는 차츰 의욕을 잃어가고 있었다.

사실 라이더 혼자 앞서 가는 거라면 어느 정도 상태가 양호했을 테지만 한스를 태운 낙타에 보조를 맞춰 걷다 보니 죽을 맛이었다. 낙타가 상당히 느리다고 생각될 수도 있겠지만 사막에서 말보다 빠른 것이 낙타다. 그런데도 이토록 느릿느릿하게 움직이는 것은 순전히 낙타를 몰고 있는 자의 솜씨인 것이다.

사막에서 전력 질주를 하는 어리석은 짓은 목숨을 걸어야 하는 전쟁 시나 그에 상응하는 긴박한 상황이 아니라면 자제해야 하는 일이다. 일단 전력 질주라는 것이 비록 낙타가 달리는 것이라 해도 체력 소모가 심하다. 이동하고자 하는 거리와 현재 가지고 있는 물과 체력을 정확히 계산해서 움직이지 않으면 곤란한 것이다.

사실 쉴드를 믿는 자들의 대부분이 해가 지면 밖으로 나가지 않는다. 보초를 서거나 할 수 없이 어둠에 노출될 경우에는 마법 아이템을 이용해 주변을 대낮처럼 만들어 버린다.

한스는 여행에 익숙한 자였는지 아니면 단지 그가 고생하는 것을 보며 즐거워하고 있는 것인지 알 수는 없지만 상당히 적절하게 대처해 나가고 있었다. 삼십여 분을 라이더가 악으로 버틸 수 있었던 것도 알게 모르게 한스가 그에게 제공해 준 그림자 덕분이었다. 그렇다고는 해도 역시 삼십여 분을 커다란 짐을 지고 사막에서 버텨낸 것은 매우 대단한 일인지라 한스는 잠시 낙타를 멈추고는 라이더를 불러 세웠다.

"이래도 낙타에 짐을 싣고 가는 것이 야만적이라고 생각되십니까?"

"야만은 무슨 야만! 사치스런 소리 하고 있네!"

버럭 화를 내곤 비어 있는 낙타에 짐을 올리며 자신도 거기에 올라 타 버리는 라이더를 보며 한스는 또다시 빙긋 미소를 지었다.

엘프는 어디까지나 엘프다.

라이더 역시 엘프다.

구제 불능의 엘프라는 것이 문제지만 엘프는… 엘프다.

"일단 이곳에서 벗어나야겠어요."

소녀는 주변을 두리번거리다가 램프를 집어 들었다.

"…가희님."

아크레가 조용히 소녀를 불러 세우자 소녀는 그를 노려보며 팔짱을 꼈다.

반사적으로 눈을 감아버린 아크레는 자신의 뺨을 때리는 소리가 들리지 않자 살짝 눈을 뜨고 의아한 듯 그녀를 바라보았다. 그러나 그것도 잠시뿐 그와 시선이 마주치는 순간 마치 기다리고 있었다는 듯 아크레의 정강이를 힘껏 걷어차 버렸다.

"윽!"

아크레가 초인적인 인내심을 발휘하여 재빨리 자신의 입을 막아버리자 비명이 되지 못한 소리는 채 입 밖으로 나오지 못하고 신음으로 변해갔다. 그런 아크레를 향해 소녀는 마치 한심하다는 듯 냉정한 표정을 지으며 차가운 한마디를 내뱉었다.

"그런 이상한 이름으로 절 부르지 마세요."

항의에 찬 시선으로 소녀를 바라보던 아크레는 한숨을 내쉬며 질문했다.

"그럼 뭐라고 부르면 만족하시겠습니까?"

"유이입니다. 서로 초면에 아는 척하지 않았으면 좋겠군요."

"초면이라……. 그렇습니까? 명심하겠습니다, 유이님."

'뭔가 사정이 있는 건가…' 하는 생각을 하며 일단은 그녀의 장단에 맞춰줘야겠다고 생각한 아크레는 유이를 바라보며 문득 생각났다는 듯 몇 마디를 덧붙였다.

"저는 크라크 아크레입니다. 아크레라고 불러주십시오. 그리고 안됐지만 당분간은 저와 함께 행동하게 될 듯합니다."

"정체도 모르는 당신 같은 사람과 동행하라는 건가요? 더군다나 감옥에 갇히다니……."

"전 유이님께서 생각하시는 그런 죄인은 아니라고 생각합니다만……."

아크레는 순간 뒷말을 얼버무려 버렸다. 잘 있는 유이를 이노르의 숲에서 납치해 온 것도, 그런 그녀를 감옥에 갇히게 한 것도, 금기의 시간을 깨버린 것도—아무리 사정이 있었다고 한들 어릴 때부터 거의 주입식으로 박혀 버린 신앙이 그의 마음 한구석에 죄책감을 불러일으켰던 것이다—하나같이 용서하기 힘든 중죄라는 생각이 들어서였다. 다른 건 몰라도 하이 프리스티스의 입장에서 생각해 보면 그것보다 괘씸한 죄가 어디 있겠는가? 아무리 공범이라고 하더라도 말이다.

'그러고 보니 헤어질 때도 그다지 좋지 않게 헤어졌었지…….'

당신들은 분명히 후회할 것이라고 소리치기까지 했었다. 모르는 척해도 자업자득인 셈이다.

"일단 좋게든 나쁘게든 안면이 있는 사람이라고는 당신밖에 없으니 신용할 수 있는 자를 만나게 될 때까지는 동행하도록 하겠어요. 그럼 잘 아는 곳 같으니 안내를 부탁드리죠."

"유이님, 잠깐 제게 생각할 시간을 주시겠습니까?"

난데없는 그의 말에 그녀는 말도 안 되는 소리 하지 말라는 듯 고함을 질렀다.

"무슨 생각을 하시겠다는 거죠, 언제 병사들이 올지도 모르는데! 설마 이곳에 남겠다는 말씀이신가요?"

"어쩌면 함정일지도 모릅니다. 스파이와 손을 잡았다는 것과 금기의 시간을 어긴 죄만으로는 폐하께서 저를 극형에 처하도록 유도하기 어려울 테니 탈옥범이라는 죄목까지 덧붙여 사전에 제가 선처를 받을 수 있는 확률을 없애 버리고 싶은 작자들의 짓인지도 모릅니다."

그의 말을 듣고 있던 유이의 안색이 점점 어두워지더니 멈칫거리며 그로부터 조금씩 거리를 두기 시작했다. 아크레는 마치 흉악한 범죄자를 보는 듯한 시선을 보내고 있는 유이에게 안심하라는 듯 손을 들어 보였다.

"매국노에 이단?"

"…그렇게 보입니까?"

아크레의 황당하다는 듯한 표정에 소녀는 단호하게 고개를 끄덕였다.

"이단이라니? 그야 제정신으로 하이 프리스트인 저를 납치할 거라는 생각은 하지 않았지만 겁도 없군요. 임플란드의 국민들 역시 쉴드의 독실한 신자들일 텐데……."

"아… 저는……."

"쉴드를 믿지 않으면 안 된다는 설득은 제가 들어도 유치하니 그만두도록 하겠지만 매국노가 될 만큼 절박한 사연이라도 있는 건가요?"

"그러니까 이단이 아니라……."

아크레의 말을 자르며 유이는 또다시 단정 짓듯 자신의 말을 이었다.

"임플란드의 폐하 역시 이노르 못지않은 성군이라고 들었습니다만 그것은 소문에 지나지 않았던 건가요? 하긴… 성군이라고 백성들 모두가 행복해지는 것은 아니니까 이해는 안 되지만 나름대로는 고민이 있을 수 있겠군요."

아크레는 끊임없이 자신의 말을 막고 있는 유이를 향해 짧은 한숨을 내쉬었다.

"끝나셨습니까? 하아, 자신을 납치한 사람이 좋아 보일 리 없다는 것은 알고 있지만 저를 그렇게까지 흉악범으로 몰아야 직성이 풀리십니까?"

"에? 그럼 아니란 소린가요?"

어쩐지 의외라는 표정으로 자신을 바라보는 유이에게 아크레는 정색하며 대답했다.

"아. 닙. 니. 다."

'당신도 공범이었던 주제에…' 라는 말이 목 끝까지 올라왔지만 간신히 그 말을 삼키며 마음을 가다듬었다. 분명 매국노라는 혐의는 모함이자 누명으로 그에게 걸릴 것이 없었다.

"흐음, 아크레님께서는 적이 많으신가 보군요. 그러기에 사람은 마음을 곱게 써야 하는 법이랍니다. 죄없는 프리스티스에게 친절해야 하듯이 말이죠. 어쨌거나 아크레님에게 저런 죄는 없다는 소리죠?"

어느 정도 여유를 되찾은 것인지 썰렁한 농담과 함께 질문을 걸어오는 그녀에게 아크레는 고개를 절레절레 흔들었다.

"금기의 시간을 깬 것은 사실입니다. 그렇다고 하지만 금기의 시간을 깬 것은 의도적으로 그랬다기보다 상황이 어쩔 수 없었습니다. 변명하는 것은 기사답지 않은 행동이지만, 그리고 변명을 한다고 제가 깨어버린 시간의 금기가 회복되는 것도 아니지만… 그것이 남에게 비난을 받아야 할 것이라는 생각은 들지 않습니다. 제게 있어 이것이 죄는될 수 있지만 잘못이 될 수는 없다는 생각이 들 뿐이죠."

아크레는 마치 그녀에게 그 이야기를 함으로써 자신 스스로에게 보다 단단하게, 어쩌면 하나의 신념처럼 자신의 행동에 대한 정당함을 새겨놓고 있는지도 몰랐다.

"반 정도의 죄는 사실이라는 거죠? 나머지 반은 모함이구요. 그런데 말이죠… 감옥에서 '이 중 억울한 사람 있으면 다 나와보라고 소리치면 가만히 있을 사람은 한 사람도 없다' 라는 농담이 있는 거 아세요?"

" '진짜 거물들은 감옥에 들어가지 않는다' 라는 말이 있는 것은 알고 있습니다."

그의 대답이 마음에 들지 않았는지 유이는 살짝 미간을 찡그렸다.

"그럼 당신은 거물이 아니라는 소리군요?"

유이의 냉소적인 표정에 그는 황당하다는 듯 대답했다.

"제가 지어낸 이야기가 아니니 저한테 그런 말을 하셔도……."

"……."

그의 썰렁한 대답에 한동안 침묵을 지키던 유이는 잠시 시선을 다른 쪽으로 돌리더니 이내 그가 농담이 통하지 않는 사람이라는 것을 눈치채고—눈치 챌 때까지 꽤 오랜 시간이 걸렸다—본론으로 들어갔다.

"저는 이곳에 갇혀 있을 만한 죄가 없습니다. 당신은요?"

"…없지만 이대로 도망간다면 결백함을 증명할 방법 역시 없겠지요. 죄송하지만 조금만 참아주십시오. 결백을 밝히기 위해서라도 말입니다."

"아크레님, 분명히 저에게는 죄가 없다고 했습니다. 당신이 남겠다면 전 혼자서 나가야 합니다만 저에 대해서는 일말의 죄책감이라든가 책임감이 느껴지진 않으십니까?"

자신을 납치한 자에게 보통은 저런 소리를 하지 않겠지만 프리스티스라는 것이, 그리고 여성이라는 것이 이럴 땐 상당히 유리하게 작용된다. 더군다나 아크레같이 뼛속 깊이까지 기사도라는 게 박혀 있는 자들에겐 상당히 효과가 좋은 말이었다.

"그러다가 혼자 보초병을 만나게 되거나 길을 잃어버리면 어쩌려고 그러십니까?"

"길을 잃는 거라면 어쩔 수 없죠. 모든 것을 쉴드에게 맡기는 수밖에……. 그런데… 잠깐만요. 그러고 보니 저는 왜 감옥에 갇혀 있는 거죠? 아크레님이야 모함을 받으셨다지만 저는 무슨 이유에서 가둔 거죠?"

눈을 동그랗게 뜨며 자신에게 질문하는 유이를 본 그는 미처 자신이 현 상황에 대해 설명하지 않았다는 것을 깨달았다.

"제게 오해를 하고 있는 것처럼 유이님에 대해서도 약간의 오해를 하고 있는 모양입니다."

"오해… 라니요?"

"아무래도 가… 아니, 유이님을 슬란드의 첩자로 오해하고 있는 듯합니다. 제가 손을 잡은 첩자가 유이님이라는 거죠. 주교님과 폐하께서는 진상을 알아주실 겁니다. 지금 도망친다면 평생을 교단의 추적을 피해 다니는 신세가 될 것입니다."

그의 말에 유이는 차분한 목소리로 질문했다.

"알고 있는 거예요?"

"무엇을 말입니까?"

"이단과 매국 행위는 교단과 국가에 각각 모두 최고형인 파문과 사형에 처해진다는 것, 알고 계시는 건가요?"

제정신으로 이곳에 있겠다고 주장하는 거냐고 묻는 듯한 그녀의 눈빛에 그는 쓸쓸한 미소를 지으며 고개를 끄덕거렸다.

"알고 있습니다. 그렇지만 전 폐하를 믿습니다. 저희 집안은 나라에 많은 공을 세웠고 덕분에 면책 특권이라는 것을 받았지요. 만일의 경우 저는 처분을 받더라도 그 특권을 사용한다면 가문과 유이님께서는 무사하실 수 있을 겁니다. 그 점만은 제 이름을 걸고 보장할 수 있습니다."

비장한 그의 말에 유이는 잔뜩 미간을 찡그렸다.

"잠깐, 잠깐만요. 지금 왜 자꾸 절 걸고넘어지시는 거죠?"

"그거야 유이님께서 슬란드의 첩자라는 혐의를 벗어나지 못한다면……."

"잠깐, 그러니까 제가 왜 슬란드의 첩자라는 거죠?"

유이는 이해할 수 없다는 듯 눈을 동그랗게 치켜떴다.

"슬란드에서 몇 년 동안 살았던 적은 있지만 그건 엘리 씨의 부탁 때문에 할 일이 있어서였다구요. 아니, 그전에 제가 슬란드에 갔었다는 것은 어떻게 알았죠? 아니, '나'라는 존재는 어떻게 안 거예요? 전… 하이 프리스티스이긴 하지만 주교님을 뵌 기억도 없는걸요."

어쩐지 엄청난 피로감이 몰려오는 기분에 아크레는 살짝 이마에 손을 올렸다. 아크레 역시 뒷북친다는 이야기를 많이 듣는 편이지만 유이 역시 만만치 않았다. 게다가 철저하게 자신을 모르는 척하고 있는 유이에게 '이제 우리 그만 합시다'라고 할 수도 없는 노릇 아닌가.

"유이님, 이 검을 아시겠습니까?"

품 안에 잘 갈무리해 둔 망고슈를 유이에게 내밀자 그녀는 신기하다는 듯한 표정으로 검을 받아 들었다.

"또 다른 검은요?"

"네?"

"이 검만으로는 이 문자가 무엇인지 알 수가 없군요. 이 검과 함께 제작되어진 검이 있지 않습니까? 성스러운 기운이 느껴지는 물건인데… 혹시 당신… 성기사인가요?"

아크레는 당치도 않다는 듯 고개를 흔들었다.

"아닙니다. 사실 전 이 검의 주인이 아닙니다. 스승님으로부터 검만 받았을 뿐 이 검에 대해서 아는 바가 전혀 없습니다. 확실히 보통 검은 아닌 것 같지만……."

아크레는 흘낏 유이의 안색을 살피며 그녀로부터 다시 검을 돌려받으려는 듯 손을 내밀었지만 흥미로운 시선으로 검을 이리저리 관찰하던 유이는 검을 돌려줄 생각이 없는 듯 그의 손을 모르는 척하며 생긋 미소를 지었다.

"이 검, 저에게 주시면 안 될까요?"

"네?"

"검의 내력도 자세히 모르신다고 하셨죠? 아크레님께 더 잘 어울릴 만한 검을 구해 드릴 테니 이 검을 제게 주세요. 저라면 시간이 조금 걸릴지 몰라도 이 검의 내력을 알아낼 수 있을 거예요."

"거절하겠습니다."

아크레는 단호하게 고개를 저으며 유이로부터 검을 빼앗듯이 낚아 챘다. 검의 내력이 궁금하지 않다고 하면 거짓말이겠지만 어쨌거나 스승에게서 받은 검을 유이에게 줄 수는 없었다. 더군다나 스승을 찾을 수 있는 유일한 단서가 아닌가.

"…당신에게 어울리는 물건은 아닌 것 같지만… 할 수 없군요. 그럼 이제 안내를 부탁드리죠. 성의 위치는 잘 알고 계실 테니까 길을 잃을 염려는 하지 않아도 되겠죠?"

"제가 하는 말을… 못 알아들으신 겁니까? 함정일 수도 있단 말입니다."

유이는 아크레의 단호한 목소리에도 굴복하지 않았다.

"아닐 수도 있잖아요? 역시 안내해 주세요."

"…원래 그런 성격입니까?"

여자들의 내숭이 무섭긴 무섭다라는 말은 들었지만 이건 좀 심하다고 생각한 것일까?

유이는 도끼눈을 치켜뜨며 무뚝뚝하게 그의 말을 잘라 버렸다.

"쓸데없는 참견 말고 안내나 해줘요. 아, 전 임플란드의 왕이 누군지 모르니까 실수하지 않도록 적당히 눈치 주시는 거 잊지 말아요."

"…설마 지금 폐하를 뵙자는 겁니까?"

아크레는 눈썹을 움찔거리며 그녀를 바라보았다.

"도망가는 건 안 된다면서요? 오해에서 비롯된 거라면 당연히 가장 윗사람을 만나야죠. 주교나 왕이 감옥으로 내려올 리는 없을 테니까 이쪽에서라도 올라가야 그 두 사람을 만날 수 있지 않겠어요?"

생글생글 미소 지으며 마치 옆집 아저씨를 만나러 가는 것처럼 너무나 쉽게 말하는 그녀를 보며 아크레는 잠시 할 말을 잃었다.

식사를 하기 위해서는 식당으로 가야 하고, 동물을 잡으려면 숲으로 가야 하고, 왕을 만나기 위해서는 성으로 가야 한다는 것은 세 살짜리 어린애도 다 아는 사실이다. 그러나 음식을 먹기 위해서는 주문을 해야 하고, 숲으로 가기 위해서는 그에 따른 준비가 필요하다는 것은 세 살짜리 어린이만 빼고는 다 알고 있을 것이다. 하물며 왕을 만나는 절차는 오죽 복잡하겠는가.

그것도 현재의 자신들은 중죄인의 입장이니 두말할 필요도 없다.

"도대체 어떻게 가자는 겁니까?"

"걸어서 가는 거죠."

한참 만에야 기가 막힌다는 듯한 표정으로 자신을 바라보는 아크레에게 유이는 그것도 모르냐는 듯한 시선을 보냈다.

"저희에게 무기라고는 이 망고슈가 전부입니다만 만일의 경우 어떻게 하려고 그러시는 겁니까? 말처럼 쉬운 일이 아니라는 것… 잘 아실 텐데요?"

유이는 '당신 정말 멍청하군' 이라는 표정으로 아크레를 향해 한숨을 내쉬었다.

"그러니까 안 들키게 조심해서 잘 가면 되죠."

램프를 아크레에게 떠밀다시피 넘긴 유이는 품에서 낡은 천 주머니를 꺼내 보였다.

"혹시 워프 가루라도 사용하실 생각입니까?"

"말도 안 돼! 그렇게 비싼 것을 줬을 리가 없잖아요!"

유이는 아크레의 말에 버럭 소리를 지르면서도 '혹시나…' 하는 표정으로 주머니의 입구를 감아놓은 가죽 끈을 황급히 풀어 내용을 확인했다. 그리고는 이내 텅 빈 주머니를 확인하고는 한숨을 내쉬었다.

"괜히 좋다 말았군요. 가루 날리지 않게 조심하세요. 워프 가루만큼은 아니지만 이것도 꽤 구하기 힘든 거라서……. 게다가 워프 가루만큼 알려지지도 않았죠."

유이의 말에 그는 흥미로운 표정으로 주머니를 바라보았지만 그 주머니는 텅 비어 있을 뿐이었다. 아크레는 자신이 놀림당하고 있다는 생각에 미간을 찡그리며 그녀를 바라보았다.

"이 안에 뭐가 들어 있다는 겁니까?"

아크레가 무성의하게 주머니를 한쪽으로 치우치도록 들어 올리자 화들짝 놀란 유이는 버럭 소리를 지르며 그로부터 주머니를 낚아챘다.

"이게 무슨 짓이에요?!"

무안해진 아크레가 뭐라고 변명하려던 순간 그는 차마 입을 열지 못했다.

마치 못 볼 것을 본 사람처럼 커다랗게 치켜떠진 눈동자는 자신의 시야에서 완벽하게 사라져 버린 유이의 왼손에 고정되어 있었다. 버럭 화를 내던 유이도 아크레의 행동에 무심코 자신의 손을 내려다보았다. 그리고는 이내 별것 아니라는 말투로 그를 안심시켰다.

"이런이런, 가루가 묻었군요. 뭐, 상관없어요. 어차피 쓰려고 했던 거니까."

유이는 오른손으로 주머니에서 무엇을 쥐었다. 아니, 쥐었다고 생각했다. 주머니에서 빠져나왔어야 할 오른손이 눈에 보이지 않기 전까지는 말이다.

"…괜, 괜찮으십니까?"

아크레는 창백해진 표정으로 유이를 바라보자 손목밖에 보이지 않는 팔을 또다시 주머니 안에 넣고는 머리 위로 팔을 들어 올렸다.

순식간에 유이의 머리가 사라지더니 목과 어깨, 그리고 상체와 하체가 차례로 사라졌다. 발밖에 보이지 않게 되자 아크레는 바짝 긴장한 표정으로 그녀가 있던 곳을 바라보았다.

"유이님?"

이제 발마저 사라진 유이의 목소리가 아크레의 등 뒤에서 들려왔다.

"왜 그러시죠?"

"지금 이건… 도대체 어떻게 하신 겁니까?"

"말했잖아요. 아주 귀한 가루라고. 화이트 가루는 워프 가루보다 더 구하기 힘든 거예요. 자, 준비됐죠?"

그녀는 아크레가 대답하기도 전에 한 손 가득 화이트 가루를 쥐고는 그것을 그에게 뿌려 버렸다.

그녀의 키가 작은 탓에 가루는 아크레의 머리에 닿지 못했다. 마치 유령처럼 얼굴만 보이게 된 아크레의 모습은 꽤 으스스했지만 의외로 당사자는 무덤덤한 표정이었다.

"손 좀 내밀어봐요."

아크레는 유이가 시키는 대로 순순히 손을 내밀었다. 그녀가 주먹 쥔 손을 아크레의 손 위에 펴자 모래같이 푸석푸석한 무언가가 아크레의 두 손 위에 올려졌다.

"이게 뭔지 모른다는 바보 같은 소리는 하지 않겠죠?"

"…뭡니까?"

아크레의 질문에 유이는 답답하다는 듯한 목소리로 대답했다.

"…화이트 가루잖아요."

불행히 자신의 손도, 가루도 아크레에겐 보이지 않았다.

"이… 화이트 가루라는 것이 눈에 보이는 것입니까?"

의아하다는 듯 묻는 아크레에게 유이는 안심하라는 듯한 부드러운 목소리로 대답했다.

"걱정 말아요. 눈에 보이는 것은 아니니까. 간혹 볼 수 있는 자가 있을지 모르겠지만 제가 사용했을 땐 한 번도 발각된 적이 없어요."

아크레가 보이지 않는 것은 유이도 마찬가지였기에 유이는 그가 가루를 더 뿌리기 전에 그의 옷깃을 붙잡았다. 완전히 두 사람이 보이지 않게 되자 아크레는 램프를 집어 들었다가 이내 바닥으로 내려놓았다. 적어도 성에는 어두운 곳이 없으니 램프 같은 것은 방해만 될 뿐이었다.

밖으로 탈출하려면 꼭 필요한 것이긴 하지만 램프가 자기 혼자 공중에서 떠다니는 것을 보고 가만히 있을 사람이 어디 있겠는가?

"그럼 안내해 드리지요. 발소리가 나지 않도록 주의 부탁드립니다."

아크레의 말에 그녀는 알겠다는 듯 가볍게 고개를 끄덕였으나 화이트 가루를 뒤집어쓴 그녀의 모습이 보일 리 없었다.

결국 유이가 알았다는 대답을 하고 나서야 그들은 감옥을 벗어날 수 있었다.

이윽고 그들이 빠져나간 텅 빈 감방 안에는 놀랍게도 짜증 섞인 소년의 목소리가 들려왔다.

"설아 그 녀석 꽤 성가신 아이템을 만들어냈잖아? 이거이거, 얕잡아볼 수 없겠는걸."

목소리는 마치 앞으로도 등장할 것만 같은 묘한 여운을 남기고 사라져 버렸지만 아크레는 그런 일이 있었다는 것조차 눈치 채지 못했다.

유이와 아크레는 최대한 발소리를 내지 않도록 주의하며 복도를 지나쳤다. 여러 사람이 살고 있는 성답게 일을 하고 있는 하녀들과 여러 명의 보초병들과 마주치기도 했지만 그들을 눈치 챈 자는 아무도 없었다.

아크레는 이래 봬도 소드 마스터로 기척을 지우는 것 정도는 일도 아니었고 엘프와 함께 숲에서 생활했다는 유이 역시 능숙하게 움직였던 것이다.

몇 개의 복도를 지나 겉보기에도 일반적인 문들과는 달리 국왕을 상징하는 사자와 쉴드를 상징하는 백합이 그려져 있는 거대한 문 앞에 도착했다(뭔가 미묘하게 어색해 보이는 상징물들이었지만 나름대로 권위와 명예를 표현하고 있는 것이다).

그러나 생각하지도 못한 문제가 발생했다. 아크레가 지휘하던 부대의 부단장인 소드 마스터 급 기사와 같은 소속의 기사들이 이곳의 보초 다섯 명과 실랑이를 벌이고 있었던 것이다.

"유이님, 잠시 이곳에서 기다려 주십시오. 절대로 움직이시면 안 됩니다. 저기 있는 사람 중에는 소드 마스터도 있으니 방심할 수 없습니다."

여러 가지로 신경이 예민한 자들이 소드 마스터인지라 유이에게 귓속말로 여기서 움직이지 말고 자신을 기다리라고 신신당부하던 아크레는 아주 조심스럽게 그들에게 접근했다.

"모함입니다! 어째서 폐하께서는 저희 단장님을 의심하시는 겁니까?!"

"이러시면 곤란합니다, 레번님. 폐하께서는 아무도 들이지 말라고 하셨습니다."

"저희들은 폐하를 뵙고자 찾아온 것입니다. 폐하께서 모른 척하신다면 이곳에서 한 발자국도 움직이지 않겠습니다."

레번이라 불리운 자가 털썩 바닥에 주저앉아 버리자 나머지 세 명의 기사들도 그를 따라 절도있는 동작으로 바닥에 무릎을 꿇고 앉았다. 레번이 마치 수금 나온 악덕업자처럼 누워서 배 째라는 분위기가 풍긴다면 저기 있는 세 명의 기사들은 단호하다 못해 엄숙한 분위기까지 풍겨왔다.

"그렇게 있으면 다리 저려서 오래 못 버텨. 후까시 잡지 말고 퍼질러 앉아라."

어쩐지 띠껍다는 표정으로 세 명의 기사를 바라보는 폼이 꼭 기사라기보다 건달에 가까워 보였지만 아무도 그에게 시비를 걸어오지 않았다. 레번의 키는 170㎝가 채 될까 말까 할 정도였지만 오우거 저리 가라할 정도로 우락부락한 근육에 험상궂은 눈매는 그의 성격을 친절하게 암시해 주고 있었던 것이다.

그의 목소리 역시 묘하게 사람의 신경을 움츠러들게 만드는 무엇인가가 있는지라 적으로 만들었다가는 뼈도 못 추릴 거란 생각이 저절로 들어버린 보초병들은 그를 말릴 생각은 못하고 그저 안됐다는 표정으로 세 명의 기사를 바라볼 수밖에 없었다. 그러나 세 명의 기사들은 보초병들의 예상과는 달리 레번을 정면으로 바라보며 담담하게 대답했다.

"괜찮습니다!"

기합이 팍팍 느껴지는 기사들의 대답에 그는 살짝 미간을 찡그렸다.

"이 자식들이 빠져 가지고……. 내가 꿇어앉으라면 꿇어앉는 거고 내가 퍼질러 앉으라면 퍼질러 앉는 거다!"

레번의 커다란 목소리에 보초병들은 당황한 기색으로 기사들을 바라보았다.

지금 저 거대한 문 안에는 주교 외에도 카렌과 필렌, 그리고 여러 대신들이 모여 아크레의 처리를 두고 회의를 하는 중이었다. 다행히 이들은 이 회의가 무엇을 위한 것인지 모르고 있었기에 비교적 얌전히 있는 것이지만 만약 사실을 알게 되면 가만히 있을 리가 없었다.

그렇게 되면 여기 있는 자들을 제압해야 하는 것은 자신들의 몫이었다. 자신들의 일이 일이니만큼 실력에 있어서는 어느 정도 자부심을 가지고 있었다. 그러나 그것도 상대를 봐가면서 싸우랬다고 저기에 앉아 있는 자들은 하나같이 괴물들이었다. 특히 레번은 자신 같은 자들이 무리를 지어 덤빈다고 한들 코웃음이나 치지 않으면 다행이다.

그렇다고 이들을 마냥 방치해 둘 수는 없는 노릇이었다.

"여기서 이러시면 저희가 곤란합니다. 나중에 정식으로 확답을 받으시면 그때 오십시오."

강경하게 나오는 보초병의 말에 레번은 눈동자 가득 살기를 실어 그를 노려보았다.

"저희가 언제 업무를 방해했습니까?"

목소리가 형태있는 것이었다면 그자는 레번의 날카로운 칼날 같은 섬뜩한 목소리에 의해 죽음을 맞았을지도 모를 정도였다.

"서로 할 일 합시다. 당신은 그 문을 지키면 그만이고 저는 폐하께서 저희를 부르실 때까지 이 자리를 지킬 테니 최대한 사이좋게 지내야 하지 않겠습니까?"

자신의 부하를 다룰 때와는 달리 최대한 정중한 말투를 사용하고 있지만 건드리면 죽인다는 분위기가 팍팍 풍겨 나오고 있어 보초병들을 긴장하게 만들었다.

'이런, 곤란한데······.'

아크레는 부하들의 마음에 가슴이 뭉클했지만 레번이 있는 한 유이와 함께 자유롭게 움직이긴 힘들었다.

"밖이 왜 이렇게 시끄럽습니까?"

보초병은 자신들을 향한 신경질적인 목소리에 마치 벌레라도 씹은 듯한 표정으로 서로를 바라보았다. 우물쭈물거리며 대답을 하지 못하자 안에서 문이 열리더니 잔뜩 인상을 찌푸리고 있는 카렌이 나타났다. 아크레는 순간 본능적으로 뿜어져 나오려는 살기를 간신히 억누르며 레번으로부터 조금 더 떨어졌다.

카렌은 다시 한 번 인상을 찌푸리며 문 앞에 품위없이 퍼질러 앉아 있는 기사들과 보초병을 번갈아 바라보았다.

"왜 이렇게 시끄럽냐고 물었습니다."

"그것이··· 아크레님의 기사단에서······."

"님이라는 존칭은 죄인에게까지 붙여줄 만큼 품위없는 존칭이 아닙니다."

보초병의 말을 차갑게 자르며 면박을 주는 카렌에게 레번은 자신의 진홍빛 눈에 핏대를 세웠다.

"너, 뭐냐?"

회색의 옷은 하이 프리스트를 상징하는 것이건만 그의 눈에는 옷 따위는 보이지도 않는다는 듯한 태도였다.

"하하하! 피닉스단에 검기 좀 뿜을 줄 안다고 사람을 우습게 여기는 오크 같은 놈이 한 명 있다더니 당신이었군요, 크로우 레번 경."

레번은 자신의 품에서 플랑베르주를 뽑아 들었다.

"쉴드의 신전에서 요즘 구린내가 난다 했더니 어디서 쥐새끼 같은 놈이 들어온 거지? 미안하지만 이 몸은 쥐새끼의 이름을 외울 정도로 한가하지 못하니 신전의 쥐새끼면 신전의 쥐새끼답게 신전에서만 찍찍거리란 말이다."

검끝을 자신의 목에 가져다 대는데도 눈 하나 깜빡하지 않던 카렌은 보초병을 향해 버럭 호통을 쳤다.

"뭣들 하는 거냐?! 이 반역자를 체포하지 않고!"

"반역자? 이 쥐새끼가 어디서 함부로 주둥이를 놀리는 거야?"

레번은 인정사정없이 카렌의 복부를 발로 걷어차 버렸다. '퍽' 하는 둔탁한 소리와 함께 뒤로 나가떨어진 그로 인해 굳게 닫혀 있던 문이 활짝 열려 버린 그 순간 레번은 카렌의 함정에 완벽하게 걸려 버렸다.

반역자를 체포하라던 카렌의 큰 목소리는 그 방에 있던 모든 사람이 들어버렸고 그는 새파랗게 빛나고 있는—더군다나 극소량이긴 하지만 검끝에는 피도 묻어 있었다—플랑베르주를 들고 살기등등한 기세로 바닥에서 고통으로 신음하는 카렌을 노려보고 있었다.

"저 괘씸한 놈을 잡아들이게!"

분노한 왕의 외침에 어느새 자리에서 일어나 대기하고 있던 세 명의 기사는 레번을 포위했다.

완벽한 함정.

의심할 여지가 없는 반역자 레번!

"간트! 리시클린! 바이크! 너희들 무슨 짓이냐?!"

"당신 같은 자가 차기 기사단장이 된다니 피닉스단의 치욕이다."

평소 자신을 징그러운 오크보다 못하게 생각하던 그 세 명의 기사가 순순히 자신의 뒤를 따라왔을 때부터 의심했어야만 했다.

"나는 크로우 레번이다! 너희들이 날 막을 수 있겠나?"

일단 저지른 일에는 절대로 후회하지 않는다. 그것이 바로 레번의 철칙이었다.

플랑베르주에 맺힌 레번의 검기는 서글프도록 빛나는 푸른 색이었다.

"소드 마스터를 건드린 것에 대한, 나와 아크레님의 명예를 더럽힌 것에 대한 대가는 충분히 치루어 드리지."

싸늘한 그의 미소에 세 명의 기사는 바짝 긴장했다. 그들은 아크레와 레번을 제외하고는 아무에게도 패해본 적이 없었다. 그러나 오늘은 적은 한 명, 아군은 셋이다.

"당신의 오만할 정도의 용기에 좋은 것을 하나 알려 드리지요."

바이크는 냉소적인 미소를 지으며 자신의 검기 색과 같은 암갈색의 머리카락을 휘날렸다.

"검기라면 이제 저도 사용할 수 있게 되었다는 것 말입니다."

"옛정을 생각해서 머리카락으로 참아주마."

레번은 덩치에 걸맞지 않게 빠르게 움직이며 플랑베르주를 휘둘렀다. 순식간에 일어난 일인지라 바이크는 자신의 목을 노리고 날아드는 검을 피해 옆으로 몸을 날렸다. 훌륭하게 피해냈다고 생각한 바이트를 비웃기라도 하는 듯 허리까지 내려오던 장발이 떨어져 내렸다. 따끔거리는 느낌을 무시하긴 했지만 분명히 끈적한 그 느낌은… 비릿한 이 불쾌한 냄새는… 피였다.

"너희는 어딜 잘라줄까?"

피식 미소를 지으며 벌써 자신 따위는 안중에도 없다는 듯 두 명의 기사를 번갈아 바라보는 레번을 향해 바이크는 최대한 자신의 검기를 집어넣은 롱 소드를 휘둘렀다.

'챙' 하는 날카로운 금속성의 소리는 마치 전기 스파크가 튀는 듯한 두 사람의 검기로 인해 묻혀 버렸다. 잠시 서로를 노려보던 두 사람은 자신들이 쥐고 있는 검에 온 힘을 쏟아 부었다.

그들 사이에는 이제 아무도 끼어들 수 없었다.

쾅!

"이곳은 폐하께서 계신 성이다!"

그 이상의 힘을 가진 자가 아니라면 말이다.

"아크레?!"

아크레만이 사용할 수 있는 은빛의 검기는 거의 새끼손톱만한 크기로 튀어나와 두 사람의 전투를 중지시켜 버렸다.

"아크레님, 어디십니까?"

레번은 재빨리 바이크의 복부를 발로 차 기절시켜 버리고는 주변을 살폈다. 그러나 불행히도 그의 모습은 보이지 않고 이상한 망고슈 하나가 혼자서 떠 있는 것이 아닌가!

"위험해!"

망고슈가 자신을 노리고 날아든다고 생각하는 순간 한 명의 보초병이 나가떨어졌다.

"역시 망고슈는 짧군. 레번, 잠시 바이크의 검을 빌려주겠나?"

목소리는 분명 아크레다. 그런데 그는⋯⋯?

"뭐 하고 있는 건가?!"

아크레의 날카로운 질책에 레번은 정신을 차린 듯 자신의 발밑에 떨어져 있는 롱 소드를 집어 들었다. 이제 혼란을 느낀 기사들과 보초병들은 죽을 각오를 하고 덤벼드는 것 같았다.

"이거 어쩌죠?"

난감한 표정으로 망고슈를 향해 묻는 레번의 등 뒤로 마치 해답같이 아크레의 등이 느껴지더니 순식간에 자신이 들고 있던 롱 소드를 낚아챘다.

"레번, 고맙다. 그리고 정신 바짝 차려라."

아크레의 그 말을 신호로 기사 둘과 보초병 넷을 순식간에 해치운 그들에게 카렌의 비통한 목소리가 들려왔다.

"제 말을 믿지 않으시더니 기어이 저들에게 변을 당하시는군요. 그러나 신의 목숨이 붙어 있는 한 지켜 드리겠습니다."

마치 충신의 최후처럼 연출되어진 카렌의 말에 레번의 눈에 살기가 번뜩거렸다. 그의 플랑베르주가 그의 목으로 내려오는 순간 '챙' 하는 소리와 함께 플랑베르주는 무엇인가에 걸려 그의 목을 내려치지 못했다.

"폐하가 계시는 앞에서 살인을 저지를 셈인가?"

"그렇지만 이자는 저와 아크레님을 욕보인 자입니다."

"그래, 그렇기 때문에 폐하 앞에서의 살인은 더 더욱 안 되는 법이다. 이자는……."

아크레는 '뿌드득' 이를 갈며 얼음처럼 차가운 목소리로 자신의 말을 이었다.

"내 몫이다, 이자는……."

울컥한 듯한 그도 아크레의 말을 듣더니 납득했다는 듯 고개를 끄덕거렸다.

아크레가 비록 모습은 보이지 않지만 자신의 주군을 향해 인사하기 위해 몸을 숙이는 순간 카렌은 재빨리 왕을 붙잡았다.

"무기를 버려라. 왕을 살리고 싶다면 순순히 무기를 버려라."

아크레는 어이없이 붙잡힌 주군을 향해 당황한 듯한 표정을 지었으나 이내 주군의 안전을 위해 롱 소드를 바닥에 순순히 내려놓았다.

그러나 그런 그들을 향해 레번은 가소롭다는 듯 코웃음 쳤다.

"너나 버려라. 쉴드께서 보고 계신데 창피하지도 않냐?"

"레번, 그를 도발시키지 말게. 폐하의 안전이 최우선이다."

"무엇 때문입니까? 자신의 신하를 믿지 않는 주군은 필요없습니다. 차라리 시골 가서 농사나 짓고 살지. 제길, 그렇게 쳐다보지 마십시오. 폐하께선 아크레님과 절 반역자라고 하셨습니다. 저야 지지리도 바보 같은 놈이라 할 말 없지만 기분은 더럽습니다. 아크레님, 차라리 전 저 생쥐 같은 자식 죽여 버리고 까짓 벌을 받고 말겠습니다."

말리지 말라는 듯 그의 손에 들려진 플랑베르주에선 푸르다 못해 백색의 빛까지 나고 있었다.

"마음 같아선 저기 뻗어 있는 세 자식들도 아작 내버리고 싶지만 옛정을 생각해서 봐주더라도… 이 자식은 못 봐줍니다."

"그는 내가 처리한다."

자신을 말리는 아크레의 손에서 따뜻한 온기가 느껴졌지만 플랑베르주의 검끝에는 이미 완성되어진 검기가 주인의 명령을 기다리고 있었다. 이젠… 자신도 제어할 수가 없었던 것이다.

"안 돼!"

아크레의 비명 소리에 고개를 든 레번은 경악에 찬 표정으로 그들을 응시하였다. 자신은 카렌을 향해 검기를 날린 것뿐이건만 빌어먹을 카렌이 왕을 방패로 삼았고 그것을 눈치 챈 아크레가 몸을 던져 왕을 보호한 것이다.

"괜… 찮으십니까?"

검기에 의해 몸의 한 부분이 완전히 관통된 듯한 아크레는 고통으로 일그러진 표정을 억지로 수습하려 애썼지만 왕의 눈에는 그가 보이지 않았다. 그러나 적지 않은 피가 그로부터 끊임없이 흘러나오고 있다는 것만은 분명했다.

"경이야말로 괜찮은 건가?"

걱정하는 기색이 완연한 그에게 아크레는 애써 미소를 지으며 고개를 끄덕였다.

"폐하, 그들은 첩자도 아니고 저 역시… 결백합니다."

"알고 있네. 그러니 그만 말하고 치료를……."

제대로 보이지도 않는 자신의 신하를 향해 그는 고개를 숙였다.

"전 괜찮습니다, 폐하. 저에게 장기간의 휴가를 주시겠습니까? 아직 해결해야 할 일이 남아 있습니다."

"허락하겠네, 허락하겠어."

왕의 말에 아크레는 빙긋 미소를 지었다. 레번은 도망치려는 카렌을 거의 반사적으로 베어버리고는 아크레가 있는 곳으로 다가가 무릎을 꿇었다.

"괜찮으십니까?"

"날 좀 일으켜 주게. 기다리는 사람이 있으니 그만 가봐야겠어."

전혀 아무렇지도 않다는 듯 미약한 신음 소리조차 새어 나오지 않는 그의 말투에 왕과 레번이 안심하자 아크레는 또다시 생긋 미소를 지었다. 비록 그 미소가 남들에겐 보여지지 않을지라도 그는 만족했다.

"그럼 폐하와 주교님 모두에게 쉴드의 정의로운 가호가 함께하시길……."

"자네에게도 쉴드의 가호가 함께하시길……."

아크레는 그에게 기대어 간신히 몸을 지탱했다. 세상이 온통 뿌옇게 흐려지고 졸음이 쏟아졌다.

레번의 응급 처치도 그의 피를 멎게 하진 못했다. 그는 잠시 레번에게 멈춰달라는 부탁을 하며 망고슈를 그에게 내밀었다.

"아주 급한 일인데… 부탁할 사람이 자네밖엔 없네. 들어줄 수 있겠나?"

"무엇이든 좋습니다. 맡겨만 주십시오."

기세 좋게 대답하는 그에게 아크레는 망고슈를 내밀었다.

"이 코너만 돌면 유이님이 계실 걸세. 나처럼 보이지 않을 것이니 이름을 부르게나. 이 검을 보여 드리면 반응이 있을 거네. 그럼 그녀를 내 대신 보호해 주고 목적지까지 가이드를 부탁하네."

"목적지가 어디입니까?"

"유이님께서 정하실 것일세. 난… 좀 쉬어야겠네."

유이가 자신에게 뿌려준 화이트 가루를 성안에 뿌려둔 것같이… 점점 뿌옇게 흐려지던 시야가 완전한 어둠에 잠겨 버렸다.

아무것도 보이지 않는, 그리고 아무것도 볼 필요 없는 익숙하지 않은 어둠이 찾아온 것이다.

쉴드가 금기한 어둠이 아크레에겐 아주 편안하게 다가오고 있었다. 그 금기는 살아 있는 모든 자에게 내려진 금기였다는 것을 알고 있는 그는 본능적으로 삶의 시간이 끝나가고 있다는 것을 감지해 냈다.

"크로우 레번 경, 다시 만났을 때는 자네가 피닉스단의 단장으로서 어울리는 성격을 갖추길 바라네. 어서 가지 않고 무엇 하고 있는 건가?"

레번은 그가 자신에게 기대던 체중을 혼자서도 별 무리 없이 지탱하고 있는 것을 발견하고는 내키진 않지만 작별 인사를 고했다.

"쉴드의 정의로운 가호가 함께하시길……."

"쉴드의 정의로운 가호가 함께하시길……."

저벅저벅거리는 발소리가 멀게 느껴지더니 이내 들리지 않게 되자 아크레는 벽에 몸을 기대며 천천히 허물어져 갔다. 온전한 죽음의 시간이 그에게 드리워진 것이다.

"헤에, 이러니저러니 해도 결국은 쉽게 끝났잖아?"

감옥에서부터 그들을 따라다닌 소년의 목소리였다.

싱겁다는 듯, 그러나 만족한 듯한 어조의 소년의 목소리는 그의 죽음을 이미 예측하고 있었다는 듯… 그리고 그것을 기대하고 있었다는 분위기까지 풍겼다.

"그렇지만 죽었다는 것이 알려지지 않으면 곤란해."

그의 말이 끝나기가 무섭게 바닥의 피는 물이 되어 그의 몸에 붙어 있는 화이트 가루를 씻어내렸다.

"이만하면 주인공에 대한 예의는 차린 셈이겠지? 훗훗."

다분히 장난기가 섞인 그의 목소리에는 더 이상 아크레에게 관심이 없는 듯했다.

"그렇다면 이제 히로인 사냥에 나서볼까?"

목소리는 그 한마디 말을 남기고 사라져 버렸다. 복도에는 이제 깨끗한 모습으로 죽음을 맞이한, 식어가는 아크레의 시신만이 남아 있을 뿐이었다.

주인공이 죽어버리다?!

"아크레."

"에? 그럼 주인공이 아크레란 말이야?"

가죽 주머니에 물을 채워놓던 빈은 의외라는 듯 설아를 바라보았다.

친구로서의 설아는 신용받는 자였지만 불행히도 작가로서의 설아는 그렇지 못하기에 그녀는 자신의 일행에게 대략의 설명을 해야 할 필요성을 느꼈다. 소녀들이 가장 궁금해하는 것은 주인공이 누구냐 하는 것이었다.

내용을 미리 이야기하면 재미없다는 그녀의 말 같은 것은 전혀 신경 쓰지 않는 듯 소녀들은 은근히 그녀가 자발적으로 자신이 만들어가고 있는 이야기를 들려주길 바랐다. 그러나 그것은 재미있는 이야기를 듣기 위한 마음에서 애교스럽게 졸라대는 감상적인 것이 아니라 누구에게 붙어야 보다 안전하고 빠르게 이야기가 끝날 수 있느냐 하는 필사적인 것이라 설아 역시 그 은근한 협박을 무시할 수 없었다. 관광 투어도 아니고 그들이 자처해서 들어온 세계도 아니었으며 어쩌다 운없게 걸려든 것일 뿐이다. 설아가 소녀들에게 자신의 세계를 무조건 즐기라고 강요할 수는 없는 법 아닌가.

결국 설아는 주인공이 누구냐는 질문에 가볍게 한숨을 내쉬며 짤막하게 이름을 내뱉었다.

"크라크 아크레. 그가 내 이야기의 주인공이야."

"우에에?!"

남주가 말도 안 된다는 듯한 표정으로 괴성을 지르자 주변의 소녀들은 자신의 귀를 만지작거리며 살짝 인상을 찡그렸다.

"목소리가 너무 크다는 생각 안 들어?"

"그런 걸로 시비 걸지 말고 줄거리나 말해 봐. 아크레가 주인공이라니……. 컬처 쇼크라구."

"맞아, 아크레는 주인공이라고 하기엔 카리스마가 떨어진다구."

"아크레가 어때서?"

"…주인공이 바보같이 검 뺏기고 초반부터 잡혀 있냐?"

빈의 어이없다는 듯한 한마디에 설아는 고개를 끄덕거렸다.

"그야 아크레는 좀 둔해서 사람 말도 잘 못 알아듣고 순진하긴 하지만 20대에 소드 마스터까지 이른 대단한 녀석인데?"

"주요 캐릭터로는 분명히 어울리지만 어디까지나 조연으로서 어울리는 캐릭터야. 주인공감은 아니라구. 사람을 끌어들이는 매력이 없어."

예리한 빈의 말에 설아는 살짝 미간을 찡그렸다.

"과연 기자 지망생! 날카로운 지적은 고마운데 내 이야기는 이 어리숙한 기사가 여러 가지로 고생하고 망가지다가 주인공의 면모를 갖춰

가는 이야기야. 다 보지도 않고 잠깐 만나보기만 한 캐릭터를 가지고 주인공감이 아니라고 하기엔 너무하잖아."

"무슨 소리 하는 거야? 넌 독자가 소설을 고를 때 끝까지 다 보고 고르는 거 봤니? 그건 고르는 게 아니라 이미 다 본 거라고 하는 거야. 무심코 페이지 넘겼을 때 마음에 드는 구절을 보고 고르는 게 대부분의 사람들이 책을 고르는 방법이고 무심코 안내 키를 실행시켰을 때 마음에 드는 캐릭터가 있으면 그 프로그램을 산다는 거 아직 모르니? 표지와 줄거리 요약 문구, 개성있는 캐릭터는 무시할 수 없는 주요 요소라구. 작가들이 우습게 생각하는 부분이라 속상하지만 현실은 냉정한 거야."

빈의 말은 맞는 말이었다. 작가 지망생인 설아조차 책을 고를 땐 표지와 제목만으로 선뜻 손이 가고, 가지 않는 책을 골라내고는 했다. 책장을 넘기는 맛으로 책을 선호하는 그녀와는 달리 가희는 프로그램들과 전자 북을 선호했지만 그녀가 소프트를 고르는 기준도 크게 다를 바가 없었다.

"뭐, 내용이 알차야 한다는 건 기본이니까 설명할 필요도 없는 거겠지만… 지금이라도 주인공을 바꾸는 건 어때?"

이어지는 빈의 말에 설아는 가벼운 한숨을 내쉬었다.

그녀와 다투는 것은 그다지 유쾌한 일이 아니었다. 그녀는 언제나 설아의 아픈 곳을 예리하게 찔러주었고 그것은 솔직하게 이야기해서 설아가 발전하는 데 있어 꽤 도움이 된다.

그런데도 간혹 두 귀를 막고 두 눈을 감고 싶어지는 시점이 있었다.

바로 지금처럼 말이다.

"주인공은 한 사람이 아니야. 아크레가 유약하여 카리스마가 부족하다면 그것을 보충해 주는 사람도 있다구."

설아의 변명조의 말에 빈은 눈을 크게 떴다.

"그게 누군데?"

"히로인."

"…에?"

"유이라는 비장한 카드가 있다구, 내겐……."

"미지의 캐릭터인 거야?"

흥미로운 얼굴로 묻는 가희에게 설아는 피식 미소를 지으며 고개를 끄덕였다.

"우리가 아직 만나지 못한 캐릭터야."

"글쎄… 히로인이라……."

마음에 들지 않는다는 듯한 빈의 표정에 설아는 약간 긴장된 표정으로 그녀의 말을 받았다.

"히로인이라고 하지만 평범한 히로인은 아니야. 쉴드의 뜻을 제대로 파악할 수 있는 유일한 프리스티스니까 꽤 매력적이라구."

자신의 캐릭터가 생명력을 갖지 못한다는 것만큼 불행한 일도 없다.

설아는 하나의 캐릭터를 완성시키기까지 흡사 친구에게 별명을 붙여주듯, 그리고 그들의 장점과 단점, 취미에 대한 설정은 물론 어떤 음식을 싫어한다라는 아주 사소한 부분까지 캐릭터 설정 범위에 적용시켰다. 덕분에 그녀의 캐릭터들은 하나같이 생기가 넘친다는 평을 듣는 편이었다.

어떤 때는 그들의 생동감이 지나치다 못해 설아의 뜻대로 움직여 주지 않는 일까지 생겨나곤 했지만 그것은 작가의 역량 문제라기보다 캐릭터에 대한 지나친 감정 이입의 문제였다(이것 역시 작가의 역량 문제라면 어쩔 수 없는 딜레마겠지만 말이다). 예를 들어 이야기 속에서 무난한 흐름을 위해 아크레가 카렌의 등을 향해 레이피어를 찔러 넣는 장면을 만들겠다고 한들 이미 설아의 머리 속에서부터 거부 반응이 일어난다. 그는 비겁하게 누군가의 등 뒤로 검을 겨누는 짓은 하지 못한다. 더군다나 레이피어는 아크레의 이미지에 어울리지 않았다. 차라리 오크가 이쑤시개로 드래곤을 위협한다는 내용의 이야기를 만드는 쪽이 그녀에게는 훨씬 쉬운 일이었다.

"잠깐, 프리스티스라면 말이야… 쉴드를 믿는다는 거겠지?"

"그야 물론 그렇지."

"쉴드는 너 아니야?"

"아니야. 그는 내 세계의 일부분일 뿐이야."

생긋 미소를 짓는 설아에게 빈은 살짝 미간을 찡그렸다.

"그거 상당히 위험하게 들리는 말이다."

"걱정 마, 걱정 마. 작가는 신성 모독죄가 적용 안 돼."

"누가 그래?"

어이없다는 표정으로 자신을 바라보는 빈에게 설아는 장난스런 미소를 지으며 검지손가락을 흔들어댔다.

"…위대한 미래의 작가 설아님이."

"쯧쯧, 어쩐지 네가 많이 먹긴 먹는다 했지."

시답지 않은 농담을 주고받는 동안에도 그들은 아크레가 죽었다는 사실을 알지 못했다. 심지어 이 세계의 주인인 설아조차 아무것도 모르는 채 기대에 찬 표정으로 아크레를 떠올리며 눈을 빛냈다.

"우리는 곧 그들과 만나서 합류하게 될 거야. 내가 말해 줄 수 있는 건 여기까지야. 자, 그럼 슬슬 출발해 볼까?"

"뭐, 좋아. 아무튼 힘내라. 우린 네 이야기를 꽤 기대하고 있으니까 말이야."

빈이 생긋 미소 지으며 설아의 어깨를 툭툭 치는 것을 신호로 남주가 진과 라토모를 소환해 냈다.

"아쉽지만 이제 출발해야겠어."

"네, 그럼 우선 이 오아시스부터 치워야겠군요."

진의 말이 끝나기가 무섭게 마치 지진이라도 일어난 것처럼 땅이 갈라지더니 오아시스가 바닥으로 내려앉았다(놀라운 것은 땅이 갈라지고 밑으로 내려앉았는데도 진동은커녕 미동도 없었다는 것이다). 순간 그들은 자신들이 아주 중요한 것을 잊고 있었다는 사실을 깨달았다.

뮤우!

뮤의 처절한 비명 소리에 그가 아직도 오아시스에 있음을 깨달은 것이다.

"진! 꺼내 와줘!"

"네, 주인님."

진은 믿음직스러운 표정으로 잽싸게 오아시스로 날아들었다. 순간,

"앙~"

앙?

"우아아앗! 실프!"

남주의 비명에 일행은 일제히 뮤를 향해 눈을 동그랗게 떴다.

"정체 불명의 가방 주제에 진을 먹었어!"

커다란 눈에 핏대를 세우며 오아시스를 향해 뛰어드는 남주를 소녀들은 미처 말릴 겨를도 없었다. 할 수 있는 것이라고는 소녀들 역시 함께 오아시스로 뛰어드는 것밖에 없었다. 라토모가 경악에 찬 표정으로 뛰어들려는 순간 모든 것을 삼켜 버린 사막의 입은 순식간에 닫혀 버렸다.

"주인님……."

남주가 뛰어들 때 그녀의 품 안에서 떨어진 소환책만을 남겨둔 채…….

"돌아오실 때까지 이것은 제가 지켜 드리겠습니다."

라토모는 소환책을 주워 들며 기필코 지켜내고야 말겠다는 의지를 불태웠다. 마치 자신에게 다가오고 있는 검은 그림자를 감지해 내기라도 한 것처럼…….

"유이님?"

망고슈를 손에 쥐고 주변을 두리번거리던 레번은 등 뒤에서 뿜어져 나오는 서늘한 기운에 재빨리 플랑베르주를 뽑아 들었다. 자신에게로 다가오던 인기척은 어느새 주춤해지더니 그대로 멈춰 버렸다.

"유이님이십니까?"

어딘지 모르게 비꼬는 것만 같은 목소리의 근육질 청년, 게다가 눈매마저 험상궂은 것이 전혀 신용이 가지 않는다. 전혀 어울릴 것 같지 않은 금발에 보기 드문 녹색 눈동자라는 장점 같은 것은 레번의 강렬한 불한당 같은 인상에 파묻힌 지 오래다.

"아크레님께서 부상을 당하셔서 제가 대신 모시게 되었습니다. 어디에 계십니까?"

아크레라는 말에 잠시 움찔했으나 유이의 감이 온몸으로 저 남자는 위험한 존재라는 것을 알리고 있었다.

그다지 쓸 만한 감은 아니었지만 이번만큼은 잘 맞아떨어질 것 같은 생각에 잠자코 있던 그녀는 자신의 등 뒤로 그보다 더 위험한 기운을 풍기고 있는 소년을 느끼고는 후닥닥 벽면으로 몸을 밀착시켰다. 다행히 소년에게는 레번처럼 인기척을 감지할 수 있는 능력이 없는 듯했다.

"레번이라……. 설아 녀석, 작명 센스 한번 구리구리하군."

소년의 목소리에 레번은 바짝 긴장했다. 아크레라면 '누구십니까?'라는 멍청하고 틀에 박힌 대사를 외쳤겠지만 레번은 언제나 생각보다 행동이 앞서는 자였다.

"유이님, 두 번 말씀드리지 않겠습니다. 가능한 셋 셀 동안 제 뒤로 와주십시오. 만약 저를 신용하지 않으시는 거라면 저도 당신을 지켜 드릴 의무가 없습니다."

그의 목소리에서 단호함이 묻어 나왔다.

인기척은 유이의 것이 분명했지만 소년의 목소리는 예상치 못한 복병인 것이다. 무엇보다 소년의 것으로 추정되는 인기척이 전혀 느껴지지 않는다는 사실이 가장 불길했다. 소드 마스터인 레번에게 기척을 들키지 않으려면—검을 쓰는 자의 기준으로—그 이상의 소드 마스터여야 한다. 애초부터 이곳에 유이가 없었고 이 인기척이 정체 불명 소년의 것이라면 문제는 쉽게 해결되지만 만약 그의 예상대로라면 그야말로 끝장이었다. 방어하는 자보다 공격하는 자가 훨씬 능동적이며 지키려는 자보다 빼앗으려는 자가 훨씬 대담한 법이다. 뭐… 지켜야 할 것이 있는 자들이 빼앗아야 하는 자보다 절실함이 더한 편이라지만 그만큼 빼앗기고 나면 타격이 크다(뺏는 자들이야 뺏지 못한다 해도 손해보는 것이 없으니 어느 정도 지키는 자들보다 정신적인 여유가 있는 편이다). 유이는 기분 나쁜 살기를 뿜어내고 있는 소년과 감히 위험하다고 알려주는 레번 사이에서 선택의 갈림길에 섰다. 앞에서는 험상궂은 레번, 뒤에서는 정체 불명의 소년이라니……. 도무지 내키지가 않았다. 그저 바닥에 못 박힌 듯 서서 어서 이 순간이 지나가길 기다리는 수밖에 없다고 생각했다.

"레번이라고 불러도 되겠죠? 당신이 찾고 있는 유이라는 아가씨가 이 근처에 있는 게 확실합니까?"

"그런 걸 너한테 알려줄 의무는 없다. 나와 싸우고 싶은 게 아니라면 모습을 드러내라. 난 모르는 녀석에게 시비를 걸고 다닐 정도의 악당도 아니지만 이렇게 거슬리는 느낌을 계속 참고 있을 만큼의 호인도 아니지."

"이런이런, 좋은 말로 해봤자 못 알아들으면 아무 소용 없는 법인데……. 실수하신 겁니다, 레번 씨. 당신 같은 조연에게는 별 볼일이 없었는데……. 쯧쯧."

레번은 신속하게 목소리가 들려오는 벽면을 향해 검을 찔러 넣었지만 헛수고였다. 그곳은 오로지 벽뿐이었던 것이다.

'저 사람은 신용할 수 없어.'

유이는 주먹을 꼭 쥐며 그 자리에서 못 박힌 듯 서 있었다. 기분 나쁜 소년의 느낌은—인기척과는 다른 그저 소년이 존재한다는 느낌이 든 것이다—험상궂은 레번이 벽면을 향해 검을 찔러 넣는 순간 그의 코앞으로 바짝 다가갔다. 레번은 재빨리 검을 거둬들였음에도 불구하고 우득 하는 소리와 함께 마치 종이를 구겨 버린 것같이 엉망으로 구겨진 플랑베르주를 볼 수 있었다.

"비겁하게 숨어 있지 말고 모습을 드러내라!"

"그런 멍청한 소릴……. 당신이라면 그렇게 하겠어?"

"넌 내가 바보로 보이는 거냐? 적이 시키는 대로 순순히 따를 내가 아니다. 그렇지만 넌 해야 해. 이 레번님이 시켰으니까 말이야."

레번은 엉망으로 구겨진 칼을 다시 한 번 목소리가 들려온 방향을 향해 집어 던졌지만 챙그랑 소리와 함께 바닥을 나뒹굴 뿐 플랑베르주는 소년에게 아무런 상처도 주지 못했다. 레번은 마치 유령을 상대하고 있는 것 같은 무기력을 느꼈다.

"넌 정체가 뭐냐?"

그는 살짝 아랫입술을 깨물며 망고슈를 잡은 손에 힘을 주었지만 자신을 비웃는 소리에 어쩐지 모든 것이 바보같이 느껴졌다.

'아크레님은 왜 저런 괴물로부터 유이님을 지키라고 말씀하신 걸까?'

"쯧쯧… 적을 앞에 두고 한눈을 팔면 쓰나, 형씨?"

여유가 넘치다 못해 다시 한 번 자신을 비웃는 것 같은 소년의 목소리에 레번은 지그시 눈을 감았다. 어차피 눈에 보이지 않는 상대에겐 감으로 상대하는 수밖에 없었다.

상쾌한 숲의 향기… 미약하긴 하지만 이것은 엘프 족처럼 숲에서만 살다 온 자들의 향기였다.

소년에게서 이런 향기가 날 것 같진 않았다.

그리고 보니 자신의 뒤에서 느껴져야 할 유이의 인기척이 느껴지지 않고 있었다.

소년이 노리는 것은 유이.

그렇다는 것은 자신의 뒤를 노리고 있다는 말이기도 했다.

"난 아직 숫자를 세지도 않았는데 정말 빠르군요, 유이님. 계속 그렇게만 있어주십시오."

일종의 모험이었다. 자신에게도, 그리고 유이에게도, 저 소년에게도…….

"유이님께 전해 드리려던 망고슈입니다."

소리가 나지 않도록 검집에서 조심스럽게 검을 빼어 든 레번은 생긋 미소를 지으며 재빠르게 자신의 뒤를 향해 검을 집어 던졌다. 실패하면 더 이상의 방법도 없다. 다행히도 유이는 화이트 가루 덕분에 발각되지 않는 데다가 어느 정도 운동 신경도 있는 듯해서 어떻게든 길만 뚫어준다면 적절한 타이밍에 맞춰 도망칠 수 있을 것이라는 계산이었다. 요컨대 소년에게 타격을 주지 못하더라도 주의만 끌면 그만이었다. 그러나……

"으윽! 이건 뭐지?"

검이 소년의 몸에 닿자 이제까지 전혀 보이지 않았던 소년의 모습이 드러났다. 전체적으로 호리호리한 체격에 장난기가 넘치는 검은 눈동자와 생기있는 얼굴 표정, 스포츠 형으로 잘라놓은 머리카락은 그를 한층 더 호감 가는 귀여운 얼굴로 보이도록 만들었고 전체적으로 눈에 확 띄는 미소년은 아니지만 친근해 보이는 외모의 소년이었다.

레번은 의외의 수확에 회심의 미소를 지으며 소년을 노려보았다.

유이의 눈에는 레번이 악당으로 소년이 위기에 빠진 듯이 보였으나 둘 다 아무런 무기를 가지고 있지 않았으니 그걸로 된 거라고 눈을 질끈 감아버렸다.

두 사람이 조금만 더 주의해서 소년을 살펴보았다면 그의 가슴 깊숙이 박혀 있는 망고슈가 이질적으로 느껴질 만큼 단 한 방울의 피도 흘리지 않고 있다는 것을 눈치 챌 수 있었을 테지만 불행히도 그들은 소년이 무방비 상태라는 것에만 신경 쓸 뿐이었다.

"호, 설아 녀석, 보면 볼수록 멋지구리한 것들만 만들어냈는걸. 문자를 바꾼 것은 나지만 설마 나에게 타격을 줄 수 있는 무기가 있을 거라고는……"

그는 망고슈를 잡으려 했지만 마치 존재하지 않는 것처럼 망고슈는 그대로 소년의 손을 통과해 버렸다.

"나는… 뽑을 수가 없다 이건가? 킥!"

어쩐지 재밌다는 표정으로 킥킥거리던 소년은 마치 발끝으로 걸어다니는 듯한 가벼운 걸음걸이로 자신의 목을 조르려던 레번의 팔을 가뿐히 피해냈다.

"그렇다고 해도 시스템 면에서는 내가 월등히 뛰어나다고. 방심하면 안 되지."

눈에 보이지도 않을 정도의 속도로 레번의 양팔을 붙잡더니 우두둑 소리가 날 정도로 몇 번이나 그의 팔을 비틀어댔다.

실로 엄청난 완력임에도 불구하고 마치 종이를 가지고 장난치는 듯한 손놀림인지라 그 광경을 지켜보고 있는 유이의 안색마저 창백해질 지경이었다.

"이런이런, 뼈가 부러지겠는걸."

우두둑우두둑하는 소리와 함께 레번의 양팔이 바닥으로 축 처져 버리자 소년은 만족한 듯한 미소를 지으며 맹렬하게 저항하는 레번의 손을 잡고는 자신의 가슴에 박혀 있는 검의 손잡이를 쥐도록 만들었다. 소년이 뽑아 들려고 할 때와는 달리 검은 너무나 쉽게 뽑혀져 나왔다. 레번은 자신의 신음 소리가 입 밖으로 튀어나오지 못하게 하기 위해 자신도 모르게 아랫입술을 질끈 깨물었다. 얼마나 힘이 들어갔으면 섬뜩한 붉은 피가 턱을 따라 뚝뚝 흘러내렸고 유쾌하다는 듯 그를 바라보고 있던 소년은 자신보다 한참 아래에 있는 그의 머리를 한 손으로 쥐고는 생긋 미소를 지었다.

"유이 씨는 어디 있죠?"

"…내가 아냐, 네가 아냐?"

전혀 아픈 기색을 보이지 않으며 또박또박 대답하는 레번에게 소년은 살짝 미간을 찡그렸다.

"히로인은 어디에 있습니까?"

"너 바보냐, 그런 걸 나한테 묻게!"

짜증스런 그의 대답에 소년은 참지 못하고 복부를 호되게 발로 차버렸다.

소년과 머리 하나 이상의 차이가 날 정도로 키가 작은 레번이었지만 운동 신경이나 힘 하나만큼은 그 누구에게도 뒤지지 않았다. 최대한 고통을 줄이기 위해 몸을 움츠린 보람도 없이 마치 어린아이에게 유린당하는 장난감처럼 그의 몸은 소년의 뜻에 따라 이리저리 휘둘러졌다.

"말 안 듣는 아이들에겐 매가 최고지."

소년은 순진한 미소를 지으며 레번의 양쪽 어깨를 두 손으로 잡아 자세를 고정시키고는 무릎으로 찍어댔다.

울컥하고 입에서 피가 흘러내렸지만 소년의 공격은 멈추지 않았다.

레번이 저항하지 않는 것은 아니었지만 그것은 헛수고일 뿐이었다. 마치 존재하지 않는다는 듯 레번의 손과 발을 그대로 통과시켜 버리는 소년의 몸은 그저 눈에 보이기만 할 뿐이었던 것이다.

'죽는다. 그대로 두면 저 사람은… 틀림없이 죽는다.'

유이는 아랫입술을 꼭 깨물고는 화이트 가루를 한 움큼 손에 쥐고 최대한 기적을 죽이며 그들을 향해 다가갔다. 소년이 두 손을 놓아버리자 레번은 어디 뼈라도 부러진 것인지 그대로 바닥에 주저앉아 버렸다.

바로 그 순간을 놓치지 않고 유이는 자신의 손에 있는 화이트 가루를 레번에게 뿌리고는 그에게 귓속말을 속삭였다.

"일어날 수 있겠어요?"

"전 괜찮으니 어서 피하십시오."

레번은 유이와 시선을 맞추지 않기 위해 고개를 돌렸으나 유이의 시야에 그런 레번이 들어올 리 없었다(이미 화이트 가루를 뿌려 버렸으니 보일 리가 없지 않은가). 간신히 신음 소리를 참아내며 소년을 바라보던 레번은 그가 그들을 향해 시선을 보낼 때마다 손에 쥐어진 망고슈에 실리지도 않는 힘을 최대한 실으며 비장한 표정을 지었다.

"화이트 가루인가?"

살짝 미간을 찡그리며 주변을 둘러보던 소년은 아쉬운 듯 입맛을 다시다 그대로 천천히 사라져 갔다. 유이와 레번은 숨소리조차 죽이며 소년의 기척을 살폈다. 레번이야 처음부터 아무런 기척을 느끼지 못했지만 유이는 달랐다.

그토록 선명하게 느껴지던 소년의 느낌이 그의 모습과 함께 사라져 버리자 유이는 안도의 한숨을 내쉬며 레번을 향해 재빨리 치유 마법을 걸었다. 복도 전체를 성스러운 빛으로 가득 채워 버린 그녀의 신성력은 그가 최상의 컨디션을 되찾도록 만들어주었다.

"어떻게… 하신 겁니까?"

레번은 보이지는 않지만 아마도 그녀가 서 있으리라고 생각되는 방향을 향해 벌어진 입을 채 닫지도 못하고 연신 놀랍다는 듯 눈을 크게 떴다.

"잠시… 부축 좀 해주시겠어요?"

자신의 대답을 듣기도 전에 이미 자신에게 기대고 있는 유이를 부축하며 레번은 흡족한 미소를 지었다. 170㎝ 남짓의 자신의 작은 키에도 불구하고 그에게 기대어오는 그녀는… 아담한 사이즈였던 것이다.

"아크레님은 어떻게 된 거죠?"

"부상을 입으셔서 저에게 당신을……."

"시끄러워요! 묻는 말에만 짧게 대답해요!"

유이는 날카로운 목소리로 레번의 말을 끊어놓고는 살짝 인상을 찡그렸다.

"그렇게 말씀하셔도 지금 설명드리려는 중입니다만 그렇게 제 말을 잘라 버리면……."

"짧.게. 대답해 주세요, 짧.게!"

이번에도 자신의 말이 잘리자 레번 역시 서서히 눈꼬리가 위로 치켜올라가고 있었다.

"어이."

특유의 비꼬는 듯한 목소리에 힘까지 들어가자 제아무리 유이라 해도 잠시 주춤할 수밖에 없었다.

"어이!"

조금 더 커진 목소리에 유이는 살짝 눈에 힘을 줬다.

"어이? 그거 지금 절 부르신 건가요?"

"여기 너 말고 사람이 또 있냐?"

유이는 너무나 화가 난 나머지 할 말을 잃었고 레번은 이제 부축해 주던 팔을 과감하게 풀어버렸다.

'털썩' 하고 유이가 자신의 몸을 가누지 못해 주저앉는 듯한 소리가 났지만 그는 입가에 묘한 미소를 지으며 유이를 향해 코웃음 쳤다.

"나는 말이지, 세상에서 가장 싫어하는 게 있거든. 첫째가 시끄러운 여자고, 둘째가 예의 범절이라고는 개미 눈곱만큼도 없는 꼬맹이들이고, 셋째가 레디 대접해 달라고 깝죽거리는 소녀들이다. 아크레님의 부탁이니 할 수 없이 동행이 되어주긴 하겠지만 말해 봐. 너 몇 살이냐?"

비록 보이진 않지만 상대방이 자신을 깔보고 있다는 사실이 물씬 묻어 나오는 말투였다. 울컥한 유이는 힘겹게 몸을 일으키곤 감으로 레번의 정강이가 있을 만한 부분을 발로 힘껏 걷어찼다.

"크윽!"

"불행히도 그 세 가지 다 해당된다. 어쩔래, 이 아저씨야?"

"누가 아저씨라는 거야, 이 망아지 같은 계집애야?!"

"마, 망아지?!"

"쯧쯧, 언어 장애가 있는 줄은 몰랐네. 망아지가 그렇게 발음하기 힘들었냐?"

그들이 목소리 높여 다투는 소리에 나온 듯한 하녀 한 명은 주변을 계속 두리번두리번거렸지만 이내 아무도 없다는 것을 깨닫고 안색이 파리해졌다.

"쉿! 조용히 해요. 사람이 나왔어요!"

유이가 하녀를 발견하고는 레번에게 주의를 주자 그는 코웃음 치며 하녀의 이름을 불렀다.

"그린이로군. 소심해서 제대로 참견도 못하는 녀석이니 신경 쓸 거 없어."

그러나… 그 소심한 여인은 마치 못 들을 소리를 들은 것처럼 덜덜 떨더니 이내 비명을 질렀다.

"꺄아! 유령이 내 이름을… 내 이름을……!"

"기절했어요……."

유이의 비난하는 듯한 말투에 그는 살짝 미간을 찌푸리며 그린이라는 여인을 향해 눈을 흘겼다.

"쳇! 내 눈에는 흰자위밖에 안 보이는 네가 더 유령 같다."

레번은 이내 한숨을 내쉬고는 마음을 가다듬었는지 유이를 향해 그로서는 최대한 정중한 태도를 갖췄다.

"일단 전 레번이라고 합니다. 크로우 레번. 당신의 존함을 여쭈어보아도 되겠습니까?"

"전 유이예요. 프리스티스라 성은 사용하지 않아요."

"성을 사용하지 않는다라……. 하이 프리스티스입니까?"

"뭐, 그런 셈이죠. 참고로 열일곱이지만… 레번님은?"

"열 살 차이는 안 나니까 레번 오빠라 불러주십시오. 아크레님께서는 부상을 당하셔서 제가 대신 가드가 되기로 한 것이니 양해 부탁드립니다."

"많이… 다쳤습니까?"

"검기를 맞았으니 보통 사람이라면 즉사였을 테지만……."

말끝을 흐리는 레번을 향해 대충 상황을 파악했다는 듯 유이는 한숨을 내쉬었다. 자신의 신성력은 조절이 되지 않는다는 치명적인 단점이 있어서 그렇지―예를 들면 손가락이 바늘에 찔려 피가 살짝 비치는 것도 치유 마법을 걸어준다며 있는 대로 신성력을 퍼부어대느라 자신은 기절 직전까지 간다거나 몬스터 사냥에 나간 자들에게 회복 마법을 걸어준다며 반경 100m 이내의 지쳐 있는 아군은 물론이고 몬스터마저 완벽하게 회복시켜 놓는 바람에 처음부터 다시 피 터지게 싸우도록 만드는 것도 그녀에게는 일상이다―그녀의 신성력은 끝이 보이지 않는 바다와 같았다. 신성력은 담고 있는 육체가 그다지 건강한 체질이 아닌지라 그런 장점들은 제대로 작용되지 못하고 있었지만 어쨌거나 그녀는 세상에서 단 한 명밖에 찾아볼 수 없는 고귀하고 특별한 존재였다.

"그렇군요."

유이는 걱정스러운 표정으로 잠시 복도 끝을 바라보며 한숨을 내쉬었다. 자신의 신성력이라면 죽어가는 자들도 깨끗하게 낫지만… 이미 체력이 한계에 이르렀기에 지금 신성력을 발휘하려고 해봤자 도중에 기절하고 말 것이다. 아크레라도 자신을 지켜줄 수 있는 입장이라면 모르겠지만 제대로 완치된 경우도 아닌지라 그야말로 안전을 보장받을 수가 없게 되는 것이다. 레번이 신용이 가는 자라면 모르겠지만 불행히도 그는… 아무리 봐도 믿음이 가지 않았다. 게다가 검기로 인한 부상이라면 자신이 간다고 해도 이미 늦어버렸을 확률이 80% 이상이었다.

"어디로 모실까요?"

"잠깐만요. 전 아직 동행을 허락한 기억이 없습니다만……?"

"아크레님의 부탁이라 저 역시 어쩔 수 없이 맡은 일입니다."

자신을 꺼리는 듯한 태도에 울컥한 레번이 목소리를 깔자 소녀는 살짝 미간을 찡그렸다.

정말 보면 볼수록 마음에 들지 않는 인물이었다.

따지고 보면 자신은 생명의 은인이 아니던가.

"일단 성에서 나가 적당히 씻을 수 있는 곳으로 안내해 주세요."

"그럼 누추하지만 저희 집으로 안내해 드리지요."

레번의 말에 유이는 내키지 않는다는 목소리로 정중히 거절했다.

"그렇게까지 폐를 끼치고 싶진 않습니다만……."

"어차피 여행을 해야 한다면 이것저것 준비할 것도 있고 또… 전 몇 명의 하인들 빼고는 혼자 사니까 부담 느끼실 필요도 없습니다."

"혼자… 라는 게 부담스러운데요?"

솔직한 그녀의 말에 레번은 잠시 벙찐 표정으로 멍하게 있다가 이내 얼굴을 붉혔다.

"이봐, 내가 제일 싫어하는 게 뭐라고 했었냐?"

다시 시비 거는 듯한 말투에 유이는 한껏 인상을 찡그렸다.

"당신 여자에 대해 편견을 가지고 있는 거 아니에요?"

"너야말로 뭔가 오해를 하고 있는 것 같은데?"

"무슨 말이에요?"

도끼눈을 치켜떠 봤자 안 보이는 것은 서로 마찬가지였다.

"…나는 지금 네가 싫다고 말하고 있는 거다, 이 망아지야."

유이는 또다시 감으로 레번의 발등을 호되게 짓밟으며 의기양양한 미소를 지었다.

"당신은 좀 더 유쾌하게 농담 즐기는 법을 배워야겠어요. 레이디에게 망아지라니, 어울리지 않는 단어라구요."

"으윽!"

신음 소리를 내며 바닥에 주저앉아 버린 레번은 앞날이 훤히 보이는 듯한 기분이 들었다.

"자, 어서 안내해 주세요."

어느새 기운을 차린 걸까? 소녀의 목소리에서는 웃음이 잔뜩 묻어 나오는 것 같았다.

'아아, 뭐… 아무래도 상관없겠지. 소녀는 웃고 있을 때가 가장 잘 어울리는 법이니까.'

될 대로 되라는 심정으로 자리에서 일어난 레번은 유이를 향해 손을 내밀었다.

"어쨌거나 유이님께서 어디에 계시는지는 알아야 하니까 손을 주시겠습니까?"

"…그냥 제가 잡을게요."

"……?"

'도대체 어디를 잡는다는 걸까?'라는 표정을 짓고 있는 레번의 뒤로 뭔가가 '덥석'하고 망토 자락을 붙잡는 것이 느껴졌다.

"그럼 출발하겠습니다."

성을 빠져나와 말을 찾아서 타는 것도 곤욕이었지만 유이와 함께 타는 것도 보통 곤욕스러운 일이 아니었다.

"까아! 어딜 잡는 거예요?!"

털썩!

"죄송합니다."

"됐어요!"

그리고 또다시…

"까아악! 치한!"

털썩!

"죄, 죄송합니다."

"알긴 아는 거예요?"

바보 같지만 다시 한 번…….

"까아악! 색골! 저질! 일부러 그러는 거죠?!"

털썩!

"이 여자야, 나도 말 좀 타자, 말 좀!"

서로 눈에 보이지 않는 관계로—그러나 감촉은 느껴지는 관계로—예상치 못한 장애가 생겨 버린 것이다. 결국은 여러 번 말에서 떨어진 레번이 허리에 큰 부상을 입었는지 움직이지 못하자 유이가 말에서 내려

치유 마법을 걸어주고는 자신은 곧바로 기절해 버렸다.

"감사합니다, 유이님."

레번이 가볍게 목례를 했지만 유이로부터는 아무런 반응이 없었다.

"유이님?"

의아한 표정으로 주변을 두리번거리던 레번의 발에 뭔가 걸기적거리는 느낌이 들었다. 혹시나 싶어 손으로 만져 보니 가느다란 머리카락이 만져졌다.

"이런, 기절했군. 차라리 잘된 건가?"

피식 미소를 지으며 그녀를 안아 든 그는 훌쩍 말에 올라탔다.

푸르르―

레번에게 길들여진 말이 그제야 비로소 만족했다는 듯한 울음소리를 내자 레번은 그의 울음소리에 답해주듯 말의 갈기를 쓰다듬어 주었다.

"집으로 가자. 가능한 천천히……."

레번의 말을 알아들은 것인지 말은 그의 집으로 향했다.

레번의 집은 그와는 어울리지 않게 아기자기하게 꾸며져 있었다.

현관까지 이어져 있는 정원은 색색의 꽃으로 조화를 이루고 있었으며 종종 새들도 눈에 띄었다. 잔디를 위한 배려인 것인지 사람을 위한 배려인 것인지 모를 잘 정리된 외길은 말을 타고 가도 별문제가 없을 정도로 넓었다. 말에서 내린 그가 유이를 안아 들자 레번의 말은 잘 교육받은 말인 듯 스스로 마구간을 향해 들어갔다.

"이거 난감하군."

여기까지 오는 것은 그다지 어렵지 않았지만 이제부터는 꽤 곤란하게 생겼다. 문이 아주 굳게 닫혀 있는 것이다. 집사가 매우 깐깐한 사람이라는 것은 고용주인 자신이 누구보다 더 잘 알고 있었다.

일단 현관문을 두드린 레번은 자신이 빠져나올 정도만 빼꼼히 문을 여는 집사를 향해 버럭 소리를 쳤다.

"지금 여기서 뭘 하고 있는 건가?!"

"주인님?"

눈을 동그랗게 뜨며 주변을 바라보는 집사에게 그는 또다시 버럭 호통을 쳤다.

"지금 뭐 하고 있는 건가?! 문을 열게!"

"어디에 계시는 겁니까, 주인님?"

집사는 성큼성큼 정원으로 나와 레번을 불러댔지만 레번은 태연히 집으로 들어가 버렸다.

'밖에서 아무리 찾아보라지. 암살자가 들어와도 저 모양이면 큰일인데… 여행에서 돌아오면 저런 것부터 재정비해야지'라고 궁시렁거려 대며 그는 유이를 2층에 있는 자신의 옆방에 눕혔다.

피와 땀을 흘렸던 탓인지 일단은 씻어야겠다는 생각에 그는 유이가 있는 방을 나와 욕실로 향했다. 평소 집으로 돌아오는 시간이라 그런지 다행스럽게도 욕실에는 자신이 갈아입을 깨끗한 옷과 따뜻한 물이 담겨 있는 욕조가 대기하고 있었다.

욕조에 손을 집어넣은 레번은 순식간에 지금까지 쌓여 있던 온몸의 긴장이 풀리는 것을 느낄 수 있었다.

첨벙 하는 소리와 함께 욕조에 들어간 그는 자신의 주변에서 풍겨져 나오는 달콤한 향기에 자신도 모르게 미간을 찡그렸다.

"난 이래서 여자들이 싫다니까! 장미 향이 뭐야, 장미 향이!"

오늘의 짓궂은 하녀들의 장난은 장미 향이 나는 목욕물이었던 것이다.

뭐… 대부분의 귀족들이 허브 향이라든가 과일 향이 풍기는 목욕을 즐겼지만 레번은 사나이의 향기는 막 훈련을 끝냈을 때 진하게 느껴지는 땀 냄새라며 의기양양하게 웃어대는 녀석이다.

그에게 있어 향기로운 입욕제 따위는 필요하지 않았다.

"지난번에는 온몸에 바닐라 향이 풍겨서 미치는 줄 알았더니 이번에는 장미냐?!"

팔과 다리, 그리고 천천히 자신의 몸이 드러나자 레번은 신기하다는 듯 자신의 팔을 이리저리 흔들어보았다. 놀랍게도 유이의 신성력 덕분인지 오래전에 남았던 흉터까지 말끔하게 사라진 몸은 마치 다시 태어나기라도 한 것처럼 개운했다.

세수를 하고 난 뒤 옷을 갈아입은 그는 마침 지나가던 하녀에게 욕실 청소를 부탁하고는 그녀가 누워 있는 방으로 들어갔다. 침대 시트의 주름 상태로 유이가 누워 있는 방향을 짐작하고는 물에 적신 손수건으로 그녀의 얼굴을 닦아냈다.

아무것도 보이지 않는 상태에서 얼굴만 보인다는 것이 어쩐지 을씨년스럽기는 했지만 자세히 보면 유이라는 소녀는 꽤 미인이었다. 눈을 감고 있는 상태라 눈동자 색을 보지 못하는 것이 안타깝지만 말이다(머리카락 역시 보이지 않기는 마찬가지였다).

"하녀들이 보면 비명깨나 지르겠는걸."

그는 피식 미소를 지으며 얼굴밖에 보이지 않는 유이의 뺨을 살짝 꼬집곤 메모를 남겨두었다.

'베개 옆에 거울 있으니 필히 입을 틀어막고 볼 것, 그리고 내 방은 바로 옆, 그러니까 왼쪽 방이니 왼쪽 벽면을 두드릴 것 이라는 간단한 내용이었지만 어쩐지 계속 웃음이 새어 나왔다.

보이는 것은 오로지 평온해 보이는 얼굴이 전부였으니 아무리 뛰어난 미인이라고 해봤자 괴기스럽거나 코미디 같을 뿐이었던 것이다.

"자, 그럼 짐이나 꾸려볼까."

"다들 다친 데 없어?"

가희가 걱정스런 눈으로 소녀들에게 질문하자 다들 고개를 끄덕거렸다.

"으으… 물에 빠진 생쥐 꼴이 됐잖아."

다행히도 소녀들이 뛰어든 곳은 오아시스였기에 소녀들은 온몸이 흠뻑 젖은 것 말고는 다친 데도 없었으며 무사히 뮤도 찾아냈다.

"뱉어!"

뮤! 뮤!

고개를 흔드는 뮤에게 남주는 주먹을 들어 보였다.

"좋은 말로 할 때 뱉어라."

으르렁!

"어쭈! 이게 으르렁거려?!"

뮤!

주먹으로 세게 한 대 쥐어박자 뮤는 항의 섞인 괴성을 질렀다.

"이게 어디서 잘했다고 소리를 질러!"

버럭 소리를 지르는 남주에게 또다시 으르렁거리는 소리가 들려왔다.

"이, 이봐, 그거 뮤가 그런 게 아닌 것 같은데……?"

빈이 긴장된 표정으로 이야기하자 남주는 살짝 인상을 찡그렸다.

"뮤가 아니면 누가 으르렁거린다는 거야? 너냐?"

"야, 너 뮤가 '뮤' 라는 울음소리 말고 다른 소리 내는 거 들어봤냐?"

빈의 날카로운(?) 지적에 화들짝 놀란 남주는 주변을 두리번거렸다.

이곳은 자신들이 철석같이 오아시스라고 믿고 있었던 곳이 아니었다. 한 번도 느껴보지 못한 기이한 분위기가 풍겨 나오는 곳이었다.

뭐랄까… 온통 암흑인 곳이지만 결코 어둡다고 느껴지지 않는… 빛이라는 존재를 망각하게 만들 만큼 철저하게 동화시키는 마력이 있는 듯했다.

"우아! 짜!"

무심결에 아랫입술을 깨물었던 설아는 소금기가 느껴지는 혀를 내밀어 보이며 살짝 미간을 찡그렸다.

축축한 물에서 미약하게나마 느껴지는 짠 내가 이곳은 오아시스가 아니라 바다라고 말해 주고 있었다. 그리고 이 바다 주변은 검은 포플러 나무로 울창한 숲을 이루고 있었다.

"일단 여기서 나가야겠지?"

설아의 말에 소녀들은 고개를 끄덕거렸다. 어딘지도 모르는 곳에서 한가롭게 물놀이나 할 생각 따위는 없었던 것이다.

"그런데… 여기는 도대체 어디야?"

간신히 육지로 올라와 옷의 물기를 짜내는 설아에게 빈이 심란하다는 투로 질문하자 가희는 생긋 미소를 지으며 자신을 손가락으로 가리켜 댔다.

"나, 나, 나 알 것 같아."

"호오~ 어디라고 생각하십니까?"

마치 퀴즈를 맞추는 것처럼 두 눈을 반짝반짝 빛내는 가희에게 남주가 퀴즈 프로 MC 톤으로 질문하자 그녀는 의기양양하게 대답했다.

“저승!”

“…에… 에에엣?!”

마치 칭찬을 기대하는 어린애 같은 천진난만한 표정을 짓고 있는 가희를 향해 빈과 남주가 말도 안 된다는 듯 비명을 지르는 것과 동시에 '짝짝짝' 하는 설아의 박수 소리가 날아들었다.

“네, 정답입니다. 상품으로 여기에 있는 귀여운 아가씨 두 명을 드리겠습니다. 그럼 안녕히 계십시오.”

꾸벅 인사까지 해 보이는 설아에게 얼떨결에 가희 역시 꾸벅 고개를 숙여 보였다. 설아는 생긋 미소를 지으며 그녀들과 정반대 방향으로 걷기 시작했으나 얼마 가지 못해 빈이에게 뒷덜미를 붙잡히고 말았다.

“어디 가?”

“에… 에헤헤.”

“설마 이대로 도망가려던 건 아니겠지?”

생긋 미소를 지으며 자신을 바라보는 빈의 상냥한 얼굴 위로 어쩐지 뿔이 돋아나는 환영이 보이는 것만 같았다.

“에헤헤… 들킨 거야?”

“음, 들켰어.”

친절하게 확인 사살까지 해주는 남주에게 설아는 또다시 비굴한 미소를 지었다.

“에헤, 봐줄 거지?”

“…봐줄 거냐?”

남주의 침울한 목소리에 빈은 단호하게 고개를 저었다.

“절대로 못 봐줘.”

“오랜만에 의견 일치구나.”

두 사람은 '짝' 소리가 나게 하이 파이브를 하고는 주먹을 꽉 쥔 채 설아의 머리에 알밤을 먹였다.

'따악' 하는 경쾌한 소리(?)와 함께 그대로 머리를 감싸 쥐고 바닥으로 주저앉은 설아는 눈물이 그렁그렁한 눈으로 소녀들을 바라보았다.

"우우~ 너무해."

"그 대사는 우리가 해야지! 도대체 무슨 생각을 하고 있는 거야?! 이렇게 죽으면… 보나마나 이야기 재시작이잖아!"

어이없다는 표정을 짓고 있던 남주가 설아에게 버럭 화를 내자 설아는 자리에서 벌떡 일어나 자신의 몸을 이리저리 살펴보더니 팔을 이리저리 흔들어댔다.

"너 지금 뭐 하는 거냐?"

"안 죽었어."

"응?"

"우리 안 죽었다고."

"여기 저승이라며?"

어이가 없다는 듯 되묻고는 빈에게 설아는 고개를 끄덕거려 댔다.

"응, 여기 저승이야."

"그런데 안 죽었다고?"

"응."

너무나 단호하게 고개를 끄덕이는 설아를 보며 은근슬쩍 열이 받은 빈은 또다시 '딱' 하는 소리가 날 정도로 설아의 머리를 세게 쥐어박았다.

"아야앗! 왜 그래?"

"너야말로 왜 그러는 건데? 안 죽었으면 여길 어떻게 와?"

"히잉, 빈이 무서워. 가희야, 때려줘."

설아가 연약한 척하며 냉큼 가희의 뒤로 숨자 가희는 살짝 도끼눈을 뜨며 빈이를 노려보았다.

"왜 자꾸 설아를 쥐어박고 그래? 설아가 뭘 잘못했다고……."

"가희야, 가희야?"

부드럽게 자신을 부르는 남주의 목소리에 가희는 그녀에게로 시선을 돌렸다.

"응?"

"이건 설아가 잘못한 거야."

남주의 단호한 말에 설아는 또다시 연약한 척 두 손으로 얼굴을 가리며 우는 척을 했다.

"히잉, 남주도 너무해!"

계속 가희의 등 뒤에 숨어 있는 설아에게 남주는 코웃음을 치며 이리 나와보라는 듯 손가락을 까딱거려 댔다.

"너, 솔직하게 말해 봐."

"응?"

"아크레의 성장 스토리라고 한 거 뻥이지?"

"응? 뻥 아니야."

"그래?"

남주는 의외라는 듯 흘낏 어딘가를 응시하더니 뭔가 알아냈다는 표정으로 박수를 쳤다.

"그럼 그거 구라지?"

"…아니래두."

"헤라클레스 스토리 찍으려는 게 아니었어?"

"갑자기 무슨 소리 하는 거야?"

무슨 말도 안 되는 소리를 계속 하고 있는 거냐는 듯 인상을 찡그리고 있는 설아에게 남주는 서쪽을 가리켰다.

"그럼 아크레가 왜 여기에 있는 건데?"

"에엑? 아크레? 어디, 어디?"

말도 안 된다는 듯한 표정으로 남주가 가리킨 방향을 쳐다보며 고개를 갸웃거리던 설아는 뿌옇게 변한 안경알 때문에 잘 보이지 않는다는 듯 안경을 벗었다. 안경 다리에 붙어 있는 스위치를 누르자 안경 코 부분에서 세정액 같은 것이 나왔고 가볍게 몇 번 흔들자 세정액에 의해 안경 전체가 깨끗하게 세척되어졌다.

"에? 정말 아크레잖아!"

다시 안경을 끼고 그를 바라보던 설아는 자신의 눈을 믿을 수가 없었다.

안경을 꼈다 뺐다를 반복하며 몇 번이고 눈을 비비면서 재확인을 해도 아크레가 사라지지 않자 설아는 미처 누군가가 말릴 사이도 없이 그를 향해 달려갔다.

"아크레 씨!"

"어? 설아님?"

아크레는 대번에 설아를 알아보고는 고개를 갸웃거리다 버럭 소리를 질렀다.

"헉! 설아님?!"

"으으… 저 귀 안 먹었어요. 당신이 왜 여기 있는 거죠?"

귀가 따갑다는 듯 설아는 살짝 미간을 찡그렸다.

"설아님이시야말로 어쩌다 돌아가신… 우와왓! 스승님?!"

아크레는 자신도 모르게 뒷걸음질까지 쳐버렸다.

"우린 사람도 아닙니까?"

뒤쫓아온 남주가 기분 나쁘다는 듯 인상을 찡그리자 아크레는 황급히 고개를 저었다.

"그럴 리가요, 유이님. 그리고… 그 일행 분까지 변을 당하시다니……."

졸지에 그 일행 분이 된 남주는 살짝 인상을 찡그렸다.

"임남주입니다. 제대로 외워주시길……."

"아, 남주님. 죄송합니다."

"저도 가희예요, 유이가 아니라……."

살짝 미간을 찡그리며 주의를 주는 가희에게 아크레는 눈을 크게 떴다.

"그 이름으로 부르지 말라고 하셔서……."

"잠깐! 잠깐!"

설아가 아크레의 말을 자르고 나서자 일행의 시선이 설아에게로 집중되었다.

"벌써 유이 씨를 만났다는 겁니까?"

"네?"

"유이라면서요. 그녀를 벌써 만나신 겁니까?"

다그치는 듯한 그녀의 억양에 뭔가 잘못되었다는 것을 느낀 아크레는 진지한 표정을 지었다.

"혹시… 가희님께서 쌍둥이 자매가 계신 것 아닙니까?"

"제게도 여동생이 있기는 하지만 세 살 차이가 나는걸요. 닮기는 했지만 쌍둥이라고 할 만큼은 아니에요."

"하하, 그랬군요. 이거 본의 아니게 유이님께 실수를 해버렸군요."

아크레는 어딘지 모르게 씁쓸한 표정을 지으며 빈을 바라보았다.

"스승님께 받은 검을 가희님과 동일 인물인 줄 알고 그만 유이님께 드리고 말았습니다. 죄송합니다. 제게 내리시는 벌은 달게 받겠습니다."

그에게 빈이 뭐라고 대답하려던 차에 설아가 버럭 소리를 질렀다.

"잠깐, 유이가 누구랑 닮았다고?!"

아크레는 가희를 바라보며 짤막한 한숨을 내쉬었다.

"닮은 정도가 아니라 똑같이 생겼습니다. 솔직하게 말하자면 전 지금도 같은 분이 아닐까 싶은 의심이 듭니다만……."

"아니야!"

날카로운 설아의 목소리에 아크레는 오해하지 말라는 듯 고개를 흔들었다.

"네, 그야 저도 물론 여러분들께서 저를 속이실 거라고는……."

"아니야! 그녀는 유이가 아니야!"

왜 화를 내는지 영문도 모르는 채 잠자코 자신을 바라보는 아크레에게 설아는 분노에 찬 표정을 지었다.

"크라크 아크레, 당신 지금 여기서 뭘 하는 거지? 왜 여기에 있는 거야?!"

생각 같아서는 그러는 당신이야말로 여기서 무엇을 하고 있느냐고 그녀를 따라 소리 지르고 싶었지만 이상하게도 그의 입은 자신의 의지를 배신했다.

"죽은 자는 죽은 자의 법도를 따르는 것입니다만… 아직 제대로 된 장례를 치르지 못한 터라 강도 건너지 못하고 있습니다. 누군가가 절

발견하는 대로 곧 건너게 되겠지요."

"죽다니?! 누가 죽어?! 누구 마음대로?!"

설아의 외침에 아크레는 마치 날카로운 송곳으로 자신의 가슴을 후벼 파는 것같이 말로 설명할 수 없을 정도의 고통이 엄습해 왔다.

"죽어 있는 것은 당신들도 마찬가지 아닙니까?"

"우린 죽지 않았어. 그렇지만… 내 이야기는 죽어가고 있는 것 같군요. 당신이 죽었다니… 이게 도대체 어떻게 된 일이지?"

혼란스러운 표정으로 아크레를 바라보던 설아는 잠시 고민에 휩싸인 듯했다.

버그인가?

그럴 리가 없다. 자잘한 버그는 생길 수 있지만 주인공을 없애다니, 이건 버그 수준의 문제가 아니다.

그렇다면?

누군가가 이 프로그램에, 이야기에, 이 세계에 손을 대고 있는 것이 틀림없었다.

'용서할 수 없어. 남의 이야기에 멋대로 개입해서 흐름을 망가뜨리다니……'

설아는 주먹을 불끈 쥐며 아크레에게 질문했다.

"다시 살아나고 싶지 않나요?"

설아의 질문은 아크레에게 묘한 느낌이 들게 만들었다.

무슨 조화인지 몰라도 그녀에게서 '넌 이제 필요없어'라는 말을 듣는다면 견딜 수 없을 것 같았다.

그녀가 살아가라고 명령한다면 기꺼이 좀비가 되어서라도 살아가야 할 것만 같은 의무감마저 느껴졌다.

그러나 좀비는 시체일 뿐이다.

결코 살아가는 존재도, 살아 있는 존재도 아니었다. 살아갈 수도 없는 존재가 지상을 돌아다니는 것은 쉴드의 교리에 어긋나는 것이었다.

"살아나고 싶지 않다면 거짓말이겠지만 이대로 만족하겠습니다."

"어째서? 넌 그대로 죽을 운명이 아니었어! 게다가 널 죽인 사람에게 복수하고 싶다는 생각 같은 것도 안 드는 거야?"

설아의 말에 그는 미련없다는 듯 후련하게 대답했다.

"제가 처한 상황은 누군가를 원망할 만한 아무런 요소도 가지고 있지 않습니다. 허망하긴 하지만 어쩔 수 없었던 상황이라면 이해하시겠습니까?"

검기를 맞고 살아날 수 있는 자는 없다.

레번의 공격은 자신을 향한 것이 아니었다.

끼어들었던 것은 스스로의 의지, 결국은 왕을 대신한, 왕을 지켜내기 위한 죽음이었던 만큼 자신이 원하던 이상적인 죽음이었다.

크르릉!

"크르릉? 뭐야? 누가 분위기를 깨는 거야?"

소녀들은 설아의 험악한 분위기에 다들 침묵을 지키고 있는 와중인지라 서로를 의아한 표정으로 바라보고 있을 뿐이었다.

"뮤, 너냐?"

뮤! 뮤우!

"…하긴 넌 뮤라는 소리밖에 할 줄 모르지? 그럼…….."

주변을 두리번거리고 있는 그녀에게 또다시 낮게 으르렁거리는 짐승들의 소리가 들려왔다. 긴장된 것은 아크레도 마찬가지였는지 언제든지 뛰쳐나갈 수 있도록 자세를 고쳐 잡았다. 저승에서 으르렁거리는 짐승이라면 보나마나 뻔한 것이라는 생각에서였다.

"이런이런, 라드니르 백작님, 그렇게 주의를 주었는데도 으르렁거리시다니……. 뭐, 다 들켜 버린 거 어쩔 수 없죠. 다들 처음 뵙겠습니다."

어쩐지 여유가 넘치는 듯한 말투에 설아는 경악하는 듯한 표정을 지었다.

"잠깐! 잠깐! 당신들이 만약 데우투스와 비프론즈라면 나오지 말아요! 아직은… 아직은 당신들 차례가 아니에요."

양손을 들어 보이며 소리가 나는 방향을 향해 설아가 뭐라고 말한 보람도 없이 잿빛의 회색 머리에 'S' 자 형으로 구부러진 한 쌍의 뿔을 가진 남자가 설아를 놀란 듯한 눈으로 바라보고 있었다.

"어떻게 우리를 알고 있는 겁니까?"

텁수룩한 수염을 손으로 만지작거리며 설아의 대답을 기다리던 신사는 그녀가 계속 침묵을 지키자 발을 까딱까딱거렸다.

'탁탁탁' 거리는 소리에 고개를 든 설아는 자신을 향해 계속 으르렁거리고 있는 커다란 짐승을 향해 손을 뻗었다.

"그러다 물려!"

남주의 경고도 무시한 채 설아는 정체를 알 수 없는 커다란 짐승에게 생긋 미소를 지었다.

"죽은 자의 백작 비프론즈시여, 아니, 라드니르 씨라고 부르는 편이 낫겠군요."

크르릉—

설아는 어둠 속에서 정체를 드러낸 검은 물소를 향해 천천히 다가갔다. 살기 어린 물소의 눈동자는 섬뜩한 붉은 피를 연상시켰고 반쯤 이성을 잃은 듯 침을 흘리며 낮게 으르렁거리는 그는… 결코 평범한 물소가 아니었다.

적어도 물소는 저렇게 추하지도, 저렇게 위엄있지도 않았다. 결코 어울릴 수 없는 상반된 두 가지의 면모를 모두 갖추고 있는 라드니르를 향해 설아는 손을 뻗어 그의 머리를 쓰다듬었다.

크르르릉.

라드니르는 머리를 흔들어 그녀의 손을 뿌리쳤다. 그 모습은 마치 설아의 손길이 닿는 것을 두려워하는 것처럼 보였다.

"라드니르 백작님께서 저렇게 싫어하시다니 별일이군요. 아무튼 어린 아가씨들, 당신들은 이곳의 주민이 될 자격이 없습니다. 돌아가십시오."

정중한 말투에는 정중한 대답이 따라야 하는 법이다.

"싫어요."

…저런 대답 말고.

"저승에 볼일이라도 있는 겁니까? 그렇다고 해도 살아 있는 인간은 이곳을 통과할 수 없습니다. 혹시 운이 좋아 켈베로스에게 발각된다면 그 즉시 이곳의 주민이 될 자격을 얻게 되겠지만… 아, 저희가 안내해 드릴까요?"

"죽으러 온 게 아니니까 켈베로스를 만날 일도, 당신에게 안내를 받을 일도 없답니다. 모처럼 재미있는 자들이 왔는데 유감이군요."

자신을 잘 안다는 듯한 설아의 말투에 그는 신중하게 그녀와의 대화에서 한 발짝 뒤로 물러났다.

"그런데 당신은 어째서 여기 있는 겁니까? 저 아가씨들과 달리 이 강만 건너면 될 텐데 자신이 죽은지도 모르는 머저리는 아닌 것 같고… 뭔가 이유라도 있는 겁니까?"

그의 호의적인 태도에 아크레는 머뭇거리며 자신의 처지를 설명했다.

갑작스런 죽음에 아직 제대로 된 장례를 치르지 못했기에 강을 건너는 대가로 지불해야 하는 돈이 없으니 어쩔 수 없이 당분간은 여기서 자신의 장례 치러질 때까지 기다려야 한다는 이야기를 들은 그는 좋은 방법이 있다며 호의적인 미소를 지었다. 그리고 막 그 방법을 이야기하려던 순간 설아가 다시 한 번 입을 열었다.

"아크레님, 그 제의는 받아들이지 않는 게 좋을 거예요."

정체 모를 소녀들이 분명 보통내기가 아니라는 것은 인정하지만 죽음의 백작이 있는 한 데우투스 자신은 뒤를 걱정할 필요가 없다.

서열상으로 보면 비프론즈는 꽤 높은 지위다(죽음의 백작이니 말이다). 게다가 그의 능력은 대공들도 인정하는 바였다.

심하게 그의 비위를 거슬려서 좋을 것은 아무것도 없었다. 여차하면 라드니르의 수하들에게 반드시 제거해야 하는 대상이 되어 끊임없이 암살 위협에 시달린다거나 더러는 자신을 추적하는 자들을 피해 다녀야 하는 귀찮음을 감수해야 할 것이라는 것을 알고 있었던 영리한 데우투스는 언제나 위험 수위를 넘기지 않고 적당한 선을 지혜롭게 지켜나갔다. 그럴 리는 없겠지만 만약 저 소녀들이 라드니르에 버금가거나 그보다 더 큰 힘을 가지고 있다면 자신은 상대도 되지 않는다. 라드니르가 그녀들과의 마찰을 원하지 않는다면 자신의 장난은 이쯤에서 손 내리고 물러나면 그뿐이다.

이곳은 혼돈의 바다이며 아크레가 건너야 할 곳은 스틱스 강가이다.

돈이 없어 떠도는 영혼들은 얼마든지 널려 있고 그들을 유흥거리로 삼는다고 해도 강가를 건너와 청동 대문 안으로 발을 디딜 때까지 그런 자들이 영혼이란 있어도 그만, 없어도 그만인 것이다(물론 그의 관점에서 하는 이야기다).

"일단 들어보기나 하십시오. 딴에는 생각해서 이야기한 것인데 그렇게 서운한 말씀만 하시다니 예의가 아니지요."

"아크레님의 일이니까 아크레님께 맡기죠."

설아는 심드렁해 뒤로 물러났다. 바라보기만 해도 소름 끼칠 것 같은 비프론즈 라드니르에겐 호의적인 태도를 보이면서 비교적 신사적인 데우투스에겐 냉담한 표정을 짓고 있는 설아의 태도는 어쩐지 소녀들에게 이질적인 느낌을 주었다.

알고 있는 자와 모르고 있는 자, 사건을 일으키는 자와 그 사건을 경험해야만 하는 자.

그들 사이의 미묘한 이질감은 마치 보이지 않는 벽을 두고 서로를 마주하고 있는 느낌을 불러일으켰다. 어색한 표정을 짓고 있던 아크레가 불편한 침묵을 견디지 못하고 테우투스를 향해 입을 열었다.

"어떤 방법입니까?"

"간단합니다. 게임을 하는 것이죠. 저와 백작님, 그리고 여러분들께서 한 편이 되어서 게임을 한다면 이 스틱스 강을 걸고 여러분들께서 필요로 하는 것들을 제공해 드리는 겁니다. 예를 들면 당신껜 뱃삯을 지불할 수 있는 동전 한 닢을 드리고 저 아가씨들껜 제가 약속드릴 수 있는 내에서의 안전을 보장해 드리는 정도, 어떻습니까? 당신들께는 구미가 당길 만한 제안일 텐데 거절하시겠습니까?"

아크레에게 있어 그것은 매우 솔깃한 제안이었다. 소녀들이 살아 있었다면—어떻게 이곳으로 오게 된 것인지 모르겠지만—이대로 이별을 고해야만 한다. 그저 영혼만 남은 그가 뭐가 튀어나올지 모르는 저승에서 소녀들의 100% 안전을 보장해 줄 수도 없는 노릇이고—자기 자신의 영혼을 챙기는 것도 보장할 수 없는데 어떻게 남의 안전을 보장해 주겠는가—자신보다 능력있어 보이는 저들이라면 소녀들이 돌아갈 때까지 어느 정도의 가드 역할은 해낼 수 있을 것 같았다.

"설마 지면 어떻게 된다는 조건조차 들어보지 않고 덥석 좋다고 해버릴 생각은 아니시겠죠?"

설아의 날카로운 목소리에 뜨끔한 아크레는 식은땀을 흘리며 데우투스를 바라보았다.

"지면 어떻게 되는 겁니까?"

"진다면 당신들이 당분간만 제 놀이 상대가 되어주시면 됩니다. 보시다시피 저승이라고 해봐야 단조로울 뿐인지라 당신들같이 특이한… 실례, 재밌는 분들을 만날 수 있는 기회가 흔하지는 않거든요. 어쨌거나 나쁜 제안은 아닌 것 같은데 싫으면 그만두셔도 상관없습니다. 이곳에는 널리고 널린 것이 곤란해하고 있는 영혼들이니까 저로서는 그들과 보내는 시간도 그리 나쁘진 않습니다."

그의 말에 아크레가 고개를 끄덕이려는 순간 설아가 또다시 시비를 걸어왔다.

"우리 몸은 우리가 충분히 지킬 수 있으니까 이쪽은 빼주세요."

"맞아, 사람을 도와주려거든 그냥 도와주고 잠시 놀아주는 거라면 청동 문 안에 들어가서도 얼마든지 놀아줄 수 있는 거잖아. 뭔가 수상해."

남주가 도끼눈을 치켜뜨고 설아를 거들고 나서자 데우투스는 어깨를 으쓱해 보였다.

"수상하다고 생각하신다면 그만두면 됩니다만 저를 모욕하실 생각은 하지 마십시오. 제가 당신들을 혼내주지 못한다고 해도 라드니르 백작님께선 친구를 모욕한 자에 대해 한 치의 용서도 없는 분이시랍니다. 참고로 라드니르 백작님과 저는 매우 돈독한 사이죠."

짧은 잿빛 머리를 긁적거리며 장난스런 말투로 남주에게 은근한 협박을 한 데우투스는 아크레를 향해 정육면체의 엄지손톱만하고 네모난 나뭇조각을 꺼내 보였다. 그 나뭇조각에는 각 면마다 붉은 점이 하나씩 더 추가되어 총 1~6까지의 점들이 박혀 있었다.

"그것이 뭡니까?"

"주사위라고 하는 것입니다. 1부터 6까지의 숫자 중 마음에 드는 숫자를 각자 골라 이 주사위를 굴려 자신이 말한 숫자가 나오면 이기는 거죠. 간단한 확률 게임입니다."

그의 말대로 손해 보는 일도 아닌 것 같은데다 게임의 룰도 간단하다는 생각에 아크레는 순순히 고개를 끄덕거렸다.

"호의 감사하게 받아들이겠습니다."

"좋습니다. 공정하게 하기 위해 백작님을 제외하고 저와 당신… 성함을 알려주시겠습니까?"

"그러고 보니 서로 통성명조차 나누지 않았군요. 저는 크라크 아크레라고 합니다. 아크레라고 불러주십시오."

보통은 이렇게 공손하게 나오면 상대방도 공손하게 자신의 신분과 이름을 밝히는 법이다. 그러나 데우투스는 상당한 달변가였다. 그는 여전히 호의적인 미소를 지으며 들고 있던 손을 접어 주먹을 쥐었다.

"그래요, 아크레 씨. 당신과 저 단둘이서 공평하게 게임을 하는 것입니다. 저는 4에 걸죠. 아크레 씨는 어디에 거시겠습니까?"

구렁이가 담을 넘어가듯 은근슬쩍 넘어가는 것도 눈치 채지 못한 것인지 아크레는 신중한 표정으로 대답했다.

"3에 걸겠습니다."

"그럼 주사위를 던지겠습니다. 제가 던져도 상관없으시겠죠?"

"좋으실 대로."

데우투스는 아크레에게 양해를 얻은 후 주사위를 살짝 바닥에 던졌다. 데굴데굴 굴러간 주사위가 바닥에서 멈추자 그는 그대로 주사위를 들어 올리며 어떤 숫자가 나왔는지 사람들에게 친절하게 확인시켰다.

"4라, 아깝게 되었군요. 당신은 제가 질릴 때까지 당.분.간. 놀아주셔야겠습니다."

'펑' 하는 소리와 함께 엄지손가락만해진 아크레를 투명한 유리 병 속에 집어넣으며 그는 만족한 듯한 미소를 지었다.

"이봐, 지금 무슨 짓을 한 거냐?"

버럭 소리를 지르는 빈을 향해 검은 물소인 라드니르가 낮게 으르렁거렸다.

핏빛의 섬뜩한 붉은 눈동자가 뿜어내는 살기로 그녀가 잠시 주춤하는 사이 데우투스는 어느새 그녀의 코앞으로 바싹 다가왔다.

유리 병 안에서 아크레가 뭐라고 열심히 소리를 질러대며 항의를 하는 듯했지만 그 소리는 병 밖으로 나오지 못했다. 데우투스는 마치 재미있는 장난감을 자랑하고 싶어 안달난 꼬마처럼 병을 흔들어 보이며 그녀를 향해 싱긋 미소를 지었다.

"이 아크레라는 사람을 구하고 싶은 겁니까?"

"분명히 놀아달라는 조건이었지 괴롭힌다는 조건은 아니었을 텐데?"

눈을 부릅뜨며 데우투스를 향해 아크레를 담은 병을 내놓으라는 듯 손을 내밀던 빈은 자신도 모르게 버럭 소리를 질렀다.

"약속을 지켜!"

"스틱스 강을 걸고 한 약속은 반드시 지켜야만 합니다. 그렇지 않으면 생각만 해도 끔찍한 벌을 10년 동안 받게 되는 데다가 스틱스 강에는 거짓을 맹세할 수 없습니다. 그리고 마족이나 악마가 거짓말하는 거 보셨습니까?"

"흥! 악마나 마족이 거짓말을 하지 않는다면 천사가 거짓말하냐?!"

"어쩌면 그럴지도……. 천사는 순진한 얼굴을 하고 잔인한 거짓으로―관점에 따라서는 상냥한 거짓으로―인간들에게 희망을 주지만 악마는 매력적인 얼굴로 한 치의 오차도 없는 진실을 들려줌으로써 인간들에게 절망을 준다라는 말이 있다는 걸 들어보셨습니까? 그 말은 꽤 일리있는 말입니다."

"악마를 옹호하기 위해 만들어낸 악마를 정당화시키는 말이겠죠."

남주 역시 마음에 들지 않는다는 듯 미간을 찡그리며 데우투스를 노려보았다. 가희는 남주에게서 뮤를 받아 들어 입을 벌리고는 그 안을 이리저리 살피기 시작했다.

"가희야, 뭐 하는 거야?"

"응? 뮤가 뱉기 싫어하니까 내가 실프를 찾아서 꺼내보려고."

뮤우―

가희로 인해 억지로 크게 입을 벌리고 있는 뮤는 끙끙거리는 소리를 냈지만 가희는 별 신경 쓰지 않고 계속 이리저리 뮤의 입 안을 살펴보느라 여념이 없었다.

"그런데 실프가 안 보여."

그 광경을 보고 땀을 흘리며 서 있던 설아는 가희의 어깨를 토닥거리고는 그녀로부터 뮤를 뺏어 들었다.

"그런다고 실프가 보이겠니? 이럴 땐 그저 거꾸로 뒤집어놓고 흔드는 게 최고야."

뮤우! 뮤!

버럭버럭 소리를 지르는 뮤에게 설아는 가소롭다는 듯한 표정으로 지었다.

"억울하면 말해 봐."

뮤우—

"말도 못하는 게 까불기는. 훗!"

"그런데 너희 둘, 지금 거기서 뭘 그렇게 소곤소곤거리고 있는 거야? 아크레 구하기 싫어?"

빈의 짜증 섞인 말에 설아는 뮤를 놓아주고는 진지한 표정으로 입을 열었다.

"자업자득이야. 난 분명히 충고했으니까."

"그런 말이 어딨어? 아크레는 주인공… 아, 아무튼 구해야 하잖아."

"누가 누구로부터 누구를 구한다는 거지? 미안하지만 들러리가 끼어들 수 있는 자리가 아니야."

설아의 냉정한 말투에 데우투스는 생긋 미소를 지었다.

"재밌는 말씀을 하시는군요. 이 아크레라는 사람이 생전에 검술을 연마하던 사람이라는 것은 알겠지만 제가 보기에는 아가씨들만큼 흥미롭진 않은 것 같은데요. 아무튼 거기 안경 낀 견습 프리스트 아가씨는 별 생각이 없어 보이니 그만둔다고 해도 나머지 아가씨들은 도전해 볼 생각 없으십니까?"

"잠깐! 만일 저와 빈이가 편을 먹고 당신과 게임을 한다면 저 소가 주사위를 굴린다는 겁니까? 당신이 그를 대신해 두 번 던진다는 이야기입니까?"

남주의 질문에 그는 가볍게 고개를 흔들고는 라드니르의 꼬리에 주사위를 갖다 댔다. 라드니르는 가볍게 꼬리로 주사위를 툭 쳤고 주사위는 바닥으로 떨어졌다. 살벌한 물소의 모습을 하고 있는 라드니르도 어쩐지 그 순간만큼은 우스꽝스럽고 만만하게 느껴졌다.

어차피 이 게임은 확률 게임이 아니던가.

운이 지지리도 없을 수 있겠지만 그 반대일 수도 있다.

"이 스승님만 믿고 있어. 곧 꺼내줄 테니……."

"호오, 그럼 응해주시겠다는 겁니까?"

데우투스의 말에 빈이 고개를 끄덕거리려던 순간 설아가 손을 들어 저지시켰다.

"데우투스, 그 주사위 가지고 노는 데 슬슬 질리지 않았나요? 제가 새로운 게임 몇 가지를 알려 드릴까요?"

"호오, 그럼 아가씨께서도 게임에 참여하시겠다는 겁니까?"

"그렇죠. 진행 방식을 알려 드리려면 참여하는 수밖엔 없잖아요?"

그녀의 말에 데우투스는 신난다는 표정으로 고개를 끄덕거렸다.

"그럼 저와 라드니르 백작님과 키 큰 아가씨, 그리고 견습 프리스티스……."

"잠깐만요. 그게 아니죠. 남주야, 너도 낄 거지?"

살짝 윙크를 하며 장난기 어린 미소를 짓는 설아를 보며 남주는 직감적으로 뭔가 있다는 것을 깨달았다.

"물론이지."

두 소녀는 회심의 미소를 지으며 데우투스를 바라보았다. 그는 소녀들의 미소가 무엇을 의미하는지 모르기 때문에 조심스러운 표정으로 질문했다.

"확률 게임입니까?"

"전혀. 단순 노동이죠. 뭐… 원하신다면 머리를 쓰는 게임을 만들 수도 있겠지만……."

"뭐, 그렇다면 한 사람이 늘어난다고 해도 이득이 될 만한 것이 없으니 이대로 진행하도록 하죠. 그럼 게임의 룰을 소개해 주시겠습니까?"

"아니죠. 숫자를 맞춰주세요. 게임은 보다 많은 사람과 즐기는 편이 재밌으니까."

설아의 시선은 아크레가 갇혀 있는 병에 고정되어 있었다.

"흠, 그렇군요. 아크레 씨가 저희 편이 되어주실까요?"

"조건만 바꾼다면……."

"어떤 조건을 말씀하시는 겁니까?"

"당신들이 이기면 우리가 놀아드리죠. 이제 그만 하겠다고 할 때까지. 대신 아크레님껜 뱃삯을 주세요. 그리고 우리가 이긴다면……."

"이긴다면?"

"라드니르 백작님의 자유와 아크레의 자유를 보장해 주세요. 장례식은 그리 길지 않을 테니 아크레님은 곧 청동 문 안으로 들어가실 수 있습니다."

설아의 말이 통했는지 데우투스는 아크레를 병 속에서 꺼내 원래의 크기로 되돌려 놓았다. 조금 전 데우투스가 마구 병을 흔들어댄 탓인지 아크레는 다소 창백한 표정으로 소녀들을 향해 꾸벅 고개를 숙였다.

"구해주셔서 감사합니다. 벌써 두 번째라니, 이 신세를 어떻게 다 갚아야 할지……."

"고마워하실 필요 없어요. 그리고 편히 쉬세요. 물론 게임을 끝내고 나면 말입니다. 그럼 룰을 설명하겠어요. 아, 그전에 라드니르 백작님의 자유는 분명히 약속하셔야 하는 겁니다. 물론 이 스틱스 강을 걸고 말입니다."

설아의 말에 데우투스는 진지한 표정으로 라드니르를 바라보았다.

"백작님의 자유라……. 그런데 아가씨, 당신은 저와 라드니르 백작님을 어떻게 알고 있는 것입니까? 쉴드의 종이니까 당연하다는 이야기로 속일 생각은 마십시오."

"흠, 그것도 이 게임에서 이기면 알려 드리지요. 스틱스 강에선 그 누구도 거짓을 맹세할 수 없으니 믿으셔도 된답니다."

여유로운 미소를 짓고 있던 설아에게 빈은 작은 목소리로 물었다.

"이대로 아크레가 스틱스 강을 건너도록 놔둘 참이야?"

"응. 그렇지만 이야기 자체를 포기한 건 아니야. 새로운 주인공을 찾아야겠지. 지금은 주인공에 대한 마지막 배려 정도는 해주고 싶어."

데우투스는 두 사람이 귓속말을 주고받는 것이 그다지 마음에 들지 않는다는 듯한 시선을 보냈다.

"자, 시간 끌지 말고 이제 그만 시작하는 게 어떻겠습니까?"

"네, 좋아요. 룰을 설명해 드리죠. 이것은 아주 오래전부터 전해져 오는 '무궁화 꽃이 피었습니다' 라는 게임이에요. 술래를 정해놓고 그가 저 나무에 기대어 뒤돌아 서서 손으로 눈을 가리고는 '무궁화 꽃이 피었습니다' 를 외친 뒤 움직이는 사람을 잡아 자신의 뒤에 붙입니다. 그 사람을 술래라고 해요. 술래 한 사람을 제외한 나머지 사람들은 그가 '무궁화 꽃이 피었습니다' 를 외칠 동안만 움직일 수 있어요. 제일 먼저 술래가 서 있는 저 나무를 치는 사람이 이기는 거죠. 술래에게 잡혀 있는 사람을 구해줄 수도 있지만 그렇게 되면 너무 오래 걸리니까 그냥 제일 먼저 들어가는 팀이 이기는 걸로 하겠어요."

"흐음, 재밌겠군요. 그렇지만 마법을 쓰면 순식간일 텐데?'

"아, 마법은 금지예요. 게임은 공평해야 하니까. 자, 그럼 술래를 정해야죠?'

설아의 말에 데우투스는 라드니르를 향해 생긋 미소를 지었다.

"단순한 게임이니 라드니르 백작님께서 원래의 모습으로 돌아오셔서 술래가 되어주시면 고맙겠습니다만……."

그의 말에 설아를 제외한 모든 소녀들의 눈빛이 호기심으로 빛났다. 원래대로라는 말은 현재의 외모는 그저 폴리모프된 상태일 뿐이라는 의미를 잘 알고 있었던 것이다.

크르릉.

라드니르는 가볍게 고개를 저으며 100m정도 떨어진 곳으로 가 검은 포플러 나무를 노려보았다. 그러더니 놀랍게도 앞발을 들어 나무에 몸을 기대는 것이 아닌가.

크릉! 크르르릉!

마치 준비됐다는 듯한 라드니르의 목소리에 데우투스는 아쉬운 듯 입맛을 다시며 황당함에 몸이 굳어 있는 소녀들을 향해 시선을 돌렸다.

"자, 이제 시작하죠."

간단한 게임 어때요?

"꺄아아아악!"

날카로운 여인의 비명 소리에 레번은 허겁지겁 자신의 방에서 뛰쳐나왔다. 유이의 목소리였다. 앞뒤 가릴 것도 없이 유이의 방문을 연 레번은 어이없는 풍경에 자신도 모르게 코웃음을 쳤다. 아무것도 없는 방에 여인의 얼굴과 손거울 하나가 정신없이 뛰어다니니 모르는 사람이 보면 얼마나 섬뜩하겠는가.

"유이님……."

레번이 그녀에게 뭐라고 말을 하려던 차에 그의 예민한 귓가에 여러 명이 급하게 달려오는 발소리가 들려왔다. 레번은 일단 급하게 유이의 방문을 닫고는 뒤를 돌아보았다.

"어라? 주인님, 언제 오셨습니까?"

집사는 레번을 발견하고는 의아한 표정을 지었다. 명문가의 집사답지 않게—대부분의 집사들은 나이가 지긋한 자들로 교양과 연륜을 갖추어야만 비로소 주인을 모실 수 있는 것이다—30대 초반으로 보이는 젊은 집사는 마치 동생을 대하는 듯한 따뜻한 눈길로 그를 바라보았다.

그런 눈빛으로 레번을 바라보는 사람은 집사만이 아니었다. 급하게 청소하다 말고 뛰어나온 것인지 빗자루를 든 하녀장도, 레번의 사병들도, 그리고 하녀장을 따라온 듯한 하녀들도 레번을 바라보는 눈빛과 표정들 하나하나가 모두 가족을 대하는 듯 친근했다.

"다들 여기서 만나기로 약속이라도 하신 겁니까? 일하던 중인 것 같은데 무슨 일로 우루루 몰려오신 겁니까? 게다가 제가 들어온 것이야… 집사님께서 알고 계신 줄 알았는데 아니었습니까?"

"그게 주인님의 목소리가 들려 나가보기는 했지만… 아, 그것보다 여자의 비명 소리가 나던데 듣지 못하셨습니까?"

"응? 여자의 비명 소리라니?"

"까아아아아! 까아!"

레번이 시치미를 떼기가 무섭게 유이의 비명 소리가 터져 나왔다.

'난 이래서 여자가 질색이라니까. 제기랄……'

레번은 속으로 투덜거리며 그들이 들어가지 못하도록 문에 딱 붙어 버렸다.

"그러니까 이건 말이지……."

"잠깐만요, 도련님. 그렇게 설명하지 않아도 될 것 같군요. 자자, 도련님의 오붓한 시간을 우리가 방해해서야 쓰겠습니까? 거기 두 사람은 당분간 이쪽으로 사람들이 들어오지 못하도록 알려두고 너희 둘은 욕조에 뜨거운 물과 아가씨가 입을 만한 드레스를 준비해 줘."

과거 레번의 유모이기도 했던 하녀장은 하녀장이라는 호칭에 걸맞게 차분한 태도로 사람들에게 명령을 내리고는 그를 향해 엄격한 표정으로 지었다.

"레번 도련님, 저 아가씨를 납치했다거나 강제로 안으려 하진 않으셨겠죠? 아무리 귀족의 파렴치한이 특기라고는 하지만 레번님께서 그런 분이 아니시라고 믿고 있습니다."

"…무슨 생각을 하고 계시는 겁니까? 설마……."

황당한 표정으로 자신을 바라보는 레번에게 하녀장은 고개를 끄덕였다.

"네, 그 설마가 맞습니다. 발뺌하시려는 겁니까? 도련님께선 느끼지 못하시겠지만 지금 도련님의 몸에는 달콤한 꽃 향기가 나는군요. 귀족집 아가씨입니까?"

"유, 유모!"

"까아악! 까아!"

당황한 레번의 입장은 생각도 못하고 있는 것인지 유이의 비명 소리가 또 한 번 울려 퍼졌다.

"쯧쯧쯧, 자신의 행동에 걸맞는 책임을 지시길……. 그리고 부디 두 분이 행복하시길 빌어드리지요. 이제 어쨌거나 평생 장가 한번 못 가보고 총각으로 늙어 죽을 거라는 마님의 고민은 덜게 생겼군요."

탁탁탁 하는 발소리와 함께 그녀는 사람들을 이끌고 우르르 복도를 빠져나갔다.

아무도 없는 빈 복도에는 황당함에 굳어 있는 레번과 아직도 가끔씩 비명을 질러대고 있는 유이의 목소리만이 맴돌고 있을 뿐이었다.

잠시 후 얼굴이 새빨개진 레번이 방문을 벌컥 열고 방 안으로 들어가자 그곳에는 비명을 지르다 지쳐 쓰러진 듯한 유이의 하얀 얼굴이 바닥에 반듯하게 놓여져 있었다.

레번은 순간 사고 회로의 선 하나가 끊어져 버린 듯한 느낌을 지울 수가 없었다.

"어이, 꼬맹아! 좋은 말 할 때 일어나라."

유이가 아무런 반응을 보이지 않자 레번은 그대로 유이를 안아 들고 방 밖으로 나왔다.

하녀장의 지시가 절대적인 위력을 발휘한 듯 욕실로 가는 동안 복도에는 그 흔한 개미 한 마리조차 얼씬거리지 않았다. 욕실의 문을 발로 찬 레번은 '풍덩' 하는 소리와 함께 사방으로 물이 튀는 것도 아랑곳하지 않고 인정사정없이 그녀를 욕조 안으로 던져 넣어 버렸다.

유령같이 느껴지던 그녀가 점점 실체를 가진 인간이 되어가는 것을 지켜보던 레번은 짧은 한숨을 쉬었다. 차가운 욕조와 감촉에 정신을 차린 유이는 아직도 사태 파악을 하지 못했는지 자신이 잠겨 있는 욕조와 레번을 번갈아 바라보았다. 레번은 그런 그녀를 향해 냉소적인 한마디를 던졌다.

"옷은 준비되어 있으니 알아서 갈아입도록 해라, 꼬맹아."

유이는 그 말에 레번을 매섭게 노려보았으나 이미 그는 문밖으로 나가 버린 상태였다.

핑크 색의 드레스를 입은 유이는 매우 아름다웠지만 저녁 식사를 하는 내내 뒤통수가 따가웠다.

그녀는 자신과 레번을 두고 하녀들이 뭐라고 속삭거리는 것 같았지만 최대한 인내심을 발휘하여 기분 탓으로 넘기려 했다. '미녀와 야수'니, '주인님 그렇게 안 봤는데 저질' 이라느니 하는, 종종 귓가에 걸리는 말로 짐작해 보면 그다지 좋은 이야기가 아닌 것 같았기 때문이다.

두 사람은 만장일치로 짐을 챙겨 서둘러 레번의 집을 빠져나왔다. 유이의 신성 마법 덕분에 어둠에 대한 걱정도 없으니 불편해진 집을 한시 바삐 나오기로 한 것이다.

쉴드의 하이 프리스티스인 유이와 임플란드의 기사 레번은 쉴드의 가르침대로 '금기의 시간' 을 두려워하지 않았으며 부정하게 생각하지도 않았다.

그렇다고 해도 대놓고 밤중에 산책하러 다닐 정도는 아니었지만 두 사람은 나름대로 급한 용무가 있었다.

레번은 자신의 페이스를 엉망으로 만들고 있는 유이와 최대한 빨리 헤어지고 나서 아크레에게 그녀를 데려다주고 왔다는 보고와 제대로 된 사과를 하겠다는 목적이 있었고 유이는 숲으로 돌아가야만 했다.

특히 붉은 머리 엘프 라이더는 엘프답지 않은 불 같은 성격으로 무슨 짓을 저지를지 어린 시절부터 그를 지켜봐 온 자신조차 짐작할 수 없었다.

"목적지!"

레번은 그녀를 말에 태운 후 자신도 올라타곤 무뚝뚝하게 질문을 던졌다.

"네?"

"목적지가 어디냐고?"

"잠깐! 왜 반말하세요?"

"너 같으면 변태 로리콘됐는데 원흉덩어리한테 꼬박꼬박 존댓말 할 수 있겠냐?"

"여기 원흉덩어리는 없으니까 말 함부로 하지 말아요."

유이는 여차하면 한 대 후려칠 기세로 그에게로 말을 몰았다.

"그래, 너한테는 없는 거겠지. 잘생긴 레번님을 원흉덩어리로 생각할 수는 없을 테니까. 목적지는?"

"…임플란드의 국왕은 상당히 관대하시군요. 당신같이 위험한 생각을 가진 사람을 기사로 임명하시다니. 그러다 왕자를 암살하고 자기가 그 자리에 앉으면 어쩌려고……."

"꼬맹아, 무슨 헛소리냐?"

"당신이 왕자병이라는 소릴 하려던 거예요."

레번은 살짝 눈살을 찌푸렸다.

"쯧쯧, 비꼬는 재주가 전혀 없는 것 같군. 자, 목적지는?"

"제가 왜 당신과 동행해야 하는 거죠?"

"너는 내가 앵무새라고 생각하는 거냐? 마지막으로 묻겠다. 목적지는!"

유이는 얼렁뚱땅 자신과의 동행을 결정 내려 버린 레번에게 있는 힘껏 눈살을 찌푸렸다.

"제가 왜 당신과 동행해야 하는지 알려주세요."

"그야 내가 아크레님께 부탁을 받았으니까."

레번의 사나운 눈꼬리가 치켜 올라가자 유이는 또다시 살짝 미간을 찡그렸다.

"그건 당신 입장이죠."

"그럼 내게 목적지를 알려주고 그때부터 고민해 봐."

레번은 관심없다는 듯한 심드렁한 태도를 보이며 그녀의 대답을 기다렸다.

"이노르, 이노르에 있는 축복받은 엘프들의 숲이에요."

유이는 조금 전부터 치밀어 오르는 분노를 애써 꾹꾹 눌러 참으며 레번을 노려보았다.

'부려먹어 줄 테다. 기필코 부려먹어 주마.'

유이의 눈에는 더 이상 보이는 게 없는 듯했다. 그 사실을 아는 건지 모르는 건지 레번은 그녀를 향해 두 눈을 크게 뜨며 질문했다.

"어디라고?"

"그 나이에 벌써부터 귀가 안 들리는 건가요? 이노르에 있는 축복받은 엘프들의 숲이라고 했어요. 아, 그러고 보니 이노르는 알려지지 않은 땅이었던가?"

유이의 말에 그의 눈썹이 꿈틀거렸다.

"축복받은 엘프들의 숲이라는 곳에 혹시 엘리라는 여자가 살고 있지 않냐?"

"…당신, 엘리 씨를 알아요?"

유이의 긍정적인 대답이 담긴 질문에 그는 어두워진 안색으로 또다시 질문을 던졌다.

"그리고 싸가지없는 키리아라는 엘프도 있지 않냐?"

"적어도 당신보다 열 배 정도는 예의 바르신 분이죠."

유이의 말에 그는 피식 미소를 지었다.

"그건 보통 엘프들의 이야기고, 훗. 키리아가 예의 바른 엘프라면 오늘날의 내 성격이 이 모양은 안 됐겠지. 뭐… 다른 분의 부탁도 아니고 아크레님의 부탁이니 어쩔 수 없군."

마치 크게 인심 한번 쓴다는 표정으로 바라보는 레번에게 유이는 살짝 눈살을 찌푸렸다.

"그런데 엘리 씨와 키리아님을 어떻게 아시는 거죠?"

"꼬맹아, 내가 여자를 싫어하는 이유가 뭔지 아냐?"

"그런 거 궁금해할 필요가 있나요?"

기분 나쁘다는 듯이 묻는 유이의 태도에 레번은 그녀에게 조금만 가까이 오라는 듯 까딱까딱 손짓을 해 보였다. 영문를 모르는 유이는 그렇지 않아도 가까운 거리를 더욱 좁히며 그를 올려다보았다.

레번이 귓속말을 하려는 듯 손을 들자 그녀는 자신의 얼굴을 살짝 옆으로 내밀었다.

'따악!' 하는 경쾌한 소리에 레번은 의기양양한 미소를 지었다. 귓속말을 하는 척하고는 손가락으로 그녀의 이마를 퉁긴 것이다.

"어른 말에 토를 달면 못쓰는 법이다, 꼬맹아."

유이는 한 손으로 이마를 가리고는 잔뜩 찡그린 표정으로 레번을 바라보았지만 그는 그녀에게 관심도 없다는 듯 능숙하게 말을 몰아 일정 거리를 유지하며 그녀에게서 떨어졌다.

"자꾸 꼬맹이 꼬맹이 하지 말아요. 이래 봬도 올해 열일곱이에요. 게다가 쉴드의 하이 프리스티스를 이런 식으로 취급하는 사람은 당신밖에 없다구요. 좀 더 공손해질 수 없어요?"

유이의 날카로운 목소리에도 키득거리는 웃음으로 답하던 레번은 말고삐를 단단히 잡고는 그녀의 말을 앞질러 나갔다.

"정신이나 바짝 차려라! 갈 길이 멀다구, 우린!"

전혀 마음이 맞을 것 같지 않은 두 사람은 능숙한 솜씨로 빠르게 말을 몰아 가능한 자신들이 가야 할 거리들을 조금씩이나마 줄여 나가기 위해 노력했다.

말을 하지 않았지만 레번은 확실히 서두르고 있었다.

아크레가 선천적인 재능으로 별 패배 없이 누구나 부러워할 만한 길을 걸고 있을 때 레번은 실전에서 죽어라 검을 휘두르고 있었다. 현재의 그가 있기 전까지는 패배한 만큼 승리도 맛보았으며 승리한 만큼 패배도 맛보았다.

검기를 일찍부터 깨우친 아크레와는 달리 그는 아무리 검을 자유롭게 다룬다고 해도 좀처럼 검기가 맺히지 않았다. 요령을 터득하는 데까지 오랜 시간이 걸렸다.

수련에서 익혀진 검술은 정신력을 기본 바탕으로 하지만 레번처럼 실전에서 익힌 뒤부터는 레번 자신조차 놀랄 정도로 빠른 성장을 보였다. 그에게 있어서 몸이 익히기 전에 최초로 머리 속으로 이해가 되었던 것이 검기였던 것이다.

실력에 있어 단 한 순간조차 자만해 본 적은 없었다. 그러나 나름대로의 자신감은 가지고 있는 레번이다.

강함에 대한 자신감이 아닌 자신보다 강자를 알아보는 감에 대한, 그리고 반드시 자신보다 강한 상대를 뛰어넘어 보겠다는 자신감이었다. 그것은 신념에 가까웠고 자신이 목표로 삼아왔던 상대는 결국에 자신의 발 앞에 무릎을 꿇었다.

그러나 정체 불명의 소년은 달랐다. 아크레를 처음 만났을 때 온몸에 전류가 흐르는 것 같은 느낌을 받았다면 그 소년과의 대면은 기름으로 샤워를 하고 불속에 뛰어드는 듯한 느낌이었다.

후퇴를 모르는 그가 한 발자국도 앞으로 나가고 싶지 않은 기분에 사로잡혔다. 그 소년이 자신을 향해 다가오는 것도 끔찍했다. 그 소년과 정면으로 눈이 마주치는 순간 레번의 온몸이 소리치고 있었다. '죽는다! 나는 틀림없이 여기서 죽는다' 라고…….

그것은 처음 접해보는 절대적인 느낌이었다. 자신이 그의 명령에 따르지 않은 것은 아무리 생각해도 잘한 일이었으나 이대로 그가 순순히 물러나 줄 것 같진 않다.

불길한 예감은 언제나 적중하는 법임을 그는 잘 알고 있었다. 그렇기에 한시 바삐 임플란드에서 멀어지는 것이 좋았다.

시간을 벌어야 했다.

레번 자신이 그 소년을 능가하지 못하더라도 최소한 그와 동등하게 겨룰 수 있을 만한 시간을……

"이봐, 한스."

붉은 머리를 긁적거리며 한스를 불러 세운 라이더는 귀를 쫑긋 세웠다.

"왜 그러십니까?"

"이상한 소리 나는 것 같지 않아?"

"글쎄요……"

고개를 갸웃거리는 한스를 향해 라이더는 답답하다는 듯 미간을 찡그리며 낙타에서 내렸다. 그리고는 빠른 속도로 앞으로 걸어가더니 금방 한스의 시야에서 사라져 버렸다.

"라이더님?"

라이더가 사라져 버린 방향을 바라보며 한스는 난감한 표정을 지었다.

"이런이런, 다시 돌아오실 때까지 기다려야 하나?"

그가 사라지자 지금까지 한스를 보살펴 주던 정령들도 함께 사라졌는지 순간적으로 후끈거리는 열기가 한스의 온몸에 와 닿았다.

"한스, 이제 곧 사막이 끝나."

"네?"

'호락호락한 거리가 아닐 텐데 어떻게 그렇게 빨리 움직이는 걸까?'

라는 생각을 하며 한스는 갑자기 나타난 라이더를 향해 의아한 눈길을 보냈다.

"바다라구, 바다!"

라이더가 흥분한 듯 소리를 지르자 한스는 예상하고 있었다는 듯 생긋 미소를 지었다.

"지도를 보여 드리지 않았습니까? 아, 제가 미처 바다를 건너 네일로 가야 한다는 말씀을 드리지 않았나 보군요. 바다는 처음 구경하시는 겁니까?"

한스의 질문에 라이더는 더욱 들뜬 목소리로 대답했다.

"태어나서 지금까지 바다를 건너가 본 적은 단 한 번도 없었어. 당연하잖아. 난 이노르 출신이니까."

그의 말에 한스는 고개를 갸웃거렸다.

"축복받은 엘프들의 숲은 생겨난 지 그리 오래되지 않았을 텐데요?"

"응, 그전에는 마르윈의 사막 지대를 옮겨다니며 살았어. 어쨌거나 이노르에서 살아온 거지. 우리가 유이님을 인간들에게 뺏길 수 없는 이유가 여기에 있다구. 그녀는 이제 겨우 열일곱 살이야."

전혀 상관없는 듯한 라이더의 말에 한스는 의아한 목소리로 질문했다.

"흐음, 그런데요?"

"그녀가 만들어낸 숲은 그녀의 나이와 똑같아."

17년 안에 17개의 숲을 만들어냈다는 라이더의 짤막한 설명에 그는 정색해 보였다.

"그게 정말입니까?"

"정말이다."

한스는 그의 대답에 매우 놀란 듯 실눈 같던 작은 눈이 단춧구멍만큼 커졌다.

"엘프가 거짓말할 거 같아?"

'당신이라면 가능하지 않겠습니까? 라는 말이 목구멍까지 올라왔으나 한스는 애매하게 고개를 끄덕이며 생긋 미소를 지었다.

"그렇군요. 그런데 그런 일이 어떻게 가능한 겁니까? 정령이나 대마법사라면 몰라도 그녀는 그저 그녀 또래의 평범한 소녀로 보일 뿐이었습니다만……."

"너는 그럼 유이님께서 금빛 찬란한 옷들을 걸쳐 입고 '나는 기적을 일으키는 소녀 유이예요' 라는 자수라도 옷에 박아 넣어야 한다는 거냐, 뭐냐?"

라이더의 면박에 그는 가벼운 한숨을 내쉬었다.

"하아, 라이더님의 말씀이 사실이라면 정말 대단한 일입니다. 그렇게만 된다면 이노르도 앞으로는 사람이 살 수 있는 면적이 대단히 늘어날 테고 언젠가는 임플란드보다 강대국이 될 수 있을지도 모르겠군요. 이건 정말 생각만 해도 멋진걸요."

그의 말에 라이더의 눈빛이 날카로워졌다.

"그래서 너희 인간들을 신용할 수 없다는 거야."

얼음장같이 차가워진 그의 목소리에 당황한 한스는 의아한 표정으로 질문했다.

"제가 뭐 잘못 말한 거라도 있습니까?"

"너희 인간들의 치명적인 결함이지. 잘못을 잘못인지조차 모르고 계속 반복한다는 것."

점점 알 수 없는 말만 해대는 라이더에게 한스는 손을 뻗어 그의 말을 저지시켰다.

"죄송하지만 저는 철학자가 아닙니다. 강대국을 꿈꾸는 것이 어째서 당신에게 비난받아야 하는 일인지 모르겠군요."

한스의 표정은 진지했다.

비록 라이더에 비하면 약자일지 몰라도 이것은 인간으로서의 자존심 문제라고 생각하는 한스였다.

라이더가 엘프들의 관점에서 인간을 무시하고 있다면 한스는 인간들의 관점에서 그 불쾌한 시선을 바로잡고 싶어한 것이다.

"강대국에 살고 있는 모든 인간들이 행복해하기라도 하는 거냐?"

"약소국에서 사는 것보다 행복하겠죠. 적어도 길에서 굶어 죽는 아이들은 없어질 테고 세금도 지금보다 줄어들 겁니다. 그렇게 된다면 사는 것도 더 편해지겠죠."

한스의 말을 라이더는 노골적으로 비웃었다.

"하하, 강한 나라는 약소국보다 돈이 많이 필요할 텐데 그 돈은 어디서 충당하지? 한스 네 말대로 자국 사람들의 세금조차 줄어드는 형편이니 약소국의 주머니를 털어야겠지. 어린아이들 코 묻은 돈을 빼앗고도 당당한 어른이라니……."

경멸한다는 듯한 어조였다.

한스는 그의 말에 순간 얼굴이 화끈거렸으나 곧 오기가 생겼다. 교활한 인간도 있지만 그렇지 않은 인간도 있다는 것을 인간이기에 누구보다 더 잘 알고 있는 한스였다.

"라이더님께서 그렇게 애타게 찾으시는 유이님도 인간이지 않습니까?"

"그렇지, 인간이지. 그렇기에 더욱 존경받을 수 있는 거야. 인간이면서 인간처럼 이기적이지 않고 엘프보다 깨끗하고 성스러우신 분이 유이님이시지. 그러니까 너희들 인간에게는 결코 넘길 수가 없다는 거다."

유이에 대해서는 순순히 인정하는 라이더였다.

한스는 어쩐지 그를 설득하려고 애를 쓰는 자신이 어리석게 느껴졌다.

라이더는 유이를 어리석은 인간이라고 생각하지 않았다. 하이 엘프들보다 고귀한 영혼이 불행히 인간의 몸에 갇힌 것일 뿐이라고 생각했다. 그렇기에 어리석은 인간들이 그녀에게 접근해서 악영향을 끼치는 것만은 막아야만 한다는 것이 라이더의 생각이었다. 한스는 라이더의 말투에서 단번에 그가 가지고 있는 생각을 읽어낼 수 있었다.

"그런데 말이야, 한스……."

한스를 부르는 라이더의 말투는 어느새 평상시의 무뚝뚝한 어조로 돌아와 있었다.

"너를 보고 있으면 가끔 인간들 중에서도 괜찮은 녀석들이 있는 것 같기도 해."

약간의 호의가 담긴 듯한 라이더의 목소리가 그다지 달갑지만은 않은 한스였다.

"전 엘프들이 상당히 매력적인 존재인 줄 알았는데… 당신을 보고 있으면 가끔 제가 잘못 생각하고 있다는 느낌이 든답니다."

사람 좋은 얼굴로 미소 짓고 있는 그를 향해 라이더는 살짝 미간을 찡그렸다.

"엘프는 자신과 가장 가까이 있는 자와 닮아가는 법이지. 불행히도 난 최악의 엘프라고 불리우는 키리아님의 손에서 컸다구. 그리고 보니 엘리 씨도 인간이잖아? 하아~"

골치 아프다는 듯 한 손으로 이마를 감싼 라이더는 얼마 지나지 않아 별거 아니라는 듯 오른손을 휘휘 내저었다.

"인간이란 개인적으로 볼 때는 괜찮은 녀석들도 있지만 단체로 두고 볼 땐 백해무익한 존재라고 해두지. 뭐, 이것도 나로서는 꽤 많이 봐준 거라고."

"봐달라고 한 적 없습니다. 더군다나 엘프가 인간을 평가할 수 있다는 생각은 하지 말아주십시오. 결국엔 인간은 인간만이 알 수 있는 법이고 엘프는 엘프만이 알 수 있는 법입니다. 간혹 예외적인 경우가 있기는 하지만 그거야 어디까지나 예외적인 경우일 뿐 라이더님처럼 일방적으로 타 종족을 매도하기 위해 아는 척을 한다는 것은 그리 달갑지 않은 일이군요."

한스의 매몰찬 목소리에 라이더는 살짝 미간을 찌푸렸다.

"이봐, 그렇게 딱딱한 이야기를 하려는 게 아니야. 난 지금 한스 네 칭찬을 하고 있는 거라구. 조금쯤은 감사하는 마음을 가지는 게 어때?"

그의 말에 한스는 예의 사람 좋은 얼굴로 피식 미소를 지었다.

"라이더님께서는 만약 제가 모든 엘프를 모욕하고 난 뒤 라이더님을 칭찬한다면 기뻐하시겠습니까?"

"적어도 나까지 욕먹는 것보다 낫지 않냐?"

건들건들거리는 폼을 보며 한스는 문득 유이를 찾으려고 라이더를 보낸 것이 아니라 문제아를 밖으로 쫓아내 버린 것이 아닌가 싶은 의문이 들었다.

"아무튼 갈 길이 얼마 남지 않은 것 같으니 어서 가기나 하죠."

한스는 자포자기한 듯한 표정으로 낙타를 천천히 출발시켰다.

어느 정도 시간이 지났지만 라이더가 말한 바다는 좀처럼 그 모습을 보이지 않았다.

"바다가 가까이에 있다고 하지 않았습니까?"

"응, 앞으로 쭉 가면 돼."

"그래요?"

"응, 지금 너무 천천히 가고 있어서 그런 거야. 곧이라구, 곧."

라이더는 낙타에서 내렸던 상태 그대로 싱글벙글거리며 낙타들의 보폭에 속도를 맞춰 걸었다.

또다시 한 시간이 지나자 한스는 의아한 생각이 들었다.

라이더가 아무리 엘프라지만 바다를 보고 돌아오는 데까지 걸렸던 시간은 순식간이었다. 그런데 지금은 도대체 몇 시간째 낙타 등에 올라가 있는 것인지 짐작조차 가지 않았다.

그렇다고 해서 라이더가 거짓말을 하고 있거나 한스 자신이 길을 잘못 든 것은 아니다. 지도에는 분명히 자신들이 지나온 길이 추상적이게나마 제대로 목적지를 향해 나아가고 있다는 것을 알려주고 있었다.

"얼마나 남았을까요?"

넓디넓은 끝을 알 수 없는 사막에 점점 질려가고 있던 한스가 라이더를 향해 질문하자 바다를 떠올리는 것만으로 기분이 좋아진 듯한 라이더는 싱글벙글 미소를 지었다.

"이제 곧이야."

"라이더님, 몇 시간 전에도 그와 똑같은 말씀을 하셨다는 것 기억나십니까?"

"응, 하지만 이제 곧인걸."

라이더의 말에 그는 가벼운 한숨을 내쉬었지만 라이더 역시 마냥 즐거운 것만은 아니었다.

혼자서 움직였다면 이미 바다를 건너도 열두 번은 더 건넜을 것이다. 이런 속도로 가다가는 배를 구하는 것도 힘들어질 것이 뻔했다.

'금기의 시간'은 쉴드를 믿는 사람들에게는 무슨 일이 있어도 지켜야 하는 일이란 개념이 크다. 아니, 크다라기보다 거의 절대적이라고 해도 과언이 아니다.

타 종족들은 어느 정도의 융통성을 지닌 자들이었기에 횃불로 어둠을 밝히고 밤에도 활동을 하고 있었지만 인간과 일부의 엘프에겐 밤은 여전히 금기의 시간이었다.

다행히도 한스와 라이더는 서로 보초병이라는 직업 때문인지 비교적 어둠과 친숙한 자들이었고 밤하늘의 아름다움을 알고 있었다. 무엇보다 그들은 별자리로 방향을 읽을 수 있었다.

"자, 다 왔어."

소금기 어린 바람의 향기가 코끝으로 전해져 오자 보이지는 않지만 그나마 가까이에 바다가 있다는 것을 느끼게 해주었다. 라이더는 해가 지기 전에 바다에 도착할 수 있을 거라는 생각에 크게 안심했다.

낙타가 그들을 어둠에 가까운 푸른 바다로 안내해 줬을 때는 이미 붉게 타오르던 태양도 바다 아래로 천천히 모습을 감춰가고 있었다.

어두운 바다가 온통 하늘을 집어삼킬 듯이 넘실대고 있는 풍경에 그들은 잠시 할 말을 잃었다.

"라이트!"

태양이 완전히 자취를 감추고 사라지자 라이더는 자신의 주변으로 여러 개의 주먹만한 빛의 구를 띄우며 한스의 어깨를 툭툭 쳤다.

"이제 뭘 하면 되는 거야?"

"배를 찾아야겠죠. 사해(四海)가 아닌 다음에야 바닷가니만큼 고기 잡이하려는 사람들이 있긴 할 테니까 찾아보면 작은 마을 정도는 있을 겁니다."

한스의 말에 그는 사방을 두리번두리번 살펴보더니 이내 빠른 속도로 해변을 탐색하기 시작했다.

한스는 괜히 주변을 돌아다녀 봐야 라이더가 몇 발자국 걷는 것보다 못할 것이라는 것을 깨닫고는 그 자리에서 간단한 식사 준비를 하기 시작했다.

라이더가 카샤를 불러 한스의 주변을 지키도록 했기에 불을 피우느라 괜한 고생을 할 필요는 없었다. 그들이 그 숲에서 출발해 도착할 때까지 지나간 몇 주일이—비록 일주일은 통행증을 받기 위해 소비했다지만—몇 년처럼 훌쩍 지나가 버린 듯한 느낌이었다.

"한스, 저 끝쯤에 배들이 묶여 있긴 한데 인간들은 보이지 않았어. 다른 종족의 배일 가능성도 있어 보였는데……."

"그래요? 확실한 겁니까?"

"물론이지. 내 시력은 우리 마을에서도 알아준다구. 물론 청각도 뛰어나고."

자랑스럽다는 듯 으쓱거리고 있는 라이더에게 한스는 그저 그런가 보다라는 듯 고개를 한번 끄덕이더니 보글보글 끓고 있는 수프를 그릇에 담기 시작했다. 수프 특유의 고소한 냄새가 주변을 가득 채우며 라이더와 한스로 하여금 시장기를 느끼도록 만들었다.

"만일 타 종족의 배라면 우리에게 있어 우호적인 종족인지 그렇지 않은 종족인지 알 수 없으니 일단 허기부터 채울까요? 가만히 생각해 보니 오늘 하루 종일 낙타 위에서 건량을 씹은 게 우리가 먹은 음식의 전부입니다. 적어도 한 끼 정도는 제대로 먹어둬야 쓰러지지 않겠죠."

라이더 역시 그 말에 동의하는 듯 고개를 끄덕이며 한스로부터 그릇을 받아 들었다. 수프를 한 스푼 가득 떠서 입에 넣는 순간 두 사람 모두의 귀에 으드득 하는 소리가 들렸다.

"…도대체 안에 뭘 넣은 거야?"

"이런, 요리하는 사이에 저도 모르는 모래 양념이 추가되었나 보군요."

'휘위이잉' 하는 바람 소리와 함께 라이더의 표정이 사정없이 구겨졌다.

"내 생각에는 해변가에 사는 종족들은 꽤 친절할 것 같은데 말이야. 우리가 그쪽으로 가보는 건 어때? 매도 먼저 맞는 게 좋다잖아."

이미 자리에서 벌떡 일어난 라이더는 한스를 바라보며 한마디를 덧붙였다.

"절대로 이 모래투성이의 수프가 먹기 싫어서 그런 건 아니야."

스스로 생각하기에도 인간이 먹을 게 못 된다고 생각한 한스는 그 말에 찬성한다는 듯 고개를 끄덕거렸다.

"자, 그럼 뒷정리를 부탁드리죠."

자신의 의견이 받아들여지자 라이더는 기분 좋게 정령들을 불러냈다.

라이더가 수프를 버리자 놈은 수프가 부어져 있는 부분의 모래를 완전히 땅 밑으로 보내 버렸다. 운디네는 세척을, 실프는 식기 건조를 맡아 눈 깜빡할 사이에 뒷정리를 끝내 버렸다. 정령들을 이용하면 언제나 시간이 절약되기 때문에 여행하는 내내 라이더는 언제나 뒷정리를, 한스는 요리를 맡고 있었다.

한스는 접시가 반짝반짝 윤이 나는 것을 깨닫고는 그저 입을 벌리며 부러워할 뿐이었다.

"일단 배가 정박되어 있는 곳으로 가볼까? 여차하면 그걸 타고 가도 되는 거고."

"바다가 그렇게 만만한 줄 아십니까? 강이 아니라 바다라구요."

"너 어째 꼭 건너가 본 적 있는 것처럼 말한다? 돛만 달려 있다면 문제될 건 없다구. 게다가 지도상으로 보면 그다지 먼 것처럼 느껴지지 않는데?"

자신에게 보여주었던 지도를 떠올리며 라이더가 생글생글 미소를 짓자 한스는 저절로 한숨이 나왔다. 아마도 그는 네일에 도착해서야 비스킷 같아 보이는 크기의 위력을 깨달을 수 있을 것이다.

"어쨌든 낙타들과는 그만 이별해야겠어. 내가 이 친구들에게 축복받은 엘프들의 숲으로 돌아가라고 말해 둘게. 나중에 돌아와서 한스 네가 찾아가."

"네? 그러다 바다를 건너지 못하면 어떻게 하시려는 겁니까?"

라이더는 품속에서 낡은 가죽 주머니를 꺼내 보이며 회심의 미소를 지었다.

"비장의 무기가 있지. 돌아가는 문제는 걱정 말라고."

그의 말에 한스는 의아한 표정을 짓긴 했지만 일단 그를 믿고 짐을 내렸다. 거대했던 짐은 어느새 줄어들어 배낭 두 개 분으로 줄어들었다. 라이더와 한스가 각각 배낭을 메고는 낙타와 짧은 작별 인사를 나누었다. 사막에서 죽지나 않을까 염려하는 한스와는 달리 라이더는 그들이 길을 잃어버릴 리는 없다고 생각하는 듯했다. 다만 그동안의 여행에서 정이 많이 든 친구와 헤어지는 것이 못내 아쉬울 뿐이었다.

"쉴드의 정의로운 가호가 항상 함께하기를……."

라이더의 작별 인사에 낙타들은 정말 말이 통하는 것처럼 부드러운 눈빛을 반짝거리며 그를 향해 고개를 끄덕거렸다. 라이더를 따라 배가 있는 곳으로 걸어가던 한스는 배를 발견할 때까지는 낙타를 탈 걸 그랬다고 후회했지만 이내 지나간 일은 할 수 없는 법이라고 생각하며 고개를 저었다.

"저기야."

라이더는 카샤를 배들이 떠 있는 쪽으로 보내고는 한스에게 손짓했다.

여러 척의 배들이 모여 있는 해변을 바라보며 한스는 수상한 느낌이 들었다.

묶여 있다는 라이더의 말과는 달리 배에는 아무런 장치도 해놓지 않았던 것이다. 심지어 돛조차 내려져 있지 않았다.

상황이 이쯤 되자 저 배들이 사실은 정박해 있는 것이 아니라 손님을 기다리고 있는 것 같은 생각마저 들기 시작했다.

"아무도 안 계십니까?"

한스는 가까이에 있는 배에 대고 고함을 질렀지만 배에서는 아무런 인기척도 들려오지 않았다. 작은 고기잡이 배라고 상상한 한스를 비웃기라도 하듯 쓸 만해 보이는 배들은 하나같이 윗돛까지 달려 있는 대형 선박이었다.

"아무도 안 계십니까?"

한스는 한층 더 자신의 목소리에 힘을 실었지만 배 주변은 자신과 라이더를 제외하고는 생명체라고 할 만한 것이 아무것도 느껴지지 않았다.

잔잔한 바다마저 죽어 있는 듯이 보였다.

"라이더, 아무래도 날이 밝은 뒤 다시 와보는 게 낫지 않을까요?"

"여기까지 와서 다시 돌아간다고? 어차피 자고 일어나야 한다면 해변가에서 무방비 상태로 자는 것보다 배 안이 안전해."

고집스럽게 주변을 둘러보던 라이더는 배들 중에서 크기가 제일 크며 상태가 양호해 보이는 배의 근처로 다가갔다. 철컥하는 소리와 함께 튼튼한 밧줄로 짜여진 사다리가 내려왔다.

"휘유, 이거 유령 선박 같잖아?"

낮게 휘파람을 불며 사다리에 발을 디디는 라이더를 덥석 붙잡은 한스는 슬그머니 고개를 가로저었다.

"수상합니다. 인기척도 없는데 갑자기 내려온 사다리라니요. 날이 밝으면 다시 옵시다."

한스의 말에 라이더가 뭐라고 대답하기도 전에 누군가 그들이 발을 디디고 있는 바로 그 사다리를 끌어 올렸다.

'어엇?'

중심을 잘 잡고 있는 라이더와는 달리 당황한 한스는 라이더의 양다리를 부여잡으며 허우적거리기 시작했다. 라이더는 그제야 사태의 심각성을 깨닫고 바닥으로 뛰어내릴까 하다가 자신의 다리에 한스가 매달려 있는 것을 보고는 가만히 매달려 있기로 했다.

잠시 후, 기겁한 한스가 자신의 뒤를 이어 갑판 위로 올라오자 한스를 확인한 라이더는 살짝 미간을 찡그렸다.

"너 그렇게 겁쟁이였냐?"

"주의해서 나쁠 건 없지 않습니까?"

라이더는 얼굴까지 붉히며 변명하는 한스에게 가볍게 혀를 차고는 안됐다는 표정을 지어 보였다.

"일단 안을 살펴보자구. 이 사다리가 혼자서 우리를 끌어 올리진 않았을 테니까 뭔가 있기는 있겠지."

평상시의 패턴이 반대로 바뀐 것을 느낀 한스는 라이더의 말에 더 이상 토를 달지 않았다.

어울리지 않는다는 것은 알고 있지만 고소공포증인 것을 어쩌겠는가?

라이더는 흘깃 주변을 한번 둘러보더니 이내 평화로워 보이는 갑판에는 흥미없다는 듯한 표정으로 한스를 바라보았다.

"일단 난 아래층을 살펴볼 테니까 한스 넌 갑판 주변을 살펴봐."

"알겠습니다. 쉴드의 가호가 함께하시길……."

"내 가호까지 네가 다 가져가도 되니까 비명이나 지르지 마라."

라이더의 빈정거림에 한스는 그답지 않게 차가운 표정을 지어 보였다.

"한 번 그런 거 가지고 계속 그러실 겁니까?"

"아니, 한 칠팔십 년 정도만 놀리도록 하지 뭐."

봐줬다는 듯 말하는 라이더를 보며 한스는 질렸다는 표정을 지었다.

"죽을 때까지 놀려먹겠다는 말씀이십니까?"

"칠팔십 년 가지고 죽기야 하겠어?"

한스는 그가 엘프라는 것을 상기하며 정색해 보였다.

"인간은 보통 그 정도 살면 죽죠."

"웅?"

"그 정도 살면 죽습니다."

"…정말 얼마 못 사는구나, 인간이란."

라이더가 쓸쓸한 표정으로 한스를 바라보자 그는 라이더를 향해 진지한 표정을 지었다.

"그러니까 만일 아주 위험한 상황이 닥친다면 아주 조금 정도는 비겁해진다고 해도 실망하지 마십시오."

"비겁?"

"더러는 정의롭게 산다 어쩐다 하면서 24시간 내내 언제든지 심장을 가슴 밖으로 꺼낼 준비를 하고 있지만 인간의 미덕은 열심히 사는 거라고 생각합니다. 만일 저와 싸워 도저히 제가 이겨낼 수 없는 상대에게 당신이 인질로 잡혀 버린다면 전 그대로 도망쳐 버릴 것입니다.

무슨 말인지 알겠습니까?"

"도움을 기대하지 말라?"

"그렇습니다. 그리고 당신의 경우도 마찬가지입니다. 만일 제가 인질로 잡히면 그대로 도망쳐 주십시오. 그리고 만약에……."

한스는 사람 좋은 얼굴로 멋진 미소를 지으며 라이더를 향해 말을 이었다.

"당신의 역량에서 해치울 수 있는 내의 적이라면 부디 구해주시길."

멋지게 폼까지 잡아놓고 정작 결정적인 순간에 비굴한 대사를 내뱉는 한스 녀석 덕분에 라이더는 균형을 잃고 미끌어질 뻔했다.

"비굴한 녀석."

"하하, 이 경우에는 솔직하다고 하는 거랍니다."

"마음대로 해. 천하의 라이더님께서 인간의 신세를 질 일 같은 건 없을 테니까."

라이더는 무뚝뚝한 목소리로 대답하고는 갑판대 아래로 사라져 버렸다.

"아무튼 저도 그런 급박한 상황만 아니라면 최대한 당신의 도움이 되어드리지요."

한스는 듣는 사람이 아무도 없다는 것을 알면서도 겸연쩍은 표정을 지으며 만일의 경우를 대비해 품에 차고 있던 롱 소드를 빼어 들기 쉽도록 허리띠를 조금 더 느슨하게 풀어두었다.

카샤가 비춰주는 불빛으로 갑판을 구석구석 살피던 한스는 이상한 예감에 무심코 바다를 바라보았다.

확실하게 보여야 할 모래사장이 점점 멀어져 가고 있었다.

이 배에 처음 올라탔을 때부터 지금까지 시종일관 출렁거리는 바다의 느낌에 배가 움직이고 있다는 생각조차 하지 못했던 일이다.

상황을 미루어 짐작해 보건대 그들을 태운 배는 처음부터 의도적으로 그들을 기다렸던 것 같았다. 이유는 알 수 없지만 중요한 것은 이 배에 있는 누군가가 라이더와 자신을 태우고 어딘가로 데려가려 하고 있다는 것이다.

한스는 갑판 전체가 인기척은커녕 자신의 존재 여부마저 의심스러울 정도로 고요하다는 것을 깨달았다.

결국 그렇게 갑판 한 바퀴를 다 돌고 다시 제자리로 돌아올 때까지 라이더가 나타나지 않자 한스는 문득 불길한 생각이 들었다.

갑판이 텅 비었다는 것은 라이더 쪽에 누군가가 숨어 있을지도 모른다는 소리였고 만일 그들이 적이라면 라이더 혼자 여러 명의 적을 상대해야 하는 터였다.

그가 과연 무사할 수 있을까?

한스는 그가 내려갔던 층계를 바라보며 갈등에 휩싸였다.

지금이라면 헤엄을 쳐서 육지로 돌아갈 수 있을지 모른다. 더군다나 낙타도 아직까진 자신을 기다리고 있을지도 모를 일이었다.

현재 가지고 있는 물만으로도—운디네 덕분에 그의 물 주머니에선 물 마를 날이 없었다. 게다가 한스는 사막에서 무작정 물을 마셔대는 것이 그리 현명한 행동이 아니라는 사실도 알고 있었기에 어느 정도 체력을 조절하는 것에도 자신있었다—충분히 돌아갈 수 있었다.

"그렇지만 난 수영을 못한다구."

한스는 스스로를 납득시키는 듯한 말을 내뱉으며 계단 아래로 발을 내디뎠다.

카샤가 조심스럽게 날갯짓을 하며 어둠을 밝혀주는 것만이 한스에겐 큰 위안이었다.

카샤가 그의 곁에 있다는 것은 적어도 라이더가 무사하다는 것을 의미했기 때문이다.

아직은 카샤를 유지시킬 만한 정신력과 마나가 있다는 소리기에…….

"라이더님, 거기 아무도 없습니까?!"

한스의 목소리는 복도를 쩌렁쩌렁하게 울려댔지만 아무도 나오는 사람이 없었다.

"이거 정말 난감하군."

한스는 복도 벽면에 걸려 있는 램프마다 카샤에게 빌린 불씨로 불을 붙이고는 주변을 다시 둘러보았다.

깨끗해 보이던 외부와는 달리 내부는 꽤나 오랫동안 사용하지 않았는지 거미줄과 수북하게 쌓인 바닥의 먼지들이 한스가 한 발자국 앞으로 나갈 때마다 풀풀 날려와 그의 얼굴을 간지럽혔다.

"라이더님, 어디에 계십니까?!"

먼지로 인해 이제는 목마저 따끔거렸지만 한스는 그저 살짝 미간을 찡그리고는 좀 더 왼쪽으로 들어가 보았다.

세이렌, 나는 노래하네. 푸른 바다를 지나…….

희미하지만 녹아버릴 것 같은 달콤한 목소리에 한스는 순간 정신이 몽롱해져 왔다.

스틱스 강가의 서러운 망자는…….

디리링— 디링—

맑게 울리는 하프 소리와 달콤한 소녀의 목소리는 한스에게 어서 이곳으로 오라고 속삭이는 듯했다. 마치 자석에 이끌리듯 천천히 노랫소리가 들려오는 방을 향해 걸어가던 한스의 마음속에서는 그가 정체 불명의 소녀의 노랫소리에 매력을 느끼는 만큼 위험을 알리는 경보음 역시 커져만 갔다.

리라— 리라— 리라— 세이렌의 노래는 끝나지 않는다네.

한스는 거의 본능적으로 두 귀를 틀어막았다. 그를 현혹시키던 노랫소리가 작아지자 거의 잠들어가던 한스의 이성이 눈을 뜨며 그의 다리를 향해 당장 이곳에서 떨어지라는 명령을 내렸다.

노랫소리가 거의 들리지 않는 곳까지 도망치듯 달려나온 한스는 거친 숨을 몰아쉬며 잔기침을 해댔다. 마치 목에서 심장이 튀어나올 것만 같은 통증과 미친 듯이 뛰고 있는 맥박 덕분에 한스의 표정은 고통으로 일그러졌고 한바탕 전투를 치르고 있는 것처럼 온몸이 땀으로 흠뻑 젖었다.

라이더를 찾기 위해서라면 반드시 노랫소리가 들려오는 그곳을 지나쳐야만 했다.

"이거 재밌겠는걸."

날카로운 롱 소드로 자신의 옷 한 귀퉁이를 잘라 귀를 틀어막은 한스는 롱 소드를 고쳐 잡았다. 그리고 습관처럼 카샤의 위치를 확인했다. 아니, 확인하려 했다(카샤가 사라지지만 않았더라면 말이다).

라이더의 안부를 눈으로 직접 확인시켜 주던 유일한 존재가 사라져 버린 것이다.

"이거 서둘러야겠는걸."

크룽! 크룽! 크르르룽!

간단한 게임이라고는 하지만 생각하지도 못한 요소 덕분에 게임은 거의 눈치 작전이 되어버렸다. 그것도 사람의 눈치가 아니라 소의 눈치를 살피는 일이라니……

'무슨 소가 '무궁화 꽃이 피었습니다'를 하느냔 말이다! 게다가 술래라니? 이건 사기야.'

조금이라도 자신들에게 유리한 게임을 하기 위해 초등학교 전통 놀이 시간에 배웠던 '무궁화 꽃이…'를 기억해 낸 설아에게는 속으로 자신의 캐릭터를 씹는 웃지도 못할 상황이 연출되어 버린 것이다.

크룽! 크룽! 크룽!

게다가 짖는 소리조차(?) 일정하지 않았다.

그것보다 더 알미운 사실은 어느 정도 요령을 익힌 저 물소 녀석이 반쯤 허리를 틀어놓고 있는 터라—어떻게 소 주제에 저런 자세가 유지될 수 있는지 신기할 따름이다—언제 자신들을 돌아볼지 모른다는 것이다.

일단 등을 돌리고 있는 상태일 때 죽어라 달리는 수밖에 없다고 생각한 설아는 타이밍을 맞추기 위해 라드니르의 입 안을—입이 있을 곳으로 추정되는 방향을—노려보았다.

크르룽! 크룽! 크르룽……!

이때다 싶어 후닥닥 달리기 시작한 설아의 귀에 날벼락 같은 한마디가 날아왔다.

크릉!

그게 끝이 아니었던 것이다.

"이건 무효야."

슬금슬금 자신이 달려나왔던 위치만큼 뒷걸음질친 설아는 두 손을 정신없이 흔들어대며 라드니르를 향해 황급히 변명을 해댔다.

"항상 세 번 울부짖고 끝나더니 어째서 이번은 네 번인 거야?! 무효야, 무효!"

으르르릉!

죽은 자의 백작 라드니르, 그는 에누리도 없었다.

"무효라니까."

계속해서 배짱을 퉁겨보는 설아지만 라드니르 역시 호락호락한 상대가 아니었다.

으르르릉!

이번에는 이빨까지 드러내 보이며 낮게 울부짖는 라드니르에게 그녀는 순순히 물러설 수밖에 없었다. 온통 어둠으로 물든 곳에서는 시력이 나쁜 설아에게조차 살기 어린 핏빛의 눈동자는 참기 힘든 공포였던 것이다.

더불어 송곳을 연상시키는 새하얀 이빨도, 그리고 입가에 질질 흘리고 있을 독기 품은 그의 침에 대한 상상도 그녀에겐 상당한 공포였다.

"그래, 간다, 가."

설아는 라드니르의 곁으로 다가가 살짝 인상을 찡그리며 꼬리를 잡았다.

그러나 라드니르는 꼬리를 잡히자 몸을 움찔거려 댔다. 그 모습에 설아는 가벼운 한숨을 내쉬었다.

"두려워하지 마. 예정이 바뀌긴 했지만 넌 하던 대로만 하면 되는 거야."

라드니르는 그녀의 말에 응답이라도 하듯 천천히 몸을 움직였다.

크룽! 크룽! 크르르룽!

그들의 유쾌한 게임이 이어지자 설아는 만족스러운 듯한 미소를 지었다. 그녀이면서 그녀가 아닌 이질적인 느낌을 라드니르를 제외한 그 누구도 눈치 채지 못한 것이다.

크르르룽! 크룽!

갑작스럽게 몸을 트는 라드니르로 인해 무너진 것은 아크레와 데우투스였다. 달리던 자세 그대로 멈추려고 했던 데우투스가 균형을 잃고 쓰러지자 그 옆에 있던 아크레가 마치 도미노를 연상시키듯 쓰러져 버린 것이다.

"이겼다!"

설아의 의기양양한 외침에 데우투스가 제지를 걸었다.

"다시 합시다. 이건 무효죠. 소가 하는 말을 어떻게 알아듣습니까?"

"라드니르 백작님을 술래로 만든 것은 데우투스 당신이잖아요."

남주가 도끼눈을 뜨며 항의하자 데우투스는 움찔거리면서도 지지 않겠다는 듯 살짝 눈을 치켜떴다.

"눈만 크면 답니까? 그렇게 눈 부릅뜨는 것 보니까 꼭 튀어나올 것 같군요. 어휴, 무서워라."

아크레의 뒤로 쪼르르 숨어서 자신을 놀려대는 데우투스를 향해 성큼성큼 다가간 남주는 텁수룩한 그의 수염을 잡아당기며 또다시 눈을 부릅떴다.

"뭐라고 했냐, 염소수염아?"

거의 눈에 흰자위밖에 보이지 않을 정도로 눈이 뒤집힌 남주를 말린 것은 의외로 라드니르의 한마디였다.

크르릉!

"어이, 염소수염! 네 친구가 지금 뭐라고 하는 거냐?"

상당히 불손한 태도임에도 불구하고 데우투스의 입이 귀에 걸렸다.

"큭… 크크크."

음침한 웃음소리에 남주는 저도 모르게 데우투스로부터 몇 발자국 뒤로 물러났다.

"…이거 엄청 불길한데."

설아의 한숨 섞인 목소리에 대답하듯 라드니르는 긴 울음소리를 냈다.

크르르릉— 크르—

"라드니르 백작님께서 눈 큰 아가씨 보고 죽었다는군요."

간신히 웃음을 멈춘 데우투스는 남주를 향해 고소하다는 눈빛을 보내며 말을 이어 나갔다.

"아가씨 팀에서 저 키 큰 아가씨 혼자 남았으니……."

"잠깐! 그런 게 어딨어요?! 당신들 팀에 남은 사람이 어딨다고?!"

가시 돋친 남주의 항의에도 데우투스는 피식거리며 유들유들하게 그녀의 말을 받아냈다.

"아름다운 레이디, 흥분은 건강에 해롭답니다. 라드니르 백작님께선 분명히 돌아보지 않으셨고 당신은 그때 움직이셨죠. 만약 우리 편이 없어서 그러시는 거라면 라드니르 백작님께서 남으셨다는 걸 상기시켜 드리겠습니다."

"말도 안 돼!"

설아와 남주가 동시에 소리를 지르자 데우투스는 귀가 멍멍한지 살짝 미간을 찡그렸다.

"눈만 큰 줄 알았는데 목소리마저 크시군요."

"그래서?!'

버럭 화를 내는 남주에게 그는 그다지 다투고 싶지 않다는 것을 보여주려는 듯 양손을 앞으로 내밀며 어깨를 으쓱거렸다.

"아무튼 결과는 비겼다는 거죠. 아니면 키 큰 아가씨께서 걸릴 때까지 계속하시겠습니까? 결국 승자는 술래인 라드니르 백작님이 될 텐데도?"

좋은 게 좋은 거 아니냐는 시선으로 남주를 바라보는 그에게 빈은 짜증스러운 목소리로 항의했다.

"이러려고 처음부터 저 소 삐리리에게 맡긴 거냐?"

"소 삐리리?"

"자체 심의다. 왜? 그대로 불러줄까?"

건들건들거리며 저런 대사를 읊었다면 효과가 두 배 이상이 되었겠지만 빈은 상당히 영리한 편이었다.

게임이 현.재.까.지. 진.행. 중.임을 잘 알고 있는 그녀이기에 자신의 신체 중 유일하게 자유로운 혀를 이용하여 독설을 뱉어내고 있는 것이다.

"이곳에 와서 마계인들을 모욕하는 것은 그리 현명한 행동이 아닐 텐데요? 특히 죽은 자의 백작 비프론즈를 능멸한 죄는 상당히 무거울 겁니다."

라드니르의 협박성 발언에 소녀들이 몸을 움찔거리자 그는 차가운 미소를 지으며 자신의 말을 이었다.

"그렇지만 저희와의 선약이 먼저니까 일단은 그들도 기다려 주겠지요."

"우리가 지면 당신들과……."

"당신들이 고통받는 것도 관객인 저에겐 꽤 흥미로운 장면일 것 같은데요. 놀이라는 것은 어차피 유흥거리에 지나지 않는 것, 즐거우면 그뿐이죠."

빈의 말을 자르며 생긋 미소 짓는 데우투스를 보며 소녀들은 그의 말이 진심에서 우러나오는 말임을 느낄 수 있었다.

반드시 이겨야 한다. 살고 싶다면 반드시.

소녀들의 머리는 빠르게 회전하기 시작했다.

저들이 결코 이길 수 없는 것, 그리고 고정된 술래가 없는 공평한 게임.

그것이 자신들에게 유리한 게임임을 눈치 챈 남주는 대뜸 손을 치켜들었다.

"좋아요. 대신 이번 게임은 제가 제안하기로 하죠."

그녀가 최대한 흥분을 가라앉히며—그러나 분이 채 풀리지 않은 목소리로—퉁명스럽게 제안해 오자 데우투스는 흔쾌히 고개를 끄덕였다.

"다른 분들께서 불만이 없으시다면 전 상관없습니까?"

다들 그의 말에 침묵으로 불만이 없음을 암시하자 남주는 가희를 향해 생긋 미소를 지었다.

"뮤, 그만 들여다보고 혹시 손수건 있으면 빌려줘."

"응? 혹시 수건 돌리기하려고?"

가희가 눈을 반짝거리며 재밌겠다는 표정을 지어 보이자 남주는 설아가 그랬던 것처럼 의미심장한 미소를 지었다.

"너도 같이 하자."

"나도? 수가 맞지 않는데?"

"그러니까 뮤도 끼워야지."

"에엑? 뮤를?"

빈이 말도 안 된다는 표정을 짓자 남주는 걱정 말라는 듯 윙크해 보였다.

"소도 하는데 뮤라고 못할 게 뭐 있겠어?"

그녀의 말에 주변의 공기는 더욱더 차가워졌다.

"더 이상 비프론즈를 모독하지 말아주십시오. 부탁이 아니라 경고입니다. '경고'가 갖는 뜻이 어떤 것인지는 다들 잘 알고 있겠죠?"

데우투스의 보랏빛 눈에는 그 특유의 여유도, 장난기도 실려 있지 않았다.

"경고란 능력없는 자들의 최후의 자존심을 뜻하죠."

가소롭다는 표정을 짓고 있는 설아에게 데우투스는 자신의 두 눈 가득 살기를 실으며 그녀 앞으로 눈에 보이지 않는 암울한 기운을 불어넣었다. 암울한 기운은 거대한 구렁이 형상으로 실체화되어 순식간에 설아의 온몸을 친친 감아버렸다. 섬뜩하리만치 차가운 기운도, 소름끼치는 축축함도 참을 수 없이 끔찍했지만 두 갈래로 갈라진 가느다란 뱀의 혓바닥이 그녀의 뺨에 닿을 때의 느낌은 온몸의 힘이 쭉 풀릴 정도로 공포스러웠다.

"제가 비록 선량한 데우투스이긴 하나 그렇다고 해서 저를 모독해도 좋다는 허락을 한 기억은 없습니다. 부디 자제해 주시길……."

데우투스가 무표정한 얼굴로 설아를 바라보며 생긋 미소를 짓자 아크레와 빈은 동시에 검을 빼어 들었다.

"이런이런, 너무하시는군요. 이쪽은 혼자인데 그쪽은 둘이라니……."

데우투스는 연약한 표정을 지으며 능청을 떨어댔고 그 도발에 휩쓸릴 뻔한 빈을 막아선 것은 놀랍게도 평소 서로 으르렁거리던 남주였다.

"자자, 사담은 그쯤 해두고 게임이나 시작하죠. 그 뱀은 어쩔 거죠? 참고로 말하자면 이쪽 파티는 동물 농장에 동참하고 싶은 생각 없으니까 그쪽 파티에 가담시킬 생각이 아니시라면 당장 치우세요."

"분부대로……."

데우투스가 우아하게 허리를 숙여 남주에게 인사를 건네더니 가볍게 손뼉을 쳤다.

구렁이는 바로 그 신호를 기다렸다는 듯 설아의 몸에서 떨어져 나갔고 마치 처음부터 존재하지 않았던 것처럼 공기 중으로 흩어져 버렸다.

상상조차 하기 싫은 일을 겪은 탓일까?

설아는 보는 사람이 안타까울 정도로 식은땀을 흘리고 있었다.

"상상력이 고통이 되는 환영 마법입니다만 조심하십시오. 간혹 가다가 그 환상에 지나지 않는 것이 현실이 될 수도 있으니까요. 후후후."

설아가 가장 싫어하는 생명체는 뱀이었다.

만지기도 꺼려지는 외모부터 섬뜩한 차가운 감촉, 무엇보다 시력이 나쁜 설아가 끈으로 착각할 정도로 가느다란 것에서부터 그녀를 친친 감을 정도로 굵고 커다란, 종류까지 다양하다는 점이 그녀를 더욱더 짜증스럽게 만들었다.

한 종류만으로도 충분히 치가 떨릴 정도인데 요즘은 애완용으로도 잘만 기르고 있으니… 설아로서는 여간 곤혹스러운 일이 아닐 수 없었다.

"자, 룰을 설명해 주시겠습니까?"

도끼눈을 치켜뜬 설아를 향해 음침하게 미소 짓는 데우투스를 의식한 듯 아크레는 재빨리 화제를 돌렸다.

"'수건 돌리기'라는 게임인데 한 사람의 술래를 제외하고 모두 동

그렇게 삥 둘러앉아 손뼉을 치며 노래를 부릅니다. 술래는 노래가 불려지고 있는 동안 앉아 있는 여러 명의 사람 중 한 사람을 정해 그의 뒤에 손수건을 몰래 가져다 놓죠. 한 바퀴를 다 도는 동안 눈치를 채지 못해 술래가 그의 등을 친다면 아웃, 그가 눈치를 챘다면 손수건을 들고 술래를 잡으러 가죠. 술래는 그의 빈자리로 가서 잽싸게 앉아야 하며 만일 앉지 못하고 잡힌다면 아웃이죠. 아웃이 되면 원 안으로 들어와야겠지만 그렇게 되면 게임이 진행되지 않을 테니까 일단 아웃이 된 사람이 다음 사람을 아웃시킬 때까지 술래라고 해두겠어요. 물론 아웃시킨 다음엔 저 원 안으로 들어와 게임이 끝날 때까지 앉아 있는 겁니다. 이해하셨습니까?"

"모든 것은 노래가 끝나기 전에 해야 하는 건가요?"

데우투스가 그녀의 자세한 설명에 알아들었다는 듯 고개를 끄덕거리며 그녀의 말을 간략하게 확인했다.

"꼭 그렇진 않지만 일단 술래가 한 바퀴 도는 건 노래가 끝나기 전에 해야 해요."

"음… 그러면 어떻게 편을 나눈다는 겁니까?"

문득 그것을 설명하지 않았다는 생각에 약간 무안해진 남주는 생긋 미소를 지었다.

"호, 꽤 재밌겠지만 그 뮤라는 생명체를 파티에 끼우려는 겁니까?"

반신반의하는 표정으로 소녀들을 바라보던 데우투스는 이내 남주가 무슨 말을 하고 싶어하는지 깨달았다는 듯 고개를 끄덕거렸다.

"뭐, 백작님을 빼려고 그러시는 거라면 괜한 수고를 하는 셈이니 그만두시는 것이 좋을 겁니다."

"'수건 돌리기'는 소가… 아니, 백작님께서 하실 수 있는 놀이가 아닐 텐데요?"

남주의 질문에 데우투스는 라드니르를 바라보며 대답하라는 듯 어깨를 으쓱거렸다.

크르릉.

울음소리조차 전혀 소 같지 않은 검은 물소 라드니르는 그 정도는 가뿐하다는 듯 콧김을 뿜어내며 남주의 등 뒤로 다가와 위협적으로 크르릉거려 댔다.

"그렇지만… 소가 사람처럼 앉을 수나 있는 거예요?"

남주가 살짝 옆으로 몸을 돌리며 묻자 라드니르는 말 잘 듣는 강아지처럼 다소곳이 엉덩이를 땅에 붙이곤 앉아 보였다. 설아는 그 광경을 보며 어쩐지 캠코더를 찍어서 '이런 소를 보셨나요?'라는 제목으로 서커스단에 보내고 싶은 충동이 일었다.

'아마도 꽤 비싼 값을 받지 않을까?'

망상에 빠진 설아를 현실로 이끈 것은 가희의 목소리였다. 그녀는 저 검은 물체가 비프론즈라는 사실도 잊은 것인지 덥석 앞발을 붙잡았다.

"인간은 손을 땅에 대고 앉지 않아요."

크르릉, 크르릉?

라드니르는 의아한 표정으로 고개를 갸웃거렸다.

"아무리 소라지만 이왕 하기로 한 거라면 확실하게 해야죠. 허리도 좀 더 꼿꼿하게 세우고 손도 좀 들어야 해요."

크르릉.

어쩐지 통역을 거치지도 않고 서로 잘 통하는 것 같은 라드니르와 가희를 흥미로운 시선으로 지켜보던 모든 이들은 다시 한 번 엽기적인 소의 행동에 입을 벌릴 수밖에 없었다.

살벌하게 생긴 검은 물소 주제에 가희에게 마치 '나 어때?' 라고 묻는 듯한 시선을 보내며 다소곳하게 앉은 그 자리에서 허리를 꼿꼿하게 세우고는 앞다리를 살포시 수줍은 소녀처럼 포개고 있는 모습이라니…….

어쩐지 한 편의 코미디를 보는 듯한 기분을 불러일으키기에 딱 알맞았다.

"좋아요. 아주 잘했어요."

가희의 칭찬에 라드니르는 꼬리를 살랑살랑 흔들었지만 문제는 자세 정도로 해결되지 않았다.

"그런데 말이죠, 라드니르 백작님께서 앉아 계실 때야 그렇게 계신다고 치지만 달릴 땐 어쩌죠? 모델처럼 워킹을 시킬 건가요? 절대적으로 불리할 텐데?"

설아의 지적에 데우투스는 어깨를 으쓱거렸다.

"그 정도는 봐줄 수도 있는 문제 아닌가요? 뮤는 발도 없지 않습니까?"

치사하게 발이 없다는 것을 물고늘어지는 데우투스 덕분에 뮤는 잠시 움찔거렸다.

뮤? 뮤! 뮤우!

뭔가 항의하는 듯한 뮤의 울음소리에 설아는 피식 미소 지으며 검지 손가락을 들어 보였다.

"그렇게 되면 당연히 라드니르 백작님께서 인간보다 빠르실 테니까 곤란하죠. 그만큼의 적절한 핸디캡을 적용시킨다면 또 모르겠지만… 예를 들면 뮤를 자신의 파티에 끼워준다든가 뮤를 일행으로 끼워준다거나 뮤를 같은 팀에 넣어준다든지 하는 것도 말이에요."

아무렇지도 않게 같은 말을 여러 가지 단어를 사용하여 마치 다른 말을 하고 있는 것처럼 권유하고 있는 설아에게 말려든 데우투스는 고개를 끄덕이며 신중하게 대답했다.

"마지막이 좋겠는데요. 뮤를 같은 팀으로 하겠습니다."

'초코가 좋아, 초콜렛이 좋아, 초콜릿이 좋아?' 라고 묻는 질문에 별생각 없이 얼떨결에 초콜릿이 좋아라고 단순하게 대답해 버리고는 뭔가 이상하다는 생각에 혼란을 느끼는 어린아이의 심정이 되어버린 데우투스를 보며 설아는 회심의 미소를 지었다.

자신에게 구렁이를 보낸 그만큼은 아니겠지만 어쨌거나 치사하게나마 복수를(?) 한 것이다.

"자, 그럼 술래를 정해야죠? 가위바위보 알죠?"

남주의 말에 다들 고개를 끄덕이자 게임은 빠르게 진행되었다.

"가위 바위 보!"

"가위 바위 보!"

커다란 그들의 목소리에 달리 할 일이 없는 망자들이 모여들어 그들이 게임하는 모습을 지켜보느라 관객은 관객대로 점점 더 늘어난 상태에서 시작된 게임의 첫 술래는 빈이었다. 무엇인가 공통으로 아는 노래가 있었다면 좋았겠지만 불행히도 그런 노래가 존재할 리가 없었다. 곤란한 표정으로 서로를 바라보던 데우투스와 남주를 향해 객석(?)의 누군가가 노래를 불러왔다.

니야— 니야— 니야—
세상에서 가장 무거운 것은 뭐지?
세상에서 가장 무거운 것은 뭐지?

니야—니야— 니야—
그것은 기사도 정신을 발휘하여
짐꾼을 자청하고 나섰다가
하늘 높은 줄도 모르고 쌓여만 가는
콧대 높은 레이디의 짐?

니야— 니야— 니야—
그런 것도 아니라면
매일매일 내 배 위에 턱턱
숨 막히게 올라오는 마누라의 오우거 같은
묵직한 다리?

니야— 니야— 니야—
아니라네. 다 아니라네.

니야— 니야— 니야—
세상에서 가장 무거운 것은
그래, 세상에서 가장 무거운 것은
바로 내 눈꺼풀이지.
그래, 바로 내 눈꺼풀이야.
이것만큼은 제아무리 드래곤 슬레이어라도
들어줄 수 없네.

니야— 니야— 니야—

헤이! 들어줄 수가 없네.

유쾌한 웃음소리에 파묻혀 싸늘했던 분위기조차 한결 누그러들었다.

노래가 한참 중반을 넘어갈 무렵 빈은 손수건을 뮤의 뒤에 놓고는 100m를 13초에 돌파하는 실력을 발휘하여 이를 악물고 달리기 시작했다. 순식간에 한 바퀴를 다 돌아나온 빈이 느긋하게 뮤의 등을 치자 뮤는 영문도 모르고 일단 손수건을 주니까 덥석 잡고……

…먹어버렸다.

"뮤! 뮤!"

통통거리고 있는 뮤에게 다들 경악한 표정으로 버럭 화를 내기 시작했다.

"처음부터 지능이라는 게 존재할 리 없는 슬라임덩어리를 일행이라고 인정한 내가 바보지. 내가 미쳤지."

빈의 자학에 질세라 이어지는 라드니르의 쿨한 울부짖음.

으르렁—

다들 무시무시한 눈으로 자신을 노려보고 있다는 것을 깨달은 뮤가 슬금슬금 뒤로 물러나기 시작하자 빈과 라드니르는 동시에 손과 앞발을 들어 그를 내려쳤다.

물컹—

뮤우!

"어쭈! 방어를 해?"

몸 전체가 처음부터 말랑말랑했던 뮤였지만 이미 눈이 뒤집혀 버린 빈이 그런 것을 일일이 기억하고 있을 리가 없었다. 빈의 손에 붙잡힌 뮤는 슬라임도 사색이 될 수 있다는 것을 보여주듯—실제로 슬라임인지 아닌지는 모르지만—온몸이 새파랗게 변했다.

"손수건 내놔!"

뮤! 뮤! 뮤!

뮤는 순순히 고개를 끄덕이며 수건을 뱉어냈고 다시 한 번 사고가 날지도 모른다고 생각한 빈은 뮤를 원 안에 집어넣고는 데우투스를 향해 시선을 돌렸다.

"사정이 이러니까 저 녀석을 아웃시키고 제가 한 번 더 뛰겠어요. 괜찮겠죠?"

"오히려 제가 부탁드리고 싶었는데 감사합니다."

데우투스의 허락이 떨어지자 중단되었던 노래는 계속 이어졌다.

니야— 니야— 니야—
세상에서 가장 무서운 것은 뭐지?

니야— 니야— 니야—
세상에서 가장 무서운 것은 뭐지?

니야— 니야— 니야—
브레스를 뿜어대는 드래곤?
정신 나간 마법사들?

니야— 니야— 니야—
자네들이 뭘 모르는군.
자네들이 확실히 뭘 몰라.

니야— 니야— 니야—
세상에서 가장 무서운 것은
바로 어제 내가 무엇을 했는지
우리 마누라에게 다 일러바치는
촉새 같은 네 녀석의 입이야.

니야— 니야— 니야—
촉새 같은 네 녀석의 입이야.
촉새 같은 네 녀석의 입이야.

어른 아이 할 것 없이 모두 모여 신나게 노래를 불러대는 통에 분위기는 더욱 고조되어 갔고, 이번에는 빈이 라드니르의 뒤에 손수건을 가져다 놓았다. 반 바퀴를 돌아갈 무렵 라드니르는 자신의 뒤에 놓여 있는 손수건을 감지해 냈는지 꼬리로 손수건을 말아 쥐고는 맹렬히 그녀의 뒤를 쫓기 시작했다.

사람은 극한 상황에 부딪치면 놀라운 힘을 발휘한다고 했던가.

빈은 힐끔 뒤를 돌아보더니 라드니르가 자신을 밟아버릴 기세로 맹렬히 쫓기 시작한다는 것을 눈치 채고는—거짓말을 조금 더 보태서—눈에 보이지 않을 정도로 빠르게 달리기 시작했다.

쫓고 쫓기는 맹렬한 추격 속에 불과 열 걸음 정도로 서로의 거리가 줄어들자 안 되겠다 싶었는지 빈은 그 자리에 멈춰 손가락으로 하늘을 가리켰다.

"앗! 저게 뭐지?!"

빈의 놀란 표정에 라드니르 역시 걸음을 멈추고 하늘을 올려다보았다.

크르릉?

라드니르가 고개를 갸웃거리며 빈을 바라보자 어느새 그녀는 자신의 자리로 돌아와 앉아 있었다.

크릉! 크르릉!

콧김을 뿜어대며 거칠게 항의하는 라드니르의 편이 되어줄 사람은 아무도 없었다.

사람들 중에는 소의 말을 알아들을 사람도 없거니와 있다고 해도 적을 옹호해 줄 정도로 좋은 상황이 아니었던 것이다.

"속임수를 쓰는 것은 좋지 못하지만 라드니르 백작님께서 흥분하실 필요는 전혀 없습니다. 눈에는 눈, 이에는 이. 이번에 복수하면 되니까요."

소가 '뿌드득뿌드득' 이를 갈아대는 소리에 빈은 온몸에 소름이 돋았다.

라드니르가 자신이 소라는 사실도 잊어버린 것인지 살기 어린 눈빛으로 이가 부러져라 갈아대기 시작했던 것이다.

"그럼 시작할까요?"

데우투스가 생긋 미소 짓는 것을 시작으로 또다시 사람들이 손뼉을 치며 박자를 맞추는 소리가 들려왔다. 그리고 다시 한 번의 노래가 이어졌다.

라드니르는 단단히 화가 난 듯 콧김을 세게 내뿜으며 말처럼 뒷발로 흙을 차내고는 손수건을 물고 빈의 뒤로 다가갔다. 그리고는 전력 질주를 하려던 순간 꼬리에 뭔가 묵직한 것이 느껴졌다.

"아. 웃!"

빈이 손수건을 흔들어 보이며 라드니르의 길고 가느다란 꼬리를 잡아당긴 것이다.

처음에 황당하다는 듯 눈만 꿈뻑거리고 있던 라드니르는 곧 자신이 아웃당했다는 것을 깨닫고는 날카롭고 하얀 이를 드러냈다.

크르… 크르르룽!

"설마… 물려는 건 아니겠지?"

빈은 움찔한 듯 뒷걸음질치며 라드니르를 경계했지만 그는 천천히 그녀에게로 다가오며 위협적으로 으르렁거려 댔다.

으르르르……

낮은 그의 위협에 빈은 진정하라는 듯 팔을 뻗었다가 자신의 손에 들려 있는 손수건으로 시선이 고정되었다.

'소와 수건? 이거라면… 그래, 이거라면 어쩌면 저놈의 소를 상대할 수 있을지도 몰라!'

빈은 예전에 자신이 사전을 검색했을 때 얼핏 봤던 투우를 떠올리며 야릇한 미소를 지었다.

그러나 그녀는 몇 가지 큰 착각을 하고 있는 것을 깨닫지 못하고 있었다.

투우는 레이스 달린 핑크 색의 손수건으로는 어림도 없다는 것과 그녀에게는 소의 등에 칼을 꽂을 만한 완력이 없다는 것을 말이다.

"그래, 까짓것 덤벼봐라."

빈은 가희에게서 받은 손수건을 펄럭거리며 두 손으로 그것을 펼쳐 들었다.

손수건은 빈의 얼굴을 가릴 정도의 크기밖에 되지 않았지만 그녀는 마치 무적의 방어구라도 갖춘 듯한 표정으로 손수건을 흔들어댔다.

크르룽!

라드니르는 그것이 자신을 우습게 여기기에 가능한 일이라 생각하곤 분노하며 으르렁거리기 시작했다.

크르르릉!

날카로운 두 뿔을 무기로 삼으며 빈을 향해 돌진한 라드니르는 그녀가 살짝 몸을 피하자 손수건만 자신의 뿔에 대롱대롱 매단 채로 헛발질을 해버렸다.

으르르르…….

마치 면사포를 씌워놓은 것처럼 레이스는 라드니르의 머리끝에 우아하게 걸렸지만 정작 그는 그것이 마음에 들지 않는 듯 분노를 넘어 광기로 번뜩이는 붉은 눈동자로 빈을 노려보았다.

서늘한 기운이 스틱스 강 전체를 에워싸는 느낌에 데우투스마저 사색이 되었다.

그의 인내심이 한계에 달한 것이다.

'여기서 죽는구나.'

빈의 직감이 그렇게 속삭이고 있었다.

"그렇지만 곱게 죽어줄 순 없지."

빈은 레이피어를 꺼내 들며 억지 미소를 지었다.

"조연은 멋지구리한 대사를 읊는 게 아니야."

상황에 어울리지 않게도 설아의 장난기 어린 목소리가 끼어들었다.

"시끄러! 이 긴박한 상황에서 그런 말을 해야겠어!"

설아에게 눈을 부라리던 빈은 자신에게 미친 듯이 돌진해 오는 라드니르를 향해 검끝을 겨누었지만 그는 눈 하나 깜빡거리지 않았다. 오히려 그는 빈의 터무니없는 용기를 즐기는 것처럼 보였다.

날카로운 검과 날카로운 뿔이 서로에게 치명적인 상처를 주기 일보

직전 설아는 뮤에게 쿨하게 한마디를 던졌다.

"뮤, 먹어버려."

순간 믿을 수 없는 놀라운 일이 벌어졌다.

마치 이동 마법을 사용한 것처럼 순식간에 라드니르의 뒤로 간 뮤가 그를 통째로 집어삼킨 것이다.

마지막 순간 비장하게 눈을 감아버린 빈을 제외한 모두는 황당한 표정으로 설아를 노려보았다. 이곳은 저승이고 이들은 모두 죽은 자들이었다.

비프론즈, 죽은 자들의 백작.

따라서 이들 모두는 비프론즈인 라드니르의 편이었다.

아크레 그 자신조차도……

"어떻게 하신 겁니까?"

데우투스가 무뚝뚝한 목소리로 설아에게 질문하자 그녀는 원에서 이탈하며 뮤를 안아 들었다.

그리고 귀여워 죽겠다는 듯한 표정으로 천천히 뮤를 쓰다듬었다.

"아무것도 아니에요. 이 녀석의 정체를 알아냈을 뿐이죠."

표정과는 정반대의 씁쓸한 목소리에 빈은 살포시 눈을 떴다.

"설아야?!"

사색이 된 그녀의 눈에 비친 장면은 자신들을 빽빽하게 에워싼 그 많던 관객이 하나같이 손에 무기를 들고 있다는 것과 그 무기의 끝은 설아를 향하고 있다는 것이었다.

어린아이들의 손에는 작은 돌이, 농부로 보이는 자들의 손에는 낫이, 그리고 아주머니들의 손에는 빗자루 등이 쥐어져 있었고 그것들은 평소 그들에게 아주 익숙한 것들이었다. 자신들의 의지력을─비프론즈의 충복들의 술수를 이용하였다고는 하나─물질계의 것으로 바꾸어놓을 수 있을 정도로 그들에게 있어 비프론즈가 갖는 의미는 매우 컸다.

"역시 가장 위험한 자는 당신이었군요, 나이트 아크레."

생긋 미소 짓는 설아의 눈에 아크레의 손에 쥐어진 롱 소드가 들어왔다.

그 롱 소드의 끝에는 눈부신 검기가 맺혀져 있었다.

주인공을 위해 설아가 부여해 준 그의 최대의 능력이 그녀를 실질적으로 위협하는 최대의 공격이 되어버린 것이다.

"그래, 어차피 엉망이 되어버린 이야기 같은 거 없어져 버리는 게 나을지도 모르죠."

누구에게 하는지도 모를 소리를 자조적으로 내뱉으며 설아는 손을 뻗어 자신의 소매 끝을 아크레를 향하도록 만들고는 화살을 쏘아버렸다. 영혼에겐 전혀 소용없을 무기지만 놀랍게도 아크레는 바닥에 풀썩 쓰러져 버릴 뿐이었다.

"그렇지만 그것은 하나의 이야기가 완전하게 끝나고 난 뒤예요. 도중하차라니, 작가로서 책임을 져버리는 짓만큼은 절대로 할 수 없다구요!"

설아의 날카로운 목소리는 스틱스 강뿐만 아니라 저승 전체를 뒤흔들어 놓았다.

절대로 일어날 리 없는 지진이 일어난 것이다.

"아쉽지만 게임에서 이긴 것은 당신들이니 전 당신들의 편을 들어주어야겠군요."

게임을 하며 자연스럽게 만들어진 원은 설아가 자리를 이탈하면서부터 깨어진 지 오래였고 더 이상 진행될 수 있는 분위기도 아닌지라 아쉽지만 그는 순순히 패배를 시인했다.

아주 오랜만에 흥미로운 인간들을 발견했지만 스틱스 강을 걸고 한 맹세는 반드시 지켜야만 했던 것이다.

"배신할 생각인가, 데우투스여? 우리의 주군을 실컷 능멸해 놓고 이제 와서 버리겠다는 것인가?"

비프론즈의 수하다운 암울한 목소리가 데우투스를 향해 날아들자 그는 피식 미소를 지었다.

"그럴 리가요. 제가 감히 백작님을 배신할 리가 있겠습니까? 저는 약속을 지키려는 것뿐입니다. 바로 저 아가씨께서 원하신 백작님의 자유지요."

그의 말에 설아를 보는 그들의 시선이 한결 누그러들었다.

"그렇지만 우리가 자네의 무엇을 보고 믿을 수 있겠나?"

"스틱스 강을 걸고 한 약속들을 웃음거리로 만들고 싶으신 겁니까?"

날카로운 데우투스의 목소리를 향해 비웃는 듯한 기분 나쁜 웃음소리들이 날아들었다.

"살아 있는 자가 스틱스 강을 걸고 한 맹세에 어떤 의미를 둔다는 거지? 하하, 어리석군, 데우투스여. 재미만 찾더니 사고 능력마저 정지된 거 아닌가?"

"킥킥킥, 그렇지만 게임은 재미있었어. 킥킥… 도박의 마신이 인간에게 게임으로 질 줄이야. 정말 바보 같아. 킥킥……."

작은 목소리로 킥킥거리던 한 소녀가 주변을 한 바퀴 빙 돌며 살짝 미간을 찡그렸다.

"뭐야, 뭐야? 프리스티스가 둘이야?"

"그렇다 해도 한 명은 견습일 뿐이잖아."

어둠 속에서 누군가가 소녀의 목소리에 가볍게 답하자 소녀는 버럭 소리를 질렀다.

"바보야, 그 견습이 우리 백작님을 사라지게 만든 거라구! 그렇다면 하이 프리스티스는 어떨 것 같아?"

본의 아니게 설아의 견습 프리스티스의 옷이 도움이 되고 있는 듯한 상황이었다.

"어쩌지? 이 이상 시끄럽게 굴면 마계인들이 수상하게 생각하고 나와볼지도 몰라."

"어쩌긴 뭘 어째. 저 녀석들을 돌려보내는 수밖에 더 있겠어?"

"백작님을 포기하겠다는 거야?!"

날카로운 목소리에 응답하던 데우투스는 소녀들을 바라보았다.

"약속을 어길 사람들은 아닌 것 같습니다만……?"

"누가 약속 어길 거리고 써 붙이고 다니냐? 데우투스가 영리하다고 한 놈이 누구야?"

"시끄러워. 너희들은 입 다물어!"

소녀는 살짝 미간을 찡그리며 위협적인 눈빛으로 주변을 둘러보았다.

데우투스도, 어둠 속의 목소리도 그녀의 기세에 움찔했는지 더 이상 나서지 않고 한발 물러나 그녀를 지켜보았다.

"내놔."

설아 앞으로 성큼성큼 걸어나온 소녀는 그녀를 향해 손을 내밀었다.

"내놔."

다시 한 번 인상을 쓰며 손을 내미는 소녀에게 설아는 살짝 눈을 치켜떴다.

"뭘?"

눈꼬리가 살짝 올라간 편인 설아는 평상시에는 그녀의 푼수 같아 보이는 이미지와 안경이 그런 그녀의 인상을 가려주었기에 다들 그녀의 인상이 매우 차가운 느낌이라는 것을 눈치 채지 못하고 있었다.

안경을 뺀 설아의 첫인상은 '어머, 쟤가 왜 날 노려보지? 내가 뭐 잘못했나?' 다.

특히 그녀가 잠이라도 못 잔 날 그녀와 부딪치기라도 한다면 '미안해요. 용서해 주세요' 라고 싹싹 빌고 싶어지는 인상이 된다.

그러나 무서운 것이 안경이라고, 착용하는 것만으로 그녀의 인상이 180도 달라 보이는 것이다.

게다가 그녀는 언제나 웃는 듯한 얼굴이라 안경을 끼고 있을 땐 꽤나 이미지가 좋아 보였다.

어지간히 눈썰미가 좋은 사람이 아니고는 그녀의 그런 면을 눈치 채는 사람은 지금까지 아무도 없었다(더군다나 그녀는 씻을 때와 잘 때를 제외하고는 안경을 빼는 일이 거의 없었다).

"내놔, 그 이상한 슬라임덩어리."

소녀는 손바닥이 앞으로 향하도록 하고는 위아래로 까딱까딱거리며 뮤를 험악하게 노려보았다.

"부탁하는 태도가 엉망이네."

"'주세요' 라고 말하면 줄 거냐?"

설아의 키는 160㎝도 채 못 되는 작은 키였지만 소녀의 키는 그녀보다 머리 하나 크기만큼이나 더 작았고 나이도 그녀보다 여섯 살 정도는 어려 보였다. 인형같이 깜찍한 외모의 소유자인 소녀의 목소리는 외모에 걸맞은 전형적인 귀여운 목소리임에도 불구하고 설아의 표정은 그녀가 입을 열 때마다 구겨지고 있었다.

"적어도 내놔라고 할 때보다 좋은 점은 있지."

설아의 말에 호기심 어린 표정의 소녀가 질문했다.

"뭔데?"

"알고 싶니? 후회할 텐데?"

"뭔데?"

"그건 말이야……."

설아는 소녀에게 가까이 오라는 듯 손짓해 보였고 소녀는 기꺼이 그녀에게 다가갔다.

귓속말을 하려는 듯 허리를 굽히고 고개를 숙여 그녀를 내려다보던 설아는 최대한 '딱' 소리가 나도록 주먹으로 소녀의 머리를 과격하게 쥐어박았다.

"적어도 맞지는 않는다는 점이지."

꽤 타격이 컸던 듯 소녀는 눈물을 글썽거리며 설아를 노려보았다.

"너… 너… 지금 네가 감히 누구 머릴 쥐어박았는지 알기나 해?!"

소녀의 목소리는 창피함과 분노가 뒤섞여 파르르 떨리고 있었다.

"잘 알고 있지. 버릇없는 꼬마를 쥐어박은 거다. 훈계 차원으로 말이야."

설아의 말에 소녀는 아랫입술을 질끈 깨물더니 손을 들어 보였다. 작고 앙증맞은 고사리 같던 손에서 놀랍게도 점점 손톱이 자라나기 시작하더니 날카로운 빛을 뿜어냈다.

마치 날이 예리한 레이피어 같은 느낌을 주는 그녀의 손톱은 길면 길어질수록 단단하고 뾰족해지기 시작했다.

"감히 나를 화나게 했겠다! 용서하지 않겠어!"

그녀가 버럭 소리를 지르며 설아의 얼굴을 할퀴려는 순간 설아는 그녀를 비웃기라도 하듯 뮤의 입을 벌렸다.

"뮤야, 너 오늘 포식 좀 해라."

뮤! 뮤! 뮤!

뮤는 좋다는 듯 기분 좋은 울음소리를 내며 그녀를 삼켜 버렸다. 그 모습에 설아를 제외한 모두는 일제히 눈이 휘둥그레졌다.

"돌아가는 방법은 잘 모르지만 일단 돌아가기만 하면 모두 무사하게 풀어줄 테니까 너무 그렇게들 잡아먹을 듯이 노려보진 말아줘요."

설아가 또다시 뮤를 쓰다듬으며 씁쓸한 목소리로 답하자 데우투스는 진지한 표정으로 질문했다.

"당신들은 평범한 인간들이 맞습니까?"

정중한 질문에는 정중한 대답이 어울리는 법이다.

"당신 눈에는 우리가 평범해 보여요?"

이런 삐딱한 말투가 아닌…….

"약속은 약속이니 아크레님의 얼굴을 봐서라도 당신들을 돌려보내 드리지요."

데우투스의 말이 떨어지기가 무섭게 설아가 서 있는 바닥에 마법진 하나가 나타났다.

"왔던 곳으로 돌려보내 드리겠습니다. 돌아가신다면 두 분을 반드시 돌려보내 주시겠다고 약속해 주십시오."

"스틱스 강을 걸고 맹세하죠."

설아의 정중한 맹세에 그는 고개를 끄덕거렸다.

"그렇다면 좋습니다. 마법진은 그 두 분을 돌려받을 때까지 그대로 두겠습니다."

"에? 그러다가 지상으로 유령이라도 툭 튀어나오면 장난 아닐 텐데요?"

빈이 의아하다는 듯한 표정을 짓자 데우투스는 기다렸다는 듯 생긋 미소를 지었다.

"유령만 나간다면 저승이라는 이름이 울겠지요. 적어도 마물들이나 마족들이 올라가 이승을 쓸어버려야 이름 값은 했다는 소리를 들을 수 있을 겁니다. 천 년 만에 열리는 저승과 이승을 잇는 유일한 공식적인 통로니까 말입니다. 그러고 보니 이곳을 노리는 녀석들이 꽤 많을지도 모르겠군요."

"에엑?! 그런데도 지금 열어두겠다는 대답이 나오는 거야?! 제정신 아니지?!"

버럭 소리를 지르는 남주를 향해 데우투스는 바로 그게 정답이라는 듯 흡족한 미소를 지으며 검지손가락을 치켜세웠다.

"그런 반응이죠."

"무슨 소리 하는 거야?!"

"그런 반응을 기대하는 겁니다, 이쪽에선."

"우리에게 믿을 만한 구석이 전혀 없으니까⋯ 겠죠?"

설아가 생글생글 미소를 지으며 질문해 오자 데우투스는 고개를 설레설레 흔들어댔다.

"그럴 리가요. 전 스틱스 강을 걸고 한 맹세는 무조건 믿습니다. 그러나 여기 계시는 분들께서 눈에 보이는 무엇인가를 원하시니 이 정도의 제약은 괜찮지 않습니까?"

이 정도⋯⋯.

이승을 말아먹을 정도의 위력을 지닌 엄청난 통로를 가리켜 겨우 이 정도라니⋯⋯.

빈은 울컥하는 기분이 들었지만 설아의 대답은 훨씬 의외의 것이었다.

"그쯤은 당연한 거 아니겠어?"

설아가 소녀들에게 어서 이 마법진 안으로 들어오라는 듯 손짓까지 해 보이며 차갑게 그의 말을 받은 것이다.

"더 이상 하실 말씀이 없으시다면 마법진을 가동시키겠습니다만……."

데우투스가 어둠 속의 누군가에게 양해를 구하는 듯 잠시 말을 끌었으나 그로부터는 별다른 대답이 들려오지 않았다.

"당신들에게 행운이 있기를……."

그는 가벼운 한숨을 내쉬며 마법진을 가동시켰다.

"쉴드의 정의로움이 당신을 수호해 주시길……."

생긋 미소를 지으며 작별 인사를 건네는 가희에게 데우투스는 가벼운 미소를 지었다. 도박과 같이 속임수가 난무하는 마신인 자신에게 쉴드의 정의로운 철퇴가 아니라 수호를 빌어주는 하이 프리스티스라니…….

"쩝, 정말 흥미로운 사람들이군요."

데우트스는 자신의 기운인 잿빛의 암울한 기운과 함께 사라져 버린 설아 일행을 떠올리며 생긋 미소 지었다가 이내 주변의 따가운 눈총 덕분에 그 미소를 지울 수밖에 없었다.

4장

내 이야기에 손을 대고 싶다면…

"아아··· 아찔했다."

사막으로 나오자마자 숨 막히는 더위에 가벼운 현기증을 느낀 소녀들은 어쨌거나 저 무시무시한 곳에서 아무도 다치지 않았다는 것을 불행 중 다행으로 생각했다.

"그런데 남주야, 뭐 잊은 거 없어?"

"아앗! 맞다, 뮤!"

남주는 버럭 소리를 지르며 뮤를 뺏어 들고는 인정사정없이 그의 뺨을 쭉쭉 잡아당겼다.

뮤우― 뮤!

뮤는 남주의 손가락을 덥석 물어버리려고 했지만 곧 이어 터져 나올 남주의 반응을 떠올리고는 이내 한숨을 내쉬었다.

"얼른 내놔. 네가 집어삼킨 녀석은 먹는 게 아니라구."

도끼눈을 치켜뜬 남주가 은근히 목소리를 깔며 겁을 주자 뮤는 그녀의 손에서 빠져나와 검은 물소 한 마리와 귀여운 소녀 한 명을 뱉어냈다. 반사적으로 소녀로부터 일정한 거리를 둔 그녀들은 미동조차 없는 소녀를 보고는 곧 그녀가 기절했다는 사실을 알 수 있었다.

"어이, 내가 진 내놓으랬지 저 녀석들 내놓으라고 했냐?"

그들이 깰 것을 염려해서인지 남주는 한껏 목소리를 낮추었지만 뮤는 딴청을 부려댔다.

뮤~ 뮤~

"일단 이상한 것들이 튀어나오기 전에 우리 이 녀석들부터 옮기자."

빈의 제안에 소녀들은 모두 고개를 끄덕였다.

"이 성질 더러운 지지배부터 처리하고 보자. 난 애들같이 조그만 녀석들은 딱 질색이야."

남주는 조심스럽게 다가가 소녀를 안아 들고는 마법진 아래로 사뿐히 내려놓았다. 남주가 마법진 밖으로 나오자 소녀는 마치 땅속으로 흡수되어 가는 것처럼 천천히 바닥으로 사라져 갔다.

"그리고 남은 건 이 소지?"

빈은 감정있다는 듯 라드니르를 발로 툭툭 차곤 곧 한숨을 내쉬었다.

"하아~ 그런데 이 무거운 놈을 어떻게 옮기지?"

"발 잡고 끌면 어때?"

가희가 재밌겠다는 듯 눈을 반짝이며 라드니르를 바라보자 소녀들은 일제히 고개를 흔들었다.

"그러다가 깰 거야."

"그럼 나무 잘라다가 저 소를 나무 위에 올리고 굴리면 안 돼?"

"소는 누가 들고 나무는 누가 베?"

설아의 질문에 가희는 잠시 곰곰이 생각에 잠긴 표정으로 한동안 침묵을 지키더니 좋은 생각이 났다는 듯 손뼉을 쳤다.

"있지있지, 그 소환책에서 라토모 언니를 불러내 보지 그래? 그 언니라면 마법도 쓸 수 있지 않을까?"

그녀의 말에 남주는 로브 자락을 뒤적거리다가는 마침내 자신이 빠뜨린 것이 무엇인지 기억해 냈다.

"…내 소환책이 없어졌어!"

사색이 된 그녀의 표정에 소녀들의 표정이 무엇인지 기억해 냈다.

"잘 찾아봐. 그게 발이 달려서 어디로 가는 것도 아닐 테고……. 혹시 뮤가 먹었나?"

설아가 의심스럽다는 듯 도끼눈을 치켜뜨며 뮤를 바라보자 뮤는 억울하다는 듯 고개를 절레절레 흔들어댔다.

뮤우―

"아니면 혹시 그때 오아시스에 빠뜨린 거 아니야?"

가희가 걱정스러운 눈빛으로 질문하자 남주는 버럭 소리를 질렀다.

"으아아아!! 안 돼!"

"잘 찾아봐. 잃어버린 거 확실해? 로브랑 다 뒤져 봤어?"

가희가 주섬주섬 남주의 로브 안에 달린 주머니를 뒤져 보았지만 아무것도 나오지 않았다.

"어떡해! 진짜 오아시스에 빠뜨린 거 아니야?!"

남주가 울상을 지으며 발을 동동 구르자 빈은 낮은 신음 소리를 냈다.

"크읏… 이러다가 설마 다시 저 어둠침침한 땅속으로 기어들어 가야 하는 건 아니겠지?"

"경우에 따라선 그래야겠지."

설아의 어두운 표정에 빈은 가벼운 한숨을 내쉬었다.

"포기하자, 그 소환책은."

"그것만큼 유용한 게 또 있을 거 같아?"

설아의 말에 빈은 살짝 몸을 움찔거렸다.

"그렇기야 하지만 난 다시는 저런 곳에 들어가기 싫어."

온통 검은색으로 도배되어 있는 그곳은 빛 한 줌 들어오지 않는 강렬한 어둠의 세계였다.

그곳에 있다 보면 익숙해져 어두운 곳이란 자각도 생기지 않았다.

빛의 세계로 나온 지금에야 소녀들 모두는 자신들이 살아 있는 자들임을 느낄 수 있었다.

죽어 있는 자들의 세계와는 결코 어울릴 수가 없는 것이다.

"아아… 역시 가야만 하나?"

남주의 푸념 섞인 한마디에 소녀들은 다 같이 한숨을 내쉬었다.

"지금 찾는 게 이거야?"

어디선가 그들에게 익숙한 목소리가 들려왔다.

"에? 석진 선배?! 선배가 어떻게 여기 있는 거예요?"

사실 이런 낯선 곳에서 아는 사람을 만나면 반가운 것은 당연한 일이었다. 소녀들은 다들 생긋 미소를 지으며 반가움을 표했으나 설아만은 유독 쌀쌀맞은 표정을 짓고 있었다.

"선배, 라토모는 어디 있어요?"

"라토모? 아, 그 뱀 아가씨 말하는 거냐?"

석진은 생긋 미소를 지으며 남주의 소환책을 꺼내 들었다.

"석진 선배가 라토모 언니를 어떻게 아시는 거예요?"

가희가 의아하다는 듯 고개를 갸웃거리자 석진은 검지손가락을 자신의 입가에 가져다 댔다.

"비.밀.이.야."

귀여운 미소를 짓고 있는 석진의 손에서 소환책을 낚아챈 설아는 조심스럽게 책의 상태를 확인했다. 책장이 찢겨져 나간 곳은 없는지, 낙서가 되어 있지는 않은지, 남들이 쓸데없는 걱정을 사서 한다고 말할 정도로 꼼꼼하게 책장을 넘겨보던 설아는 '탁' 소리가 나도록 책을 덮었다. 그리고는 미간에 잔뜩 주름을 잡기 시작했다.

"선배, 라토모를 어떻게 하셨어요?"

"어떻게 하다니? 뭘 말이야?"

설아는 남주에게 책을 건네며 확인해 보라는 듯한 표정을 지어 보였다.

"라토모와의 계약이 파기되었어. 내 예상이 맞다면 말이야."

설아의 말에 남주는 '설마' 하는 표정을 지곤 거칠게 책장을 넘겼다.

새하얀 페이지들과는 달리 라토모의 소환진이 그려져 있던 페이지는 먹물을 엎어놓은 듯 온통 검은색으로 뒤덮여 있었다. 책장에서 은은하게 뿜어져 나오던 라토모의 기운 역시 깨끗하게 사라져 버렸고 고대어로 추정되는 섬뜩한 붉은 글이 쓰여져 있었다.

겉보기에는 검은 바탕에 붉은 글씨인지라—그것도 갈색에 가까운 핏빛의 붉은 글씨—유심히 살펴보지 않는다면 전혀 눈에 띄지 않는 것이었다.

"이거 뭐라고 쓰여 있는 거야?"

남주가 신경 쓰인다는 듯 글씨를 가리키자 설아는 눈에 힘주어 책을 노려보았다.

"일정 기간 동안 계약 파기라고 해야 하는 건가……?"

"뭔데?"

"라토모가 위독하다는데… 라토모가 죽으면 그대로 계약 파기일 테고 살아난다고 해도 회복할 때까진 불러봤자 응할 수 없다고 적혀 있어."

설아의 말에 석진은 낮게 휘파람을 불었다.

"휘유~ 역시 작가는 작가라는 건가? 나도 알아볼 수 없었던 글자를 한눈에 알아보는 거 보면 대단하긴 대단하군."

"이곳은 제 세계니까요. 저도 모르는 문제가 생기긴 했지만……."

화가 난 듯 날카로운 목소리로 대답하는 설아에게 그는 생긋 미소를 지었다.

"그래서 인사하러 온 거야. 일단은 내가 온 것을 알려야 할 테니까."

"그 다음은요?"

"인사를 한 다음엔 본론을 꺼내는 게 예의잖아."

석진은 검지손가락을 치켜들고는 설아의 코앞까지 들이밀었다.

"그래서요?"

"돌아가자, 현실 세계로."

"에엑?!"

"그게 가능해요?!"

남주와 빈이 놀랐다는 듯 동시에 큰 소리를 지르자 석진은 귀가 멍 멍하다는 듯 살짝 미간을 찡그리며 귀를 만지작거렸다.

"가능해, 설아가 그럴 마음만 먹는다면."

"네? 그건 또 무슨 소리예요?"

남주가 눈을 뜨며 질문하자 석진은 머리를 긁적거리며 설아를 향해 시선을 고정시켰다.

"그러니까 내 말은 설아가 처음부터 돌아갈 방법을 알고 있었다는 거야."

"에엑?!"

빈이와 가희가 눈을 크게 설아와 석진을 번갈아 바라보자 석진은 아무 반응도 보이지 않는 그녀를 대신해 고개를 끄덕거렸다.

"내가 어디 아까운 시간 두고 농담할 것같이 보여?"

석진의 말에 남주는 단호하게 고개를 끄덕거렸다.

"네, 할 거 같아요. 선배 특기가 그거잖아요. 비싼 밥 먹고 헛소리 하기라든가 아까운 시간 두고 농담하기, 설아 놀리고 반응 구경하기 등등. 더해줘요?"

"아아, 그쯤이면 족하답니다."

석진은 한 손을 흔들어 보이면서도 이내 한마디를 덧붙였다.

"그렇지만 이번만은 농담이 아니야."

'이번만은' 이라고 강조하는 것이 수상하다는 듯 빈은 눈꼬리를 살짝 치켜 올렸다.

"헤에, 그럼 그거 거짓말?"

"…진짜라니까 그러네."

"선배같이 신용없는 사람 말을 어떻게 믿어요?"

"왜 못 믿는데?"

석진이 팔짱을 끼며 진지한 얼굴로 묻자 그녀 역시 진지한 표정으로 응수했다.

"그야 설아 녀석이 종종 사고를 치긴 해도 말이죠… 이곳에서 나가는 방법을 알고 있으면서도 우리에게 아무런 상의도 없이 혼자 독단을 내려 버릴 녀석은 아니니까 그렇죠."

"맞아요. 설아는 그렇게 이기적인 애가 아니에요."

빈과 남주가 도끼눈을 뜨고 석진을 노려보자 석진은 가희를 바라보며 질문했다.

"너도 그렇게 생각하냐?"

"무슨 말을 하고 있는 거예요?! 설아가 조금 덜렁거리고 건망증이 심해서 그렇지 본성은 착하다구요."

"맞아맞아, 설아가 뭐 석진 선배 같은 줄 아세요?"

"내가 지금 누구한테 질문했다고 생각해?"

지극히 사무적이고 딱딱한 어조의 말투에 두 소녀는 서로의 얼굴을 바라보며 조용히 입을 다물었다. 평상시의 그들 패턴대로라면 서로 한 차례씩 주거니 받거니 해가며 농담처럼 갈귀대는 것이어야 했지만 지금은 평상시의 그와 전혀 다른 모습이었다.

"어떻게 생각해? 작가 지망생, 아니, 작가로서의 너라면 지금처럼 네 생각만으로 모든 것이 이루어지는 이런 상황에서 친구들이 반대할 걸 뻔히 아는데 이야기할 수 있어? 친구들이 반대하는데 이야기를 계속 진행시켜 나갈 자신 있어?"

어쩐지 추궁하고 있다는 느낌이 들 정도로 집요한 질문이었다.

"선배는 뭔가 크게 착각하고 있어요."

지금까지 탐탁지 않은 눈길로 쏘아보고만 있던 설아가 날카로운 목소리로 말문을 열었다.

"그렇게 거창한 이유 따윈 필요없어요. 원래부터가 난 이기적인 녀석이니까 말이에요."

"뭐?"

의외의 대답에 빈의 눈이 커졌다.

"그야 물론 상의하면 좋았겠지만… 처음부터 난 그런 거 신경도 쓰지 않았어."

"무슨 소리야? …그거 우리 돌려보낼 수 있었는데 돌려보내지 않았다는 소리로 들리는데… 내가 잘못 들은 거야?"

빈의 말에 석진은 가벼운 한숨을 내쉬었다.

"잘못 들은 거 아니야. 설아는 지금 확실하게 돌아가는 방법을 알고 있다고 말하는 거야. 그리고 너희들을 돌려보내지 않았다고 말하고 있기도 하고……."

"선배는 끼어들지 말아요. 이건 우리 문제니까."

쐐기를 박는 듯한 빈의 말에 그는 고개를 흔들었다.

"이건 내 문제이기도 해. 누가 뭐라고 해도 이건 내가 만든 소프트니까."

"그래요. 선배가 만든 소프트지만 난 A/S 부탁한 기억 같은 거 없어요."

설아의 매몰찬 목소리에 석진은 정색해 보였다.

"그렇지만 다른 사람은 부탁했어."

"다른 사람?"

설아의 질문에 그는 그 특유의 귀여운 미소를 지으며 검지손가락을 입가에 가져다 댔다.

"비밀이야. 고객의 신변 보호가 제일 먼저니까."

"그래요? 뭐, 누군지는 모르겠지만 기숙사가 발칵 뒤집어졌겠네요? 우리 다 기절한 것처럼 보일 테니까. 사감 선생님 사색이 되셨겠군요. 후훗."

어색한 분위기를 풀기 위해서인지 빈이 피식 미소를 지었지만 소녀들의 반응은 냉담하기 짝이 없었다.

"그랬으면 어지간히도 좋겠다. 넌 분위기 파악이라는 것도 못하냐?"

남주의 핀잔에 빈의 눈꼬리가 치켜 올라갔다.

"넌 꼭 그렇게 말해야 해?"

"뭐가?"

한바탕 싸우기라도 할 것처럼 험악한 분위기가 연출되자 석진은 그녀들 사이에 끼어들어 재빨리 그녀들의 말을 끊어놓았다.

"불행히도 두 사람이 기대하는 일 같은 건 아무것도 일어나지 않았어. 걱정하지 마."

"네? 그럼 선배가 어떻게 여길 들어오신 거죠? 아, 그러고 보니 여기 입구마저 폐쇄되어 있을 텐데……."

가희가 의아한 표정으로 질문하자 석진은 피식 미소를 지었다.

"그것도 비. 밀."

"선배 지금 장난치자는 거예요?!"

버럭 화를 내는 남주에게 석진은 두 손을 모아 자연스럽게 앞으로 내밀었다.

"후후, 미안. 일단 이곳에서 나가고 난 다음에 이야기하자."

"좋아요. 설아 너도 나중에 단단히 따질 테니까 우선 여기서 내보내 줘."

빈의 말에 그녀는 살짝 입술을 깨물었다.

"싫어."

"뭐?"

"싫다구."

단호한 설아의 말에 빈의 표정이 딱딱하게 굳어졌다.

"지금 뭐라고 하는 거야?"

"싫다고 했어."

"나 지금 기분 엉망이야. 장난이라면 이쯤에서 그만둬."

빈이 자신의 표정만큼이나 딱딱한 목소리로 대답하자 설아는 자신의 눈에 잔뜩 힘을 실었다.

"나도 장난치는 거 아니야."

"그래서… 싫다고?"

"응, 싫다고 했어."

"설아야, 너 잠깐만 이리 와봐."

빈은 가까스로 화를 눌러 참는 듯 지그시 눈을 감으며 설아에게 손짓을 했고 설아는 잠시 망설이다 그녀의 곁으로 다가갔다. 빈은 그녀가 자신을 정면으로 바라보자 감았던 눈을 뜨며 그녀의 배를 강타했다.

"윽!"

설아가 신음 소리와 함께 배로 감싸고 주저앉자 화들짝 놀란 남주와 가희가 황급히 빈을 설아에게서 떼어놓았다.

"너 지금 아프다고 했냐? 여기선 다 자기 마음먹기 나름이라며? 그럼 아플 리가 없잖아. 말해 봐. 왜 아픈데?"

"무슨 짓이야?! 빈이 너 왜 그러는 건데?!"

남주의 거친 항의에 빈은 버럭 소리를 질렀다.

"이거 봐. 너도 방금 저 녀석 말하는 거 들었지? 싫다잖아. 우릴 돌려보내기 싫다잖아. 말이 돼?! 말이 되느냐고!"

"이유가 있을 거야."

"이유? 무슨 이유? 거창한 이유든 말도 안 되는 이유든 난 상관없으니까 이 말도 안 되는 상황에서 나는 빼줘. 제발 부탁한다, 응!"

빈의 비아냥거리는 목소리에 설아는 자리에서 벌떡 일어나 옷에 묻은 먼지를 툭툭 털어냈다.

"그럼 처음부터 말하지 그랬니? 이야기에 개입하고 싶지 않았다고.

그저 관찰하듯 조용히 지켜보다가 기회가 되면 이 프로그램에서 나가자고 그렇게 말하지 그랬어?"

감정이 실리지 않은 무덤덤한 목소리에 석진은 한숨을 쉬었다.

"이봐, 설아야, 넌 뭐가 먼저고 뭐가 나중인지도 모르는 거야?"

"뭐가 먼저고 뭐가 나중인데요?"

설아의 예상치 못한 반문에 석진이 잠시 침묵하자 불쾌하다는 듯한 감정이 실린 그녀의 목소리가 계속 이어졌다.

"말해 봐요, 선배님. 뭐가 먼저고 뭐가 나중인데요?"

"…당연히 이 프로그램에서 나가는 게 먼저지. 만든 내가 이런 말 하긴 쪽팔리지만 안전이 최우선이라는 건 당연한 거 아니야?"

"지금이 그렇게까지 위험한 상황인가요?"

"…그럼 침대에 떡하니 배 깔고 드러누워 보는 책이랑 같냐? 팝콘 씹어 먹으면서 볼 수 있는 인터넷 전자 북이랑 같아?"

석진의 말에 설아는 짧은 한숨을 내쉬었다.

무슨 말을 하더라도 지금은 변명이 될 뿐이라는 생각이 들었다.

그러나 이곳에서 나갈 수 없는 이유에 대해 깊게 생각하면 할수록 그들에게 있어서는 정말 하찮은 이유가 아닐까라는 생각에 마음이 불편해져 왔다.

이기적이라고 생각한다 해도 정말 아무렇지도 않을 거라고, 마음대로 생각해도 좋다고 생각했는데 역시 이기적으로 보여지는 것과 이해받지 못한다는 것은 마음 한구석이 불편해질 정도로 내키지 않는 일이었던 것이다. 더군다나 이 자리에 있는 소녀들은 누가 더라고 할 것도 없이 하나같이 다들 소중한 친구들이었다.

'이곳에 처음 들어왔을 때는 단순히 내 짐작이 틀리면 어쩌나 하는

생각에 너희들을 돌려보내지 못했어. 그리고 확신이 들고 나선… 혼자가 되고 싶지 않았어.'

어느 정도의 진실이 담겨 있는 말이었고 그녀들이 충분히 이해하고 납득할 만한 대답이다. 그러나 이내 그녀는 그 궁핍한 변명을 머리 속에서 깨끗하게 지워 버렸다.

남들은 납득시킬 수 있지만 자신의 마음을 속이는 것이야말로 최악의 상황이라는 것을 잘 알고 있는 설아였다. 그렇게 속 보이는 변명을 하기엔 나름대로 쌓아온 자존심의 벽이 너무 높았다.

"그렇군요, 선배님. 전 만일 있을지도 모르는 위험을 피해 제 이야기를 포기하느니 조금 위험하더라도 이곳에서 이야기를 끝내고 나가는 편을 선택하겠어요. 하지만… 선배님은 안전한 게 좋으시다는 건가요? 내 이야기가 끝나지도 못하고 사라지는 건데도 왜 배려조차 해주지 않는 거야? 내 이야기에 손을 대고 싶다면 끝내고 나서 손을 대도 늦지 않아. 어차피 시작된 거잖아. 어차피 끝나는 데 많은 시간이 필요한 것도 아니었잖아."

석진에게 하던 이야기는 어느새 빈에게 하는 이야기로 그 대상이 옮겨가 있었다.

개입되지 말았으면 좋았을 것을…… 단순한 놀이로 여기지 않았다면 좋았을 것을…….

누구보다 자신의 이야기에 애정을 가지고 있다는 것을 잘 알고 있었는데…… 이런 상황에서 그녀들이 어떤 행동을 보일 것이라는 것도 잘 알고 있을 거라 생각했는데…….

"어쨌거나 난 빼줘. 자신의 생각만 굳건하다면 이 세계에서, 네 이야기 안에서 안전하다는 건 알겠는데… 설아야, 너 조금 전에 내가 때렸을 때 아팠지?"

조금 누그러진 듯한 빈의 목소리에 설아는 고개를 숙였다.

"……"

"그런 거야. 머리로는 잘 알고 있지만 예상외의 일이 발생한다면 내 머리보다 이 몸이 먼저 반응을 보이게 되는 거지."

"아직 그럴 만한 일은 아무것도 일어나지 않았잖아."

"눈 가리고 아웅이라는 말이 무슨 뜻일 거 같아?"

빈의 눈빛이 한결 부드러워졌지만 분위기는 점점 침울해져만 갔다.

완성되지 않은 이야기에 집착을 보이는 것은 결국 어리석은 짓이라는 것일까? 완성되지 못한 이야기는 그저 작가의 머리 속에서만 맴돌아야 한다는 걸까?

"그렇지만 나, 나라도 그렇게 했을 거 같아."

의외의 말에 모두의 시선이 가희에게 집중되었다.

"상의는 했을지 모르겠지만… 아니, 이미 그전에 들켜 버렸을지도 모르겠다. 난 뭔가를 숨기거나 하면 꼭 티가 나니까."

가희의 말에 소녀들은 자신도 모르게 고개를 끄덕였다.

완벽하게 거짓말을 하는 가희는 어딘지 모르게 상상이 가지 않았던 것이다.

"음… 나라면 어쩌면 그렇게 하지 못했을 수도 있겠다. 그렇지만 이런 상황이라면 나도 설아처럼 하고 싶어했을 거야."

모순적인 이야기지만 어쩐지 납득이 가는 말이었다.

그러나 그녀 역시 같은 작가 지망생이다. 객관적인 입장에서 볼 때 설득력이 떨어지는 이야기일 수밖에 없었다.

어차피 작가들은 자신의 이야기에 지나치다 싶을 만큼 애정을 보이는 사람들이기에 일반적인 상식보다 자신의 생각이 우선 순위에 들어 있는 사람들이다.

"나만 나쁜 사람으로 몰지 말아줘. 난 지금 설아가 나쁘다는 이야기를 하고 있는 게 아니야. 이야기는 상황에 따라 다시 써도 된다는 말을 하고 있는 거지."

빈의 말에 석진은 가벼운 한숨을 쉬었다.

"설아, 결국 지금은 돌아가고 싶지 않다는 거네?"

"네. 그렇지만 결국 제 욕심대로만 진행될 수 없다는 걸 알았으니 적당한 선을 지켜야겠죠. 그전에 한 가지 묻겠어요. 아크레와 라토모를 저렇게 만든 것은 선배 짓이죠?"

"미련을 버리도록 만들기 위한 작은 배려지."

그의 말에 소녀들의 표정이 일제히 딱딱하게 굳어졌다.

"배려? 어? 선배, 지금 배려라고 하셨습니까?"

지금까지 조용히 그녀들의 말을 듣고만 있던 남주는 자신도 모르게 인상을 찡그리며 목소리를 높였다.

"다시 한 번 말씀해 보시죠. 배려?"

"주인공 없는 이야기는 반드시 끝나도록 되어 있던 거 아니었나?"

석진은 어깨를 으쓱거리며 장난스런 미소를 지었다.

"그만둬."

"응?"

"내 이야기에 더 이상 개입하지 말아줘."

"설아야?"

"소녀는 지그시 눈을 감았고 그저 사막이라고만 생각했던 주변의 공간이 뒤틀리기 시작하더니 마침내 어른 셋을 삼키고도 남을 넓은 공간이 생겨났다. 그리고 그 공간은 순식간에 설아를 제외한 모든 것을 삼켜 버렸다."

설아는 지그시 눈을 감고는 마치 연극 대본을 읽기라도 하는 듯한 평이한 어조로 자신의 이야기의 한 문장을 끝맺었다.

파지직— 파지직—

설아의 말이 끝나기가 무섭게 사막이 흔들리기 시작했다. 그리고 그 흔들림은 비단 사막에서 뿐만 아니라 하늘까지 이어져 천천히 무너져 내리는 느낌마저 들어버렸다.

하늘이 무너지는 것이란 있을 수 없는 일임에도 불구하고 그 자리에 있던 모두는 하늘이 무너져 내리고 있다고 생각한 것이다. 그 모든 흔들림에도 설아는 아무런 영향을 받지 않는 듯했다. 그녀가 이야기한 공간이 생길 때까지도 그녀는 눈을 질끈 감고 있었다.

"잠깐! 잠깐만! 난 남을 거야! 남을래!"

누군가가 그렇게 소리쳤지만 그녀들의 모습은 이미 설아의 시야에서 깨끗하게 사라진 지 오래였다. 빈이 가졌던 검과 남주의 소환책, 가희의 소드 스틱까지 중요한 아이템들은 주인을 잃었다. 이제 자신의 이야기에 손을 대는 사람은 없어진 거라고 생각하며 설아는 뮤를 향해 씁쓸하게 미소를 지었다.

"당분간 그것들의 주인이 될 만한 사람들이 나올 때까지는 걔네들이 네 밥이다."

뮤—

알아들었다는 것인지 못 알아들었다는 것인지 모르겠지만 여전히 즐거운 듯 통통거리는 뮤를 바라보며 설아는 한숨을 내쉬었다. 그녀들을 돌려보냈지만 해결된 것은 하나도 없었다.

이야기를 끝내고 나서 현실 세계로 돌아갔을 땐 적지 않은 문제들이 생기겠지만 설아에겐 당장 발등에 떨어진 불부터 걱정해야 했다.

"안내인이 없으니 이제 어디로 가야 하는 거지?"

설아. 방년 17세.

그녀는 이래 봬도 작가 지망생이며 이 세계에서 단 하나밖에 없는 언어의 마술사임과 동시에 약도 없다는 심각한 길치이기도 하다.

"에라, 어떻게든 되겠지."

소녀는 우선 뮤를 안아 들고 곧장 앞으로 걸어갔다. 강렬하게 내리쬐는 태양도, 조금만 걸어도 다리가 익어버릴 듯한 모래의 열기도 설아에겐 전혀 느껴지지 않는 듯했다.

결국 앞으로는 혼자가 되어야 할 테니까 스스로 좀 더 마음을 다잡지 않으면 안 된다는 생각을 하며 설아는 아랫입술을 질끈 깨물었다.

"휴, 큰일 날 뻔했군. 천하의 석진이 자기가 만든 프로그램에서 강퇴당할 뻔하다니 이게 무슨 꼴이냐. 설득하는 것도 실패했으니 이제 남은 것은 강제 종료밖에 없는 건가? 그럼… 남은 것은 실패했던 히로인 사냥이겠지? 하아, 정말 설아 녀석을 어쩐다? 이대로라면 골치 아픈 일도 꽤 일어날 텐데……."

아무것도 없는 허공에서 석진의 목소리가 들려오는 것도, 그리고 이것으로 끝이 아니라는 사실도… 현재의 설아는 아무것도 눈치 채지 못했다.

석진 선배를 찾아라

"으아아악!!"

또 한 번 제트 코스터를 탄 듯한 기분에 세 명의 소녀는 비명을 지르며 동시에 눈을 떴다. 문이 열린 채라 무슨 일인가 싶어 복도를 걷던 소녀 한 명이 안쪽을 흘끔거렸지만 곧 아무 일도 아니라고 생각했는지 그대로 자기 갈 길을 가버렸다.

"다들 괜찮아?"

가희가 걱정스러운 듯 질문하자 빈이 아직도 뻗어 있는 설아를 손으로 쿡쿡 찌르며 한숨을 내쉬었다.

"이 녀석만 빼고는 다들 멀쩡해."

"가희야, 프로그램 가동 시간 얼마나 됐어?"

"안 뜨는데……?"

"아, 맞아. 그리고 보니까 설아 것은 구형이라서 3분 이상은 지나야

타이머가 뜬다고 했어."

"그래? 어쨌거나 3분은 넘기지 않았다는 거네? 그럼 여기서 기다려. 내가 올 때까진 아무도 들여보내지 마."

"남주야, 어디 가려고?"

"석진이 그 인간 잡아다 족쳐야지. 어쨌거나 설아 혼자 저렇게 위험한 프로그램에 놔둘 수는 없는 노릇이잖아."

"에? 차라리 선생님부터 부르는 게 낫지 않아?"

가희의 말에 남주는 설아의 책상 벽면 위에 붙여진 빨간 딱지와 벌점 누적 프로그램에 들어와 있는 불빛을 가리켰다.

"저거 보고도 저런 소리 나와? 너, 저 벽면이 온통 붉은 딱지로 도배하는 꼴을 보고 싶나? 게다가 뭐라고 설명할 건데? 이 이상한 프로그램에 대해서 물어보면 솔직히 우린 할 말 하나도 없잖아."

벌써 현관으로 나가 신발을 신고 있는 그녀를 향해 가희도 쫓아나왔다.

"나도 갈래."

"응?"

"함께 찾는 편이 빠르잖아."

"나 지금 남자 기숙사 가는 길인데?"

남주가 말도 안 된다는 듯한 표정으로 가희를 바라보았지만 그녀는 막무가내였다.

"알고 있어."

"그러니까 몰래 숨어들어 가는 건데?"

"응, 알고 있다니까."

"들키면 벌점 스티커 일곱 개에 개인 신상 카드 마이너스 십 점인데?"

"안 갈 거야?"

언제 신발을 갈아 신은 건지 벌써 문밖으로 쪼르르 나온 가희가 팔짱을 끼며 그녀를 바라보자 남주는 가벼운 한숨을 내쉬었다.

"나중에 후회해도 난 모른다."

반쯤 승낙해 버린 듯한 그녀의 발언에 빈이 버럭 소리를 질렀다.

"야, 난?!"

"넌 거기서 설아 좀 살펴보고 있어. 최악의 상황엔 선생님을 불러야 할 테니까."

"…알았어. 무슨 일 있으면 내 폰으로 연락해."

"Ｏ·Ｋ!"

남주는 손목에 찬 오백 원짜리 동전만한 폰을 들어 보이며 서둘러 가희와 함께 밖으로 달려나갔다.

"아, 혹시 모르니까 폰으로 남자 기숙사 지도 좀 전송해 줘."

남주가 빈의 폰으로 전화를 걸어 남자 기숙사의 지도를 부탁하자 얼마 지나지 않아 폰의 불빛이 반짝거리기 시작했다. 시계 부분의 뚜껑을 열자 윗면의 화면에서 남자 기숙사로 추정되는 지도가 떴고 남주는 그것을 벽면으로 향하도록 만들었다.

"확대."

곧 벽면에선 4절지 크기의 지도가 나타났다.

"B—504호."

벽면에 비친 지도는 서서히 모습을 줄여 나가더니 5층만을 확대시켰다. 좌측 계단을 따라 올라가다 오른쪽 네 번째의 방에서 멈춰진 스크린은 붉은 천장과 집의 현관마다 동그라미를 치기 시작했다.

"무슨 놈의 감시 카메라가 저렇게 많아?!"

"쉿! 남주야, 목소리가 너무 커."

"파워 OFF."

남주는 황급히 지도를 끄고는 주변을 돌아보았다. 다행히 그녀들에게 신경 쓰는 사람은 아무도 없었다.

"지금 몇 시야?"

"1시."

"후우, 그것밖에 안 지났어? 난 어떻게 된 건지 몇 달은 지난 것 같아."

남주는 엘리베이터의 스위치를 누르며 또다시 가벼운 한숨을 내쉬었다.

"부디 아무 일도 없어야 할 텐데……."

"잠시만요. 오늘은 여기서 야영을 하게 되는 건가요?"

피오네는 넓기는 하지만 위치가 좋기 때문에 어디로 가든지 타국으로 이동하기에 편리했다. 다만 육로로 이어진 길이 아니라 해로로 이어진 길이기 때문에 어쩔 수 없는 단점은 있었다.

만일 미리엘 강을 따라 강의 상류로 거슬러 올라갈 수만 있다면 프리와도 그다지 먼 거리는 아닐 테지만 미리엘 강에서 배를 띄운다는 것은 어림도 없는 일이다.

배를 띄울 수 있는 곳도 아니거니와—먼 거리로 돌아가긴 해도—일단 네일에 도착하면 그다지 멀지 않은 거리에 프리가 있기 때문에 만일 임플란드 인들에게 자국에서 이노르로 넘어가는 길을 물어본다면 으레 십중팔구는 네일에서 배를 타고 들어가는 방법을 알려준다. 레번 역시 전형적인 임플란드 인이었다. 게다가 현 위치에서 최단 거리로 통하는 길이니만큼 어쨌거나 리프란 마을을 거쳐야 하는 것은 당연한 일이다.

"레번님?"

"…그렇지만 리프란 마을은…….."

그답지 않게 심각한 표정으로 뭐라고 중얼거려 대는 레번에게 유이는 살짝 헛기침을 하며 목소리를 가다듬었다.

"흠흠! 레번님!!"

유이의 커다란 목소리에 놀란 새들이 푸드득 날갯짓을 하며 날아갔지만 레번은 여전히 심각한 표정을 짓고 있어 그녀를 무안하게 만들었다.

"꼬맹아!"

그가 무심한 눈길로 유이를 바라보자 그녀는 약간 주눅이 든 표정으로 그를 올려다보았다.

"꼬맹이가 아니라니까요."

"어이, 꼬맹아!"

"…네?"

"너 앞으로 한 번만 더 내 귓가에서 앵앵거리면 그땐 번쩍 들어다 아예 땅속으로 파묻어 버린다."

"뭐라구요?"

유이가 황당하다는 눈으로 그를 노려보자 그는 골치 아프다는 듯 한 손으로 이마를 짚은 다음 눈을 질끈 감았다.

"그래, 파묻어 버리는 건 너무하니까 같이 앵앵거려 주지."

"제가 언제 앵앵거렸다는 거예요?"

유이가 항의하듯 언성을 높이자 그는 귀찮다는 듯한 표정으로 귀를 만지작거렸다.

"시끄럽다. 아직 도시에서 반도 벗어나지 못했으니까 어서 서두르자구. 곧 저녁이야. 피오네는 워낙 넓기 때문에 아크레님같이 대단한 분이 아니고서야 벗어나는 데 꼬박 4, 5일은 걸릴 거다."

"그럼 노숙 걱정은 없는 건가요?"

"걱정 마, 마을에서 벗어나면 당분간은 계속 노숙으로 이어질 테니까."

그의 말에 유이는 긴 한숨을 내쉬었다.

'도대체 그런 말을 하면서 걱정 말라는 것은 무슨 걱정을 하지 말라는 것인지……'

레번의 말대로 며칠간의 이동은 지루하다는 생각이 들 정도로 순조로운 날들이었다.

유이도, 레번도 그다지 붙임성있는 성격이 아닌 데다가 또 그다지 서로 친해져야 한다는 의무감 같은 것도 없었기에 결국은 티격태격거릴 때와 어쩌다 생각났다는 듯한 레번의 '어디 불편한 데 없냐?' 라는 질문에 '없어요' 라는 짤막한 대답의 단조로운 안부 인사를 제외하고는 별다른 대화조차도 나누지 않았다.

"이제 곧 도시 밖입니다."

레번의 정중한 말투에 유이는 우아한 미소를 지으며 주변을 둘러보았다.

"그렇군요. 꼭 크다라는 것이 좋기만 한 것은 아닌 것 같네요."

레번은 속으로 긴 한숨을 내쉬며 그녀가 말에서 떨어지지나 않을까 하는 걱정스러운 표정으로 마치 충실한 기사처럼 그녀를 뒤따르고 있었다.

"레번님, 이제 곧 산책 코스를 벗어나게 되겠군요."

생긋 미소를 지으며 우아한 접대용 멘트를 날리는 유이를 향해 레번은 싸늘하게 굳은 표정으로 그녀의 말을 잘랐다.

"그만 해라, 꼬맹아. 차라리 내 입에 기름을 들이붓지 그러냐?"

"기름?"

"느끼해 죽겠다는 거다. 여기서 조금만 더 열받으면 아마 레번의 화려한 불 쇼를 보게 될지도 몰라."

레번의 무뚝뚝한 말에 유이는 핑크 색 손수건으로 눈가에 맺힌 눈물을 찍어내고 있었다.

"그렇게 심한 말을 하시다니……. 흑흑."

저택을 나서며 레번이 여행에 필요한 짐들을 꾸리긴 했지만 그것은 어디까지나 레번의 기준에서였고 유이의 기준에선 턱없이 모자랐다. 우선 그녀의 하이 프리스티스 복장은 레번의 집에 있었기에 현재 그녀가 입고 있는 의상은 그다지 화려한 장식의 옷은 아니지만 실크와 같은 고급 옷감으로 짜여진 드레스였다. 매일같이 칙칙한 회색의 원피스와 로브만 입고 지내다가 새로운 옷을 입게 된 유이는 자신의 낯선 모습을 무척이나 부끄럽게 생각했고 그다지 사람들 앞에 나서고 싶지 않아했다. 먼 여행길에 입고 있는 옷 한 벌로 버틸 수도 없는 노릇이니 결국 여벌의 옷을 장만해야겠다는 레번의 말에 그녀는 지금과 같은 옷을 상상하고는 고개를 설레설레 흔들었다.

"어쨌거나 말을 타기에도 불편할 텐데……."

"아니요. 불편한 거 없어요."

고집스럽게 현재의 옷을 고집하는 그녀에게 레번은 가벼운 한숨을 내쉬었다. 자신이 말재주가 없었기에 뭐라고 표현해야 할진 모르겠지만 유이의 드레스는 그녀와 꽤 잘 어울렸다. 심플하면서도 눈에 확 띄는 엷은 레몬 빛의 프릴과 전체적으로 밝은 연두빛의 원피스는 그녀의 흰 피부와 잘 어울렸으며 적당히 긴 윤기나는 생머리는 그녀를 더욱 아름답게 보이도록 만들었다.

그녀의 윤기나는 밝은 갈색의 긴 머리카락이 바람에 흩날리기라도 할 때면 지나가던 청년들이 잠시 발길을 멈추고 그녀를 바라보다 애인에게 호되게 꼬집힘을 당한다는 사실을 그녀는 알아차리지 못하는 것일까?

그런 것을 모두 접어두고서라도 유이의 드레스는 적어도 개성없이 칙칙하기만한 회색의 하이 프리스티스 복장보다 몇 배는 그녀를 생기 있어 보이도록 만드는 의상이었다.

"아무튼 단벌은 곤란해. 일이 주일로 끝날 여행이 아니라구."

레번은 유이를 데리고 옷 가게로 향했다. 수도의 최신 유행 경향이 한눈에 확 들어오는 수십 가지의 옷들이 가게 여기저기에 잘 진열되어 있었고 가게의 문에 들어서자마자 요란한 화장과 함께 그에 걸맞는 의상을 걸치고 있는 아가씨들이 그녀와 레번을 보더니 반가운 표정으로 이것저것들을 권했다.

"어머, 아가씨! 너무 예쁘군요! 그런데 아가씨, 아가씨에겐 그런 색보다 핑크 색이 더 잘 어울린다는 사실 알아요?"

"그래요, 그래요. 레이스도 이런 단순한 거 말고 이중 선은 어때요?"

옷을 착착 꺼내오는 여인들에게 질려 이미 멀찌감치 물러나 있는 레번과 이런 상황에 익숙지 않은 나머지 그녀에게 떠안기는 대로 정신없이 고개를 끄덕거리고 있는 유이…….

상점 주인의 시각으로 볼 땐 거의 봉이었다.

"아가씨, 그렇게 눈으로만 보시지 말고 한번 입어보세요."

레번 역시 그녀들의 말에 동의한다는 듯 고개를 끄덕거리자 유이는 마치 모델처럼 그 많은 옷들을 하나하나 갈아입어 보고 있었다.

"어머, 어쩜 저렇게 잘 어울릴까~"

"완전히 아가씨에게 맞췄군요."

한 번씩 옷을 갈아입을 때마다 지치지도 않고 터져 나오는 오버된 감탄사에 짜증이 난 레번은 유이를 향해 시큰둥하게 말을 걸었다.

"대충대충 해라. 어차피 꼬맹이에게 화려한 옷은 십 년은 이르다."

울컥한 유이가 뭐라고 말하기도 전에 점원들의 눈초리가 날카롭게 올라갔다.

"어머어머, 레이디를 대하는 법도 모르시는 거예요? 신사라면 레이디의 쇼핑을 함께 즐길 의무가 있는 거예요."

"게다가 이런 옷들이 어울리지 않는다니… 정말 안목이 없으시군요."

레번에게 변명할 만한 기회조차 주지 않으려는지 그녀들은 재빠르게 자신의 말들을 이어 나갔다.

"레이디와 쇼핑을 나왔을 때 꼭 지켜야 할 예의가 있는데, 우선 아무리 시간이 걸린다 해도 얼굴에서 미소를 지우지 않는다는 것과 레이디께서 옷을 사실 땐 마음을 담아 어울린다는 칭찬을 해줄 것, 그리고 짐은 항상 남자가 들어야 한다는 겁니다."

검지손가락을 들어 보이며 뭐라고… 뭐라고—레번의 귀에는 정말 그렇게 들려왔다. 뭐라고… 뭐라고, 어쩌고저쩌고, 중얼중얼—하는 것 같긴 한데 모두 레번에게는 해당 사항 없는 이야기였다. 그나마 그의 귀에 들어오는 말은 이런 거다.

"그건 기본 중의 기본이죠. 제일 중요한 것은 레이디의 좋은 기분을 망치지 않는다는 것이죠. 레이디의 미소야말로 세상을 아름답게 정화시켜 주는 우아하고 고귀한 보물이니까요."

이 여자들이 진심으로 하는 소리인 걸까라는 어이없는 표정으로 그녀들을 바라보는 레번에게 자신의 레이디와 함께 쇼핑을 나온 듯한 남자 한 명이 끼어들며 그녀들의 말에 동의했다.

"그런 건 신사로서의 당연한 의무지요. 결국 우리는 레이디를 위해 태어난 존재들이니까 말입니다."

"즐거운 의무지요."

계산을 마치고 나온 20대 초반의 청년이 자신의 레이디를 향해 생긋 미소를 지어 보이며 맞장구치자 레번은 이 옷 가게의 간판을 확인해 보고 싶은 충동이 일었다. 버터와 치즈, 또는 느글느글거리는 무엇인 가를 입 안에 잔뜩 물고 있는 것인지 내뱉는 말마다 기름이 듬뿍 묻어 나오는 그들의 목소리에 레번은 더 이상 참지 못하고 입을 열었다.

"지금 입고 있는 것 계산해 주십시오."

하필 그렇게 힘들게 구입한 옷이 레이스가 치렁치렁하게 달린 핑크 색 드레스였던 것이다. 처음 그녀가 입고 있던 드레스와는 달리 여행 하는 동안 내내 편하게 입을 수 있는 옷들을 주문하려던 계획은 그들 이 묵고 있는 숙소에서 부탁하는 것으로 잘 해결되었다.

중년의 아주머니는 그들이 식사를 마칠 동안 노련하게 그 모든 것을 해치웠고 레번은 만족스러운 표정으로 그곳을 나올 수 있었다.

유이는 어색해했던 처음과는 달리 일반적인 레이디의 옷차림으로 뭔가를 부탁한다면 그가 함부로 거절할 수 없음을 깨닫고는 그 핑크 색 드레스를 무척이나 마음에 들어했다.

특히 사람들 많은 곳에 가서 일부러 손수건을 툭 떨어뜨리고는 레번 에게 주워달라고 해도 그는 거절하지 못할 거라는 사실이 그녀를 너무 나도 유쾌하게 만들었다. 만일 시큰둥하게 '네가 주워라'라고 대답한 경우엔 그들의 주변에 있는 모든 사람들이 그를 비난하고 나섰다.

레이디는 서 있는 것만으로도 중노동이라느니, 저 사람 정말 매너 없다느니 하는 것까진 어떻게 참아주겠는데 유이의 손수건을 주워주며 대신 에스코트해 주겠다며 자청하고 나서는 자들은 또 왜 그렇게나 많 은 건지…….

"적당히 해라."

쿨하게 대사를 내뱉으면 쿨한 반응이 돌아온다.

"어머, 또 떨어뜨렸어요."

성질 같아선 그냥 두고 가버렸으면 좋겠지만 아크레에게 부탁받은 사람을 그렇게 홀대할 수도 없는 노릇이니 결국은 자기 성질 자기가 죽이는 수밖에 없었다. 게다가 유심히 살펴보면 유이는 자신이 반말할 때 훨씬 심술이 더 심해진다는 사실을 깨달았다.

그 뒤부터는 그녀를 대하는 여느 사람들같이 존대를 해야 한다는 스트레스에 레번의 표정이 일그러지기라도 하면 어김없이 그녀의 쿨한 반응이 날아들었다.

"손이 미끌어져 버렸네? 이를 어쩌지……?"

연기나 잘하면 밉지나 않지… 연기를 하고 있다는 게 눈에 확 보이니 어떻게 좋게 볼 수 있겠는가.

그러나 이 서러운 시간도 잠시 후면 끝이다.

"꼬맹아, 하품했냐? 이젠 네 편을 들어줄 사람이 없으니 어쩌냐? 쯧쯧, 밉보이면 너만 손해란다. 알아서 잘하거라."

레번의 말에 유이는 손수건을 깨끗하게 접어 작은 소품 가방 속에 집어넣고는 평상시의 쿨한 모습으로 돌아왔다.

'정말 어떤 모습이 진짜인 줄 알 수가 없군.'

레번은 그녀를 바라보며 가볍게 고개를 흔들었다.

본래부터 사람에 대해 파악하는 것이 느린 레번이긴 했지만 유이의 경우는 그 정도가 더 심했다. 이렇게까지 붙어 지내다 보면 싫은 이유로 가까이 하지 않아도 각자 어느 정도까지는 성격이 보이기 마련인데 유이는 달랐다. 그 또래의 소녀들이라면 대부분이 그러하듯 언뜻언뜻

남에게 지기 싫어하는 경쟁심과 한 번씩 툭툭 튀어나오는 장난기가 엿보이기도 했지만 소녀답지 않게 어떤 상황에서도 이성을 잃지 않는 냉정함과 귀족들조차 따라가지 못한 품위를 갖춘 노련한 면도 있었다.

그런 상반된 모습이 조화를 이룬 것이 아니라 마치 두 사람으로 나누어진 개인이라는 느낌이 들 정도였다.

이중인격이란 어감은 그다지 마음에 들지 않지만 유이를 보고 있노라면 자연스럽게 그런 생각이 들어버리는 것이다.

"그런데… 그 드레스는 계속 입고 있을 거냐?"

유이의 드레스가 은근히 신경 쓰이는지 지나가는 말투로 질문해 오는 레번에게 유이는 짤막한 한숨을 내쉬며 적당히 기회를 봐서 갈아입겠다고 대답해 주었다.

"역시 이런 옷은 불편하군요."

라는 말을 덧붙이며.

세이렌에 대해 알고 있는 지식이란 극히 한정적인 부분이지만—그나마 자신이 국경을 지키는 보초병이기에 알고 있는 것이지 마르윈의 사막 지대에서 살고 있는 대부분의 사람들은 바다와 강의 차이점도 알지 못했다—그들의 약점이 무엇인지 한스는 어렴풋이 알 수 있을 것 같았다.

뱃사람에게 바다마녀라 불리우는 그녀들은 매혹적인 목소리로 노래를 불러 듣는 이들의 정신을 몽롱하게 만들어 버린다. 여기까지만이라면 그녀들은 지금처럼 공포의 대상으로 불릴 이유가 없을 것이다.

지루한 배 위의 생활에서 아름다운 여인의 노랫소리는 일상을 잊게 만들어주는 최고의 위안 거리일 테니까(만약 그렇다면 그녀들을 지칭하는 대명사 역시 아마도 바다의 요정이라거나 바다의 천사로 불리고 있을 것이다).

세이렌의 진면목은 바로 사람을 홀린 뒤에 있었다.

넋이 나간 뱃사람들의 배는 그녀들의 의도대로 방향을 잃고 떠돌다 결국은 암초에 부딪쳐 그 수명을 다하게 되며 뱃사람들 역시 배와 같은 운명을 맞이하게 될 가망성이 컸다. 세이렌의 서식처에는 인간을 주식으로 삼는 수많은 몬스터들이 서식하고 있기도 하지만 그녀들의 포로가 된 인간들은 그녀들의 노래에 빠져 도망칠 생각은커녕 그녀들만을 바라보다 굶어 죽는 일이 허다하니까 말이다.

그런데도 어째서 퇴치할 생각을 못하는가에 대해서 묻는다면… 아직 자세하게 알려진 바가 없기 때문에 딱히 꼬집어 설명하기가 어렵다.

막연히 추측하기에 아마도 배 안에 있는 자가 취할 수 있는 행동이란 자신의 귀를 단단히 틀어막는다거나 더 큰 소리로 비명을 지르거나 떠들어대는 수밖에 없지만—마법사나 일부 인간 같지 않은 인간은 제외하도록 하자—세이렌은 자유롭게 이동할 수 있으며 그 수가 늘어나는 경우도 있다. 도망칠 수 없는 선원과 유유히 노래를 불러대는 세이렌이라니, 겉보기엔 평화롭지만 선원에겐 공포스러울 수밖에 없는 이야기다.

그러나 그 장소가 배 안이라면?

배에 타고 있는 한스도 그렇지만 세이렌 역시 도망가지 못한다. 그녀들에게서 목소리를 제외한다면 그녀들 역시 힘없는 약자일 뿐이었다.

일단 귀는 막았으니 어느 정도 정신력으로 버텨내면서 눈이 뒤집혀 버리기 전에 먼저 세이렌을 처리한다. 그것이 한스의 계획이었다.

"그곳은 아름다운……."

고요한 복도 저편에서 희미한 노랫소리가 들려오기 시작했다.

'역시나 천으로 귀를 틀어막는 것으로 완벽한 방음은 기대할 수 없는 법인가?'

한스는 잠시 그 자리에서 멈춰 서서 옷핀 하나를 꺼내 들었다. 핀의 날카로운 끝 부분은 찔리지 않도록 안전하게 꺾여 있었지만 그는 억지로 그 날카로운 핀 끝을 밖으로 빼내기 시작했다.

"누가 만든 건지 정말 꼼꼼하게도 만들었군."

한참 동안 그 작은 것에 매달려 끙끙거려 대느라 세이렌의 노랫소리 따윈 귓등으로 흘러가고 있을 무렵 핀은 '뚝' 소리와 함께 부러져 버렸다. 한스는 피식 미소를 지으며 핀의 윗부분은 버려 버리고 핀의 양쪽 끝이 밖으로 나오도록 옷소매 끝에 핀을 찔러 넣었다.

"이게 효과가 있으면 좋을 텐데……."

미간을 찡그리며 살짝 주먹을 쥐던 한스는 순간 눈물을 찔끔거렸다.

살짝 주먹을 쥔 것인데도 불구하고 부러져 버린 부분이 원래의 핀 끝 부분보다 날카로워진 덕분에 양쪽으로 호되게 찔러 버린 것이다. 바닥에 주저앉아 몸을 부르르 떨며 울음을 삼킨 한스는 자신의 한심한 모습에 짤막한 한숨을 내쉬었다.

"어쨌거나 효과는 생각 이상으로 뛰어나군."

한스는 그렇게 자신을 위로하며 노랫소리가 들려오는 복도를 향해 서서히 걸음을 옮겼다.

비록 천으로 귀를 막아놓은 덕분에 세이렌의 소리가 처음에 비해 많이 작아지긴 했지만 세이렌이라는 존재는 여전히 그에겐 버거운 상대였다.

형태도 없는 적이라니…….

'이제 저 문 하나만 열면 끝인가?'

한스는 노랫소리가 퍼져 나오고 있는 문을 발로 쾅 차버리고는 롱소드를 앞으로 겨누었다.

그러나 라이다가 그곳에 무사히 잘 있는지 어떤지 살펴보기도 전에 정신이 아득해지는 느낌을 받았다.

닫혀 있던 문이 어느 정도의 방음 효과를 해주고 있었던 듯 예상했던 것보다 커다란 목소리가 들려왔던 것이다.

세이렌의 목소리에 영혼을 빼앗기는 것,

우려했던 일이 현실로 벌어지려 하고 있었다.

세이렌 역시 갑작스런 한스의 등장으로 긴장했는지 노래를 멈추지 않았다.

'디리링~ 디링~ 디리링~' 하는 하프 소리와 함께 맑지만 조금은 구슬픈 피리 소리의 절묘한 조화도 아름다웠지만 단연 사람의 마음을 끄는 것은 가운데 서서 폭 넓은 음역을 자랑하듯 저음에서 순식간에 고음으로 넘어가는 매력적인 여인의 목소리였다.

"세이렌이 살고 있는 바다에는~"

정신이 가물가물해진 한스는 거의 몽유병 환자와 같은 표정으로 음악 소리가 들려오고 있는 정면을 향해 고개를 들었다.

하얀 드레스 차림의 세 명의 여인은 언뜻 보면 십대의 소녀 같기도 하고 달리 보면 이십 대 후반의 성숙한 여인 같기도 해 나이를 가늠하기가 어려웠다.

마치 그림 속에서 이제 막 튀어나온 듯한 아름다운 여인들은 신비로운 느낌마저 들게 했지만 한스는 온몸에 찬물을 끼얹은 것처럼 정신이 번쩍 들었다.

푸드득―

날갯짓을 하는 소리에 무심코 고개를 돌리자 그의 시야에 선실을 가득 메우고 있는 새들이 들어온 것이다. 그것은 결코 평범한 새가 아니었다.

세상에! 새의 머리가 있어야 할 자리에 인간의 머리가 달려 있는 또다른 종류의 세이렌 집단 세이레네스라니……

'노래가 끝도 없이 이어지던 것은 바로 많은 세이레네스들 덕분이었던 것인가.'

정신을 차리기 위해 꼭 쥔 주먹에서 붉은 피가 맺혔지만 그는 계속해서 바늘의 따끔한 맛을 봐야만 했다.

비록 정신을 차렸다고는 하지만 그것은 한순간이다.

어김없이 올라오는 고음 부분에선 아무리 바늘을 쥐고 있다 한들 머리 속에 안개가 낀 것처럼 뿌옇게 흐려지는 정신을 어떻게 할 수가 없었던 것이다. 만약 지금 같은 상황에서 저기 모여 있는 세이레네스들이 모두 입을 모아 노래를 부르기 시작한다면…….

상상만으로도 정신이 아득해지는 한스였다.

'이래선 아무것도 안 되겠어.'

한스는 왼손으로 롱 소드의 검날을 움켜쥐고는 고통에 찬 비명을 질렀다.

"으아아아아!!"

지혈이고 뭐고 또다시 정신이 아득해지기 전에 저 악기들부터 부숴놓자는 생각에 한스는 왼쪽에 서서 하프를 연주하는 여인에게로 달려들었다. 위험을 느낀 세이레네스들이 한스를 방해하기 위해 그를 향해 날아들었지만 그는 적당히 롱 소드를 휘둘러 새들을 쫓아내고는 곧장 하프줄을 끊어버렸다. 조화를 이루고 있던 하프 소리가 사라지자 세이렌의 멜로디는 잠시 호흡이 툭 끊어졌고 기회를 놓칠세라 이번에는 피리를 두 동강 낸 한스가 노래를 부르고 있는 여인의 복부를 발로 걷어찼다.

'우당탕' 하는 소리와 함께 뻗어버린 여인을 향해 한스는 사람 좋아 보이는 미소를 지어 보이며 입을 열었다.

"미안~ 폭력을 사용하고 싶진 않지만 이쪽 사정도 워낙 급해서."

신기한 것은 세이렌의 노랫소리가 멈춰지자 세이레네스들은 일제히 동작을 멈췄다는 것이다. 공중에 떠 있기 위한 최소한의 날갯짓조차도.

"서, 설마……?!"

마치 소나기가 퍼붓는 것처럼 새들이 우수수 떨어지자 한스는 재빨리 몸을 웅크렸다.

그리고 어이없게도 그대로 기절해 버리고 말았다.

일종의 진통제 역할을 해주던 세이렌의 목소리가 더 이상 들려오지 않자 엄청난 고통이 한꺼번에 몰려들었던 것이다. 손에 뼈가 보일 정도로 후벼 팠으니 지금까지 멀쩡하게 움직이고 있었던 게 더 신기할 따름이다.

"한스?"

부스스한 얼굴로 구석에서 얼굴을 빼꼼히 내밀던 라이더는 꼴사납게 큰대 자로 뻗어 있는 한스를 보며 자리에서 일어났다.

마치 잠에서 덜 깬 듯한… 그보다는 숙취에 시달리고 있는 것같이 무거운 머리를 부여잡고 비틀비틀 한스에게 다가간 라이더는 한숨을 내쉬며 주변을 둘러보았다.

'내가 본 것은… 단순한 환영이었던가?'

하프를 연주하던 여인도, 피리를 불던 여인도, 심지어 노래를 부르는 여인마저 모두 처음부터 존재하지 않았다는 듯 선실은 텅 비어 있었다. 거짓말처럼 새의 깃털조차 보이지 않았다.

"도대체 뭐였지?"

얼떨떨한 표정으로 한스를 내려다보던 라이더는 자신도 모르게 미간을 찡그렸다. 바닥을 홍건히 적신 한스의 피는 그칠 줄을 모르고 계속 그의 손 아래로 흘러내리고 있었다.

"저 녀석, 도대체 뭐 한 거야?"

보통은 치료라도 해주고 떠들어도 될 법도 하건만 라이더는 기절해 있는 한스를 툭툭 건드리더니 나중에는 인정사정없이 몸을 흔들어댔다.

"어이! 어이!"

기절한 사람이 어디 그렇게 쉽게 일어나겠는가. 더군다나 한스의 경우는 출혈 과다까지 겹치고 있는 것인지 안색이 창백해지고 있었다.

"한스, 그만 자고 일어낫!"

결국 자기 성질 자기가 이기지 못한 라이더가 운디네를 불러들이더니 차가운 물을 쏟아 붓도록 만들고는 씩씩거려 댔다. 한스는 기적적으로 힘겹게 눈을 뜨며 라이더를 향해 나오지도 않는 목소리를 쥐어짜내며 금방이라도 숨이 넘어갈 듯한 표정을 지었다.

"아예… 죽여라, 죽여."

그제야 아직도 피가 멎지 않은 한스를 보며 치료 마법을 걸어주는 라이더였다.

"그런데 너 매저키스트였냐?"

아무리 생각해 봐도 스스로 검날을 쥐지 않고서야 저렇게 일정 간격으로 깨끗하게 베일 리는 없다고 생각한 라이더는 다시 한 번 주변을 돌아보며 무심히 한스의 신경을 자극시켰다.

"지금 제가 누구 때문에 이렇게 되었다고 생각하시는 겁니까?"

"롱 소드?"

한스의 질문에 주변을 두리번거리던 라이더는 어깨를 으쓱거리며 대답했다.

"…그만둡시다."

한스가 고개를 절레절레 흔들며 라이더를 향해 한숨을 내쉬자 그는 별 싱거운 녀석 다 보겠네 하는 표정으로 손을 내밀었다.

"일어나. 언제까지 누워 있을 거냐?"

"감사합니다. 그런데 여기 있던 세이레네스들은……?"

한스는 라이더의 손을 붙잡고 간신히 몸을 일으켜 세웠다.

"엑?! 그거 환영이 아니었던 거야?"

한스가 말을 마치기도 전에 불쑥 끼어든 라이더는 경악에 찬 표정으로 버럭 소리를 질러댔다.

"그게… 환영이었습니까?"

어쩐지 억울하다는 표정으로 되묻는 한스에게 라이더는 혼란스러운 표정을 지어 보였다.

만일의 경우에 대비해 실프에게 소리를 차단해 달라고 부탁하고는 그곳으로 들어간 것까진 좋았으나 문제는 문이었다. 문에 어떤 장치를 해둔 것인지는 몰라도 그가 선실 안으로 발을 내딛는 순간 정령들이 사라져 버린 것이었다(사라진 것이라고 해도 정령 그 자체가 물질계로 나오는 것이 아니라 거울에 그 모습이 비치는 것과 같은 원리이기 때문에 방해 요소를 제거하기만 한다면 다시 나올 수 있다고 한다. 즉, 정령이 소멸하는 것은 물질계에서의 이야기이고 정령계에 있는 본체는 별 타격을 입지 않는다. 물론 정령이 완전무결한 불사의 존재라고 하기엔 무리이기도 하니까… 결국 이례적인 경우이긴 하지만 소멸당하는 경우가 있기는 있다. 하지만 그런 경우는 정령계 안에서 일어나는 일이 대부분이다).

"그래, 갑자기 세이렌의 노랫소리가 들린 탓에 어떻게 해볼 새도 없었던 거야."

라이더는 주먹을 불끈 쥐며 자신을 변호했다.

"세이렌의 노랫소리를 듣고도 멀쩡할 수 있는 자는 없어."

단호하게 다시 한 번 더 자신을 변호하던 라이더는 한스를 바라보며 질문했다.

"그런데 말이야, 한스, 도대체 여긴 왜 내려왔던 거야?"

"정말 빨리도 물어보시는군요."

"설마 내가 걱정돼서 내려온 건 아닐 테고… 혹시 갑판 위에 몬스터라도 깔린 거냐?!"

긴장된 표정으로 자신을 바라보는 라이더에게 한스는 예의 그 사람 좋아 보이는 미소를 지으며 머리를 긁적거렸다.

"계단에서 굴러 떨어졌다고는 차마… 아. 하. 하. 하!"

"하하! 과연 너답다. 그런데 우리 지금 이러고 있을 상황이 아니잖아!"

"…질문은 라이더님께서 하셨습니다만?"

어이없다는 시선으로 자신을 바라보는 라이더에게 한스는 어깨를 으쓱거리며 말을 받았다.

"아? 그랬나? 뭐… 아무튼 이게 어떻게 된 일인지는 모르겠지만 여기까진 아무도 없었어. 잠시 정신을 잃는 바람에 안쪽까지 다 살펴보진 못했지만… 실프 네가 한번 알아봐 줄래?"

한스는 역시 뭔가 수상쩍다는 듯한 표정을 지었다.

"그렇군요. 갑판 역시 텅 비어 있었습니다만…….."

"그렇다면 이 배는 누가 움직인다는 거지?"

"제가 묻고 싶은 질문입니다만…….."

서로를 바라보던 한스와 라이더는 가벼운 한숨을 내쉬었다.

문제는 있지만 답이 없으니…….

"자, 일단은 좀 쉬도록 해. 어쨌거나 넌 피까지 흘렸던 녀석이니까."

라이더의 말에 한스는 벽에 기대어 살짝 눈을 감았다.

"아, 실프, 빨리 왔구나. 응? 아무도 없어? 그럼 도대체 이 배는 어떻게 움직이고 있는 거야? 에? 마법? 그럴 리가……. 그렇다면 눈치 챘을 텐데……. 어쨌거나 나도 마법이라면 꽤 하니까 말이야. 하긴… 그건 그래. 나보다 고위 마법사라면 일도 아니겠지."

라이더는 실프를 향해 고개를 끄덕거리며 짤막한 한숨을 내쉬다 이내 버럭 소리를 질렀다.

"뭐?! 말도 안 돼!"

깜짝 놀란 한스가 눈을 크게 뜨며 라이더를 바라보자 그는 급히 선실 밖으로 달려나갔다.

"어디 가시는 겁니까?"

"갑판!"

한스는 이미 보이지도 않는 라이더를 쫓아 그가 낼 수 있는 최대의 속력으로 달리기 시작했다. 가쁜 숨을 몰아쉬며 약간의 어지러움을 느낀 한스는 난간을 붙잡으며 두 눈을 감았다. 바닷바람이 부드럽게 한스의 머리카락을 쓸어 넘겨주며 그의 머리 속을 가볍게 해주었다.

기분이 한결 나아진 한스는 마치 넋이 나간 사람처럼 바다를 바라보고 있는 라이더의 곁으로 다가갔다.

"지금 뭐 하시는 겁니까?"

"멈췄어."

"네?"

"이런 젠장할! 이놈의 배가 멈췄단 말이다! 넌 네 눈으로 보고도 모르냐? 언제부터인지 모르겠지만 계속 같은 자리를 맴돌고 있다구!"

버럭버럭 소리를 질러대고 있는 라이더의 목소리에 한스는 난간으로 몸을 내밀어 바다를 바라보았다. 다행히 파도는 잔잔했고 겉으로 보기엔 아무런 변화도 느낄 수 없었다.

열은 초록빛이 감도는 푸른 바다… 그지없이 평온한 분위기의 바다…….

"…멈춘 겁니까? 이렇게 바람도 부는데?"

그다지 윤기없는 커트 형의 한스의 짧은 금발을 쓰다듬어 주고 지나가는 바람은 배의 움직임에 큰 영향을 주지 못하는 듯 간간히 바닥으로부터 잔잔한 출렁거림을 선사할 뿐이었다.

"뭔가 있어. 이 돛을 봐."

라이더는 한스의 말에 위를 올려다보았다.

바람이 불면 돛은 펄럭거린다.

이런 것은 사막 지대에 살고 있는 어린아이라 해도 잠시 동안 돛을 바라보고 있는 것만으로 충분히 깨달을 수 있을 것이다.

"돛이 움직이지 않는군요."

"파수대에 걸쳐 있는 밧줄조차 움직이지 않아."

라이더는 최대한 흥분을 가라앉힌 차분한 목소리로 한스의 말을 덧붙였다.

"어떻게 된 걸까요?"

한스는 윤기없이 푸석거리는 금발을 긁적거리며 골치 아프다는 듯한 표정을 지었다.

"난들 알겠냐. 일단 내가 저 위에 올라가 볼 테니까 잠시만 여기서 기다려 줘."

"조심하십시오."

"걱정 마, 걱정 마! 엘프는 높은 곳에서 떨어질 일이 절대로 없다구."

"그럼 낮은 곳에서 떨어집니까? 아직 뭐가 있는지도 모르는데 괜히 방심하지 마십시오."

한스의 따끔한 충고에 라이더는 살짝 미간을 찡그리며 마치 다람쥐가 나무 위로 올라가는 것처럼 날렵하게 밧줄을 잡고 올라가기 시작했다.

"뭐가 보입니까?"

한스의 질문에 라이더는 짜증 섞인 목소리로 비명을 질렀다.

"차라리 날 죽여라!!"

한스는 귀를 틀어막으며 의아한 표정으로 외쳤다.

"왜 그러십니까?! 육지와 얼마나 떨어져 있죠?!"

한스의 질문에 악에 받친 라이더의 목소리가 날아들었다.

"궁금하면 직접 와서 봐!"

한스는 도대체 저 엘프가 왜 또 시비를 거는 걸까 싶은 착잡한 마음에 한숨을 내쉬며 그가 다시 말을 걸어올 때까지 기다리기로 했다. 아니나 다를까, 잠시 후 다시 한 번 시비조의 목소리가 날아들었다.

"혹시나 해서 그러는데 너 마법 쓸 줄 아냐?"

"…마법사가 보초병을 하고 있을 것 같습니까?"

"그럼 말이야, 혹시 너 마법 아이템 같은 것 좀 있냐?"

"…마법 아이템을 살 정도의 재력을 가지고 있는 자가 보초병을 하고 있겠습니까?"

"그런가?"

"그렇죠."

"쓸모없는 녀석."

라이더의 말에 한스는 울컥한 듯 인상을 찌푸렸지만 이내 고개를 흔들었다.

"육지에서 많이 떨어져 나온 겁니까?"

차분한 그의 질문에 라이더는 파수대에서 쪼르르 내려와서는 그를 잡아먹을 듯이 노려보았다.

"안 보여."

"네?"

"육지라면 보이지도 않아. 지금 내 눈에 보이는 거라고는 온통 바다뿐이다. 우린… 고립됐어."

"그럴 리가……. 잠시 선실을 살펴보는 사이에 그렇게 많이 왔다는 겁니까?"

한스는 사방을 둘러보며 믿을 수 없다는 말투로 그를 다그쳤다.

"네 눈엔 뭐가 좀 보이냐?"

비웃는 듯한 라이더의 말투에 순간 속에서 확 열이 뻗쳐 올라왔지만 간신히 참아내며 억지 미소를 지었다.

말이야 맞는 말인 것을 한스라고 어쩌겠는가.

육안으로 보이는 거라고는 에메랄드 빛으로 반짝이고 있는 바다뿐인데다 자신의 시력보단 엘프의 시력이, 이렇게 낮은 평지에서(?) 주변을 살펴본 자신보다 높은 파수대에 올라가 살펴본 라이더의 말이 더 믿음이 가는 것은 당연한 일이었다.

절망적인 현실이지만 말이다.

"어쩌냐, 우리……?"

라이더가 갑판에 퍼질러 앉으며 올려다보았다.

아무리 봐도 긴장감없는 사람 좋아 보이는 평온한 얼굴, 무엇보다 떴는지 감았는지 유심히 살펴보지 않으면 제대로 알아볼 수도 없는 실눈이라니…….

그의 얼굴을 한마디로 정의하자면 어쩐지 보는 사람이 심술궂은 느낌이 들어버릴 것 같은 착한 얼굴, 그 자체였다.

"정말 도움이 안 되는 녀석 같으니라구."

나직하게 한마디를 더 내뱉은 라이더는 잠시 고개를 숙인 채 고민에 빠진 듯했다.

이 상황에서 벗어날 방법이라면 가장 확실하고 손쉬운 방법이 딱 한 가지 있긴 하지만 그것은 이 상황을 위한 것이 아니다. 라이더는 품속의 주머니를 만지작거리며 눈을 감았다. 그리고는 그 주머니에서 단호하게 손을 떼고는 자리에서 일어났다.

툭툭 먼지를 턴 라이더는 의외로 무덤덤해 보이는 한스를 향해 정신차리라는 듯 가볍게 등을 한 대 쳤다.

"가자, 한스!"

"어딜 말입니까?"

얼떨떨하게 질문하는 한스에게 라이더는 선실로 내려가는 계단을 가리켰다.

"선장실. 이렇게 바보같이 시간만 때우지 말고 가서 항해 일지라도 찾아봐야겠어."

"항해 일지라… 그거 좋은 생각이군요. 그런데 선장실 위치는 아시는 겁니까?"

한스의 질문에 라이더는 그것도 모르냐는 표정으로 잠시 그를 바라보더니 이내 실프를 앞세웠다.

"선장실로 안내 부탁해."

한스는 묵묵히 라이더의 뒤를 따르며 고개를 절레절레 흔들어댔다. 엘프와 정령은 정말 잘 어울리는 관계지만 라이더를 보고 있노라면 어쩐지 실프가 말 잘 듣는 안내견이나 편리한 도구 정도로밖에 느껴지지 않았다.

계단 아래를 지나가며 조심스럽게 주변을 살피던 한스는 램프를 가리키며 라이더를 불러 세웠다.

"라이더님께서 램프에 불을 붙이신 겁니까?"

라이더는 램프를 꺼내 촛불에 불이 켜져 있는지를 확인했다. 반쯤 타 들어간 초는 그다지 사람 손이 타지 않은 듯 수북히 먼지가 앉아 있었다. 한스는 자신도 모르게 라이더의 등을 툭툭 치며 자신에게로 시선을 돌리도록 만들었다.

"라이더님께서 불을 켜셨다구요?"

"그래, 또 다른 카샤를 불러서 복도에 있는 램프에 불이란 불은 죄다 켰을걸."

"잘 생각해 보십시오, 라이더님. 정말 라이더님께서 램프를 켜신 겁니까?"

"그렇다니까 그러네. 왜 그러는데?"

"…전 제가 켜고 들어왔습니다만 만일 라이더님께서 켜놓으신 거라면……."

라이더는 살짝 미간을 찡그렸다.

한번 켜놓았던 램프를 한스가 다시 켰다니……. 그건 램프가 한번 꺼졌었다는 것을 의미하는 것 아닌가.

"누가 있다는 건가?"

"그렇지요. 세이레네스들도 그 문밖으로 한 발자국도 나오지 않았을 테고 그렇다고 갑자기 멀쩡한 램프가 꺼질 리는 없으니까 결국 누군가가 있다고밖엔 볼 수 없죠."

라이더는 고개를 갸웃거리며 한스를 바라보았다.

"세이레네스가 나왔을 린 없다?"

"문은 굳게 닫혀 있었고 그곳 선실 내에는 창문이 없으니까 결국 나올래야 나올 만한 통로가 없는 겁니다. 만약 그 선실에 있던 세이레네스가 전부가 아니라면 사정은 달라지겠지만……."

한스의 말에 라이더는 고개를 끄덕거렸다. 그렇게 많은 수의 세이레네스들이 모두 어떻게 들어가 있었던 것인지, 그리고 어째서 그 방 밖으로는 나오지 않았던 것인지에 대한 것들은 자신들이 아무리 머리를 쥐어짜 봤자 정답이 나올 리 없었다.

"일단은 선장실에서 항해 일지를 찾는 게 제일 먼저야. 나머지는 그때 생각해 보자구."

라이더가 골치 아프다는 표정으로 자신의 이마를 짚으며 실프를 따라 앞으로 가버리자 한스 역시 그의 뒤를 따를 수밖에 없었다.

잠시 후 그들이 멈춰선 곳은 굳게 자물쇠가 달려 있는 육중한 철문 앞이었다.

"여기… 어쩐지 감방 같지 않습니까?"

한스의 질문에 라이더는 실프를 바라보며 '들었지?' 하는 무언의 눈빛을 보냈다.

"뭐… 인기척도 느껴지지 않는데다가… 일단은 실프가 여기가 선장실이라고 하니까 맞겠지."

"그런데 이곳이 선장실이라는 건 어떻게 아시는 거죠? 이 문을 보니 완전히 밀폐된 공간이나 마찬가지인데……. 바람이 들어갈 틈이나 있는 겁니까?"

한스의 말에 라이더는 유심히 철문의 틈새를 살펴보았다. 정말 정교하게 만들어놓은 이음새 부분부터 밑의 홈 부분까지 전혀 바람이 들어갈 만한 곳이 없는 듯했지만 결국 문에 부착되어 있는 또 하나의 열쇠 구멍을 찾아내고야 말았다.

실프라면 저 작은 틈만으로도 기꺼이 안으로 들어갈 수 있을 것이다.

"여기가 아니라고 해도 여기 빼고는 다 조사해 보지 않았냐?"

"누가 조사했다는 겁니까?"

"실프가."

한스의 질문에 너무나도 당당하게 대답한 라이더는 매우 단단하게 걸려 있는 쇠사슬과 자물쇠를 만져 보았다. 묵직하고 차가운 느낌에 자신도 모르게 미간을 찡그린 그는 철문의 이음새 부분도 만져 보며 이리저리 살펴보더니 '쯧쯧' 하고 혀를 찼다.

"누가 이 배의 선장인지 알 수는 없지만 정말 대단한 사람이군. 밀실을 선장실로 만들어 버리다니……. 그런데 이거 어떻게 열지? 철문이라 부수기도 쉽지 않을 테고… 뭔가 좋은 방법 없어?"

라이더가 한스를 향해 질문을 던지자 한스는 잠시 고개를 갸웃거리더니 이내 자신의 소매 끝에 찔러 넣어둔 뾰족한 핀을 떠올렸다.

"그러고 보니 이게 있었지! 라이더님, 잠시 비켜주시겠습니까?"

라이더가 순순히 옆으로 물러나자 한스는 핀을 뽑아 자물쇠의 구멍에 찔러 넣었다. 몇 번 방향을 바꿔 핀을 꽂던 한스는 마치 마술사처럼 '짠' 하는 소리와 함께 자물쇠를 열어 보였다. 그리고는 문에 있는 또 하나의 열쇠 구멍에도 능숙한 솜씨로 핀을 꽂았다.

"한스… 너 보초병 맞지?"

"아마도 맞을 겁니다."

"한두 번 해본 솜씨가 아닌걸."

라이더가 의심스럽다는 눈빛으로 한스를 바라보자 그는 장난스런 미소를 지으며 쇠사슬을 한쪽으로 치워냈다. 문은 오랫동안 사용된 적이 없는지 라이더와 한스가 힘껏 밀어댔지만 좀처럼 움직이지 않았다.

그들이 거의 진이 빠질 무렵 철문은 삐걱거리는 듣기 싫은 쇳소리를 내며 조금씩 열리기 시작했고 수북한 먼지와 함께 그들의 머리 위로 검붉은 녹들이 떨어져 내렸다.

"실프, 저 먼지들 좀 날리지 않게 해줘."

라이더가 미간을 찡그리며 문에서 떨어지자 실프는 말끔하게 먼지들을 날려 버렸다.

"엣취!"

미련하게 문가에 서 있던 한스는 본의 아니게 먼지를 뒤집어쓴 채 라이더에게 원망 섞인 표정을 지었고 라이더의 요청에 의해 실프는 그에게 묻어 있는 먼지를 깨끗하게 털어주었다.

"엣취!"

코끝이 간질간질한 느낌에 라이더와 한스는 동시에 재채기를 해댔다.

퀘퀘한 먼지투성이 선실 안으로 발을 내딛기가 무섭게 주변은 순식간에 자욱한 먼지 안개를 연출해 냈다. 덕분에 다시 선실 밖으로 도망치다시피 나온 한스와 라이더는 안으로 들어갈 엄두도 내지 못한 채 서로를 바라보며 한숨을 내쉬었다.

"대대적인 청소가 필요해."

"그렇군요. 하아, 그런데 저거 언제 다 치우죠?"

라이더는 운디네와 카샤를 추가로 불러내며 생긋 미소를 지었다.

"카샤는 저 방에 불 좀 켜주고 실프와 운디네는 청소를 부탁해. 자, 한스 넌 나랑 잠시 물러나 있자구. 우린 방해만 될 테니까."

각자가 할 일을 척척 지시한 라이더는 한스를 복도 끝으로 데리고 나갔다.

"일이 왜 이렇게 꼬이는 건지. 아아……."

유이가 납치되고 나서 지금까지 되는 일이라고는 하나도 없다는 생각을 하며 힘없이 어깨를 늘어뜨린 라이더는 벽에 살짝 몸을 기댔다.

"라이더님께선 '의지의 노래'를 모르시는 겁니까?"

"응? '의지의 노래'라니?"

한스는 라이더를 바라보며 생긋 미소를 지었다.

"어릴 때 저희 할머니께서 불러주신 노래인데… 세상에서 제일 행복한 사람의 노래지요."

라이더는 흥미로운 표정으로 그를 바라보았다.

"한번 불러봐."

"하하, 전 꽤 음치라서요."

한스는 쑥스러운 듯 머리를 긁적거리며 미소를 짓자 라이더는 심드렁하게 말했다.

"뭐야, 궁금하게 해놓고. 못 불러도 좋으니까 한번 불러나 봐라."

"그럴까요? 흠흠!"

한스는 목소리를 가다듬고는 라이더에게서 등을 돌렸다.

"이봐, 노래를 부르는데 등은 왜 돌리는 거야?"

"그게… 부끄러우니까요."

그의 말에 라이더는 고개를 절레절레 흔들었고 한스는 조용히 노래를 부르기 시작했다.

한 사람이 살았네.

한 사람이 살았네.
그곳에는 오직 한 사람만 살았네.
그의 이름은 한스.

한스가 살고 있는 곳은 집도 없고
집이 없으니 마을도 없다네.
한스가 살았네.
한스가 살았네.

그곳에는 사람도 살지 않네.
오로지 숲 속에서 한스 혼자 살고 있었네.

"그게 뭐가 행복한 사람의 노래라는 거야?"
살짝 인상을 찡그리며 노래의 맥을 끊은 라이더에게 그는 더 들어보
라는 듯 입가에 손가락을 가져다 댔다.

어느 날 나그네가 지나갔다네.
그는 한스에게 세상을 알려주었네.
세상으로 나가자고 말하네.
한스는 즐거웠다네.
친구가 생겨 즐거웠다네.
그러나 세상으로 나가진 않았다네.

그는 떠나갔지만 한스는 바빠졌다네.

그가 말해 준 세상을 만들기 위해.
집을 지었네. 몇 년이 걸렸네.
밭을 갈았네. 몇십 년이 걸렸네.

사람들이 하나둘 모여들었다네.
마을이 생겼다네.
마을이 생겼다네.
한스 네 마을이 생겼다네.

한스는 노인이 되었지만
한스의 마을이 생겼다네.

사람들과 함께한 시간은 얼마 되지 않았지만
그는 행복했다네.
사람들의 웃음소리가 그의 집에서…
그의 마을에서… 그의 밭에서…
흘러넘치고 있다는 것에 그는 행복해했네.

"그 고생해서 남을 준 게 그렇게 기쁜 일인가?"
라이더는 이해가 가지 않는다는 듯 고개를 갸웃거렸다.
"하하, 전 그렇게 생각하지 않습니다."
"뭐가?"
"남에게 베푼 것이 아니라 꿈을 이룬 것에 대한 행복이겠지요."
한스의 말에 그는 잘 이해가 가지 않는다는 듯 고개를 갸웃거렸다.

"응?"

"행복과 불행은 정말 그때의 기분에 달려 있다고 생각합니다. 작은 집에서 사는 사람이 '난 어차피 가난하니까' 라고 체념하는 것과 같은 집에 사는 사람인데도 '난 부자가 되어가고 있는 거야' 라고 열심히 일을 하는 사람은 조건은 똑같아도 결국 다르지 않습니까?"

한스는 피식 미소를 지으며 마치 형이 동생에게 교훈적인 이야기를 들려주는 것 같은 말투로 자신의 말을 끝맺었다.

"현자 같은 말투로군."

라이더는 진심인지 비아냥거리는 것인지 모를 말투로 짧게 내뱉고는 자신에게로 날아오는 실프에게 시선을 돌렸다.

"청소가 끝났나 보군."

"그럼 슬슬 움직여야겠군요."

"전방에 도사견 한 마리 발견."

남주는 침울한 표정으로 침을 질질 흘리고 있는 개를 가리키며 한숨을 내쉬었다.

"저 개가 언제부터 있던 거지? 남자 기숙사에 개가 있다는 이야긴 금시초문인걸."

가회 역시 우울한 표정으로 도사견을 뚫어져라 바라보았다.

"저건 그냥 애완용 차원으로 기르는 거야. 어차피 원해서 자기 발로 걸어 들어온 학교를 탈출하려는 학생이 어디에 있겠어?"

"그렇다고는 해도 기숙사랑 학교는 다르잖아."

남주가 목소리가 들려온 방향을 향해 눈살을 찌푸리자 가회는 의아한 목소리로 질문했다.

"남주야, 너 지금 누구랑 말하는 거야?"

가희가 서 있는 곳은 반대 방향, 그렇다면 이 옆에 딱 붙어 앉아 있는 사람은…….

"히엑?!"

자신도 모르게 소리를 지를 뻔한 남주의 입을 틀어막은 소녀는 한 손으로 이마에 맺힌 땀을 닦아내며 안도의 한숨을 내쉬었다.

"휴우, 들킬 뻔했네."

"…누구세요?"

가희의 경계하는 듯한 목소리에 소녀는 남주를 풀어주며 두 손을 들어 보였다.

"남주랑 잘 아는 사이."

"에? 혜령 선… 읍!"

또다시 자신도 모르게 소리를 지를 뻔한 남주의 입을 틀어막으며 그녀는 이마에 맺힌 땀을 닦아냈다.

"목소리 좀 낮춰. 도사견이 애완용이라고 해도 들키면 재미없는 거 알지?"

"아웁어요."

남주가 입이 틀어막혀 있는 채로 고개를 끄덕이자 그녀는 그래도 안심이 안 된다는 듯 다시 한 번 주의를 주었다.

"한 번만 더 소리 질렀단 봐. 그대로 입을 꿰매 버릴 거니까 알아서 해."

농담이 아니라는 듯 그녀는 뾰족한 바늘까지 들어 보이는 그녀의 손을 끌어내리며 남주는 살짝 미간을 찡그렸다.

"알았으니까 그만 해요."

"그런데 너 여긴 무슨 일로 온 거냐?"

"볼일이 있어서요. 그러는 신배는?"

"나도 볼일이 있어서."

서로 '묻지 마!'라는 기운을 뿜어내며 탐색전을 펼쳤지만 이미 '볼일'이라고 요약해 버린 용건에서 무엇을 알아낼 수 있겠는가.

"남주야, 그분 누구셔?"

경계가 풀리지 않은 듯한 가희의 목소리에 그녀는 친근하게 웃는 얼굴로 대답했다.

"남주과 선배 혜령이라고 해. 자, 이제 줬으니 받는 것도 있어야겠지?"

"…네?"

"우리가 초면인 건 피차 일반이잖아. 나도 소개했으니 그쪽도 소개해야지."

"아, 네. 전 가희라고 해요."

혜령은 그녀의 이름이 낯설었는지 다시 한 번 그녀를 살펴보고는 확인하듯 질문했다.

"우리 과는 아니지?"

"네, 소설가 양성반이에요."

"어? 그럼 민식이라는 녀석도 알겠네?"

"민식이라면 혹시 장민식을 말씀하시는 건가요?"

"말씀은 무슨, 아무튼 그 녀석이 너희 반인 거 확실하지?"

혜령이 다시 한 번 확인하자 그녀는 고개를 끄덕였다.

"네, 그런데 어떻게 아셨어요?"

"다 아는 수가 있단다. 그런데 둘 다 같은 목적이지?"

"네?"

"남자 기숙사 무단 침입."

"아, 아니에요. 저흰 친구 좀 불러내려고……."

다급하게 변명하는 가희를 향해 그녀는 짓궂은 미소를 지으며 확인하듯 되물었다.

"정말?"

"정말이에요. 선배님이야말로 남자 기숙사 무단 침입?"

쭈뼛거리는 가희를 대신해 대답한 남주는 은근슬쩍 되받아치기까지 했다.

"응, 무단 침입이야."

순순히 시인하는 그녀의 말에 소녀들은 눈을 동그랗게 뜨며 되물었다.

"정말요?"

"응, 이번 공동 과제 제출하기로 한 녀석이 잠적했는데… 기숙사에 있는 게 분명해. 내가 반드시 찾아내서……."

"원고 받아 가려구요?"

"아니, 먹여줄 거야. 그 녀석 입에 구겨서 넣어버릴 거야."

확고한 의지를 보이는 그녀를 바라보며 남주는 고개를 저었다.

"선배는 과를 잘못 선택한 거 아니에요?"

"내버려 둬. 나름대로 잘하고 있으니까. 그런데 누굴 만나려는 건데?"

"광현이오."

자연스럽게 같은 과 친구 녀석의 이름을 대는 남주에게 그녀는 의아한 표정으로 질문했다.

"그런데 왜 여기 서 있는 거야? 안내실에서 신청하지 않고?"

"그러니까… 없어서요."

남주는 스스로 생각해도 뭔가 이상하다는 생각이 들었는지 어색한 미소를 지으며 황급히 몇 마디를 덧붙인다.

"급한 일인데 연락도 안 되고 그렇다고 해서 나중에 들르려고 하니까 면회 시간 지나갈 것 같아서 일단 기다려 보려구요."

"안내실에서 기다려도 되잖아?"

"하하, 안내실엔 지금 사람들로 꽉 차 있다구요. 오늘 토요일인 거 아시죠? 주말은 커플들을 위한 날이라는 게 공인된 거나 마찬가지인데… 속 쓰리잖아요."

혜령은 그녀의 마음이 이해가 간다는 듯 고개를 끄덕거렸다.

"흐음… 급한 일이라는 건 뭔데?"

"소프트 좀 빌리려고 하는데……. 저희 마감일이 내일이거든요."

"광현이 방이 몇 호지?"

"잘 모르겠는데 왜 그러세요?"

"그거 내가 가져다 줄 테니까 나 좀 도와줄래?"

뜻밖의 말에 가희와 남주는 서로를 바라보며 난감한 표정을 지었다.

"저놈의 개 때문에 못 들어가고 있었거든. 사람을 물진 않으니까 너희가 저 녀석 좀 어떻게 해주라."

두 손을 맞붙이며 자연스럽게 이마 위로 올려 보이는 그녀의 저자세에 남주는 골똘히 생각에 잠긴 듯 살짝 눈을 감았다. 그녀는 그런 남주를 보며 다시 한 번 사정을 늘어놓았다.

"이번에도 그냥 넘어가면 이 자식 매번 그럴 것 같단 말이야. 내가 버린 원고가 얼마나 많은 줄 알아? 게다가 석진이 녀석 잠수는 또 얼마나 잘 탄다고."

"네? 선배, 지금 누구라고 하셨어요?"

"아, 넌 잘 모르겠구나. 석진이라고, 프로그램은 끝내주게 만드는데 자기가 만든 프로그램에 책임을 지지 않기로 유명한 녀석 하나가 있지."

혜령은 저러다가 이가 부러지지나 않을까 싶을 정도로 뿌드득뿌드득 이를 갈며 석진에 대한 이야기를 들려주었고 남주는 그러지 않아도 큰 눈을 더욱 크게 치켜뜨며 고개를 끄덕거렸다.

"선배, 지금 생각해 보니까 나 광현이보다 그 선배를 먼저 만나야겠어요."

"응?"

"저 그 선배 잘 알아요. 제 친구가 그 선배에게 악질 프로그램 하나를 받았는데 A/S를 꼭 받아내야 할 것 같거든요."

"과제는 어쩌고?"

"상관없어요. 그 프로그램으로 해결할 수 있는 거니까."

"흐음, 그래? 그럼 나야 대환영이지. 그 녀석을 괴롭혀 줄 수 있는 이유가 더욱더 늘어난 거나 마찬가지니까."

손가락 관절을 '우둑우둑' 소리가 나도록 꺾어대던 소녀는 가녀린 체구에 어울리지 않게 터프한 동작으로 남주의 어깨를 덥석 잡더니 그대로 죽 밀어버렸다.

"그래그래, 그렇게 결정했으면 부탁하마. 남주 머신 1호 go! go!"

졸지에 떠밀려진 남주는 중심을 잡기 위해 팔을 휘저으며 괴성을 질렀다.

"으아아아! 선배!"

"쯧쯧, 자기 무덤을 자기가 파는구나."

키가 거의 남주의 허리까지 오는 거대한 도사견이 꼬리를 흔들며 남주에게 달려왔다.

"으아아아! 저리 가!"

도사견을 피해 반대 방향으로 도망가는 남주를 바라보며 가희는 자신이 선택되지 않은 것에 속으로 안도의 한숨을 내쉬었다.

'미안해. 너의 희생 잊지 않을게.'

"자, 우리도 슬슬 가봐야지."

혜령은 생긋 미소를 지으며 유유히 남자 기숙사 안으로 들어갔고 가희 역시 그다지 내키지 않는 걸음으로 그녀의 뒤를 따랐다.

"사람이 안 보여서 다행이다."

야구 모자를 가희에게 내밀고는 그녀는 허리까지 내려오는 긴 머리를 옷 안으로 집어넣어 버렸다.

"이럴 줄 알았으면 모자 하나 더 가져 오는 건데… 혹시라도 걸리면 안 되니까 머리카락을 모자 안으로 집어넣고 가능한 한 고개 들지 마."

"네."

"그런데… 석진이 녀석 방이 어디였더라?"

머리를 긁적거리던 혜령은 이내 생각났다는 듯 계단으로 올라갔다. 사람의 체온을 감지해 낸 왼쪽 계단은 자동으로 올라가기 시작했다.

"5층."

혜령의 짧은 주문에 계단은 멈춤없이 5층까지 움직였다.

"여기서 어디로 가더라……?"

"B—504호예요."

"응?"

"B—504호. 오른쪽 네 번째 방이에요."

가희의 짤막한 대답에 그녀는 의아한 표정을 지었다.

"네가 그걸 어떻게 알고 있는 거야?"

그녀의 질문에 아무런 대답도 못하고 있는 가희에게 그녀는 미심쩍은 눈길을 보내면서도 묵묵히 네 번째 방 앞에서 벨을 눌렀다.

아마도 지금 그의 방에서는 '만화가 양성반 배혜령 출입 허가 요청'이라는 글이 떴을 것이다.

지문 인식 프로그램… 이것만은 그녀로서도 뾰족한 대책이 없었다. 어차피 이 방문 데이터는 대형 사고가 터지지 않는 한은 개방될 일도 없기 때문에 기숙사 측에서 알 리 없을 거라고 위안하며—그래도 혹시 모르니까 석진에게 데이터를 소거해 달라고 부탁해야겠다는 생각을 하는 소녀들이었다—문이 열리길 기다렸다.

"어엇? 혜령 선배? 가희?"

스피커에서 흘러나온 목소리는 석진이 아니었다.

특유의 비아냥거리는 듯한 목소리… 분명히 낯익은 목소리다.

"여긴 분명히 외부인 출입 금지일 텐데……."

'민식이다.'

정말 걸려선 안 될 사람에게 걸린 거라는 생각에 가희의 안색이 눈에 띄게 창백해졌다.

"어쩌죠? 제가 실수를 한 것 같은데… 죄송해요."

일단 사과부터 하고 일을 수습해 보려는 가희에게 혜령은 걱정 말라는 듯 손을 저어 보였다.

"실수한 거 없어, 제대로 찾은 거니까. 석진이 룸메이트가 민식이라는 거 설마 몰랐단 말을 하려고 그러는 건 아니겠지?"

그녀는 대단히 눈치가 빠른 듯했다. 아마 가희가 실수로 석진의 방 위치를 알려줬을 때부터 그녀들의 '볼일' 대상이 자신이 '볼일' 있는 사람과 같은 사람이며 자신에 비해 치밀하진 못했지만 계획된 일임을 눈치 채고 있었던 것이다.

"일단 들어와요."

한참 만에 열린 문은 달갑지 않다는 민식의 표정을 정면으로 보여주었다.

"실례 좀 하마."

혜령은 그의 표정 같은 건 그다지 중요하지 않다고 생각한 건지 그가 말을 끝내기가 무섭게 현관으로 들어서며 주변을 두리번거렸다.

"석진아! 야, 너 있어? 빨리 안 나와? 누님이 몸소 행차까지 해주셨는데 숨었다 이거지?"

신발을 내팽개치듯 벗어 던지고 거실로 들어가는 그녀를 보며 민식은 살짝 미간을 찡그렸다.

"선배, 좀 조용히 해줘요. 여기 있는 거 들키면 선배도 선배지만 저도 당장 쫓겨날 거라구요. 그리고……."

가희는 문을 닫고 조심스럽게 혜령의 신발을 정리했다.

"시끄러! 후배 녀석이 선배에게 기어오르겠다는 거야?"

여자치고는 꽤 큰 키이긴 했지만 워낙 마른 탓에 그녀의 말은 그에게 그다지 위협적으로 들리진 않았는지 민식은 살짝 코웃음을 치며 왼쪽 방문을 열었다.

"선배라고 남의 집에서 큰소리칠 수 있는 입장이라는 건 아니죠. 형을 죽이든 살리든 마음대로 하세요. 단, 그건 형 방 내에서의 일입니다."

그의 말에 혜령은 왼쪽 방 안으로 들어가려다 민식의 오른쪽 발을 호되게 밟아버렸다.

"헉! 이게 무슨 짓입니까?"

도끼눈을 뜬 민식에게 혜령은 나머지 왼쪽 발을 지그시 눌러 밟으며 생긋 미소를 지었다.

"이건 덤이야. 선.배.님.에게 불손한 태도를 보이는 후.배. 녀석을 향한 애.정. 표.현.이라고 해두지. 가희야, 뭐 해? 석진이 여기 있다는데."

어느새 친근하게 자신을 바라보고 있는 혜령을 향해 가희는 어색한 미소를 지으며 민식의 발을 가리켰다.

"저 선배님, 민식이 발에……."

혜령은 그제야 자신이 아직도 그의 발을 밟고 있다는 것을 깨닫고는 천천히 발을 치워주었다.

"응, 자업자득이지. 어서 와, 석진이 기다리겠다."

가희는 차마 아프다는 말은 못하고 소처럼 눈만 꿈뻑거리고 있는 민식을 향해 미안한 표정을 지으며 석진의 방으로 들어갔다.

"…이게 방이냐, 쓰레기 하치장이냐?"

정말 발 디딜 틈도 없이 빽빽하게 어질러져 있는 물건들을 바라보며 혜령은 가벼운 한숨을 내쉬었다. 혜령의 성격을 잘 알고 있는 석진이라면 그녀의 목소리가 들리기 시작한 시점에서부터 당연히 숨었을 것이다. 그의 방에서 그가 보이지 않고 있는 것은 아마 그런 이유에서겠지만 이렇게 물건이 잔뜩 어질러져 있어서야 도저히 뚫고 들어갈 방법이 없지 않은가.

"이럴 줄 알았으면 발레라도 배워두는 건데……."

혜령은 발끝으로 회전하는 발레리나의 모습을 상상하며 아쉬운 듯 중얼거리다 문득 뭔가를 발견했는지 피식 미소 지었다.

"가희야, 너라면 지금 어디에 숨을 거 같아?"

"옷장이나 침대 밑이 아닐까요?"

"땡! 정답은……."

혜령은 가희에게 잠시 나와 보라는 듯 손짓하고는 그대로 문을 활짝 여는 척하며 앞으로 밀더니 벽과 거의 맞닿을 정도로 끝까지 밀어버렸다.

"흐아아악!"

"비명 소리 좋고!"

혜령이 엄지손가락을 치켜세우며 회심의 미소를 짓자 문 뒤편에선 거의 좀비를 방불케 하는 신음 소리가 흘러나왔다.

"흐으윽……."

"석진 선배, 괜, 찮아요?"

아픔으로 인해 제대로 대답조차 하지 못하고 있는 석진을 향해 가희가 걱정스런 표정을 짓자 혜령은 염려 말라는 듯한 얼굴로 그녀를 안심시켰다.

"괜찮아, 괜찮아. 저 정도로는 절대로 안 죽어."

"흐어억, 너무하잖아."

문 뒤편에서 석진이 흐느적거리는 소리가 들려왔다.

"너무하다고 말할 쪽은 이쪽이야. 또 문이랑 부딪치고 싶지 않다면 어서 나와."

"그런 말은 문이나 열어주고 해."

석진의 말에 그녀는 문을 살짝 당김으로써 그가 나올 만한 공간을 만들어주었다.

"풋!"

"우하하하! 석진아, 너 꼴이 그게 뭐니?"

문에 납작하게 눌린 탓에 딸기코가 되어버린 석진을 바라보며 소녀들은 저도 모르게 웃음이 터져 나왔다.

"네가 그렇게 만들어놓고 웃음이 나오냐?"

"누가 너더러 거기 숨으래?"

혜령이 얼굴에서 웃음기를 지우지 못하고 살짝 눈을 흘기자 석진은 그 눈길을 피하기 위해서인지 발로 주변에 있는 물건들을 대충 양 옆으로 쓸어버리고는 길을 만들어냈다.

"그런데 두 사람 다 겁도 없이 남자 기숙사엔 어쩐 일로 온 거야?"

"두 연약한 여인이 기숙사로 쳐들어오도록 만들어놓고 그런 말이 나와?"

혜령의 말에 석진은 가희를 바라보았다.

"가희야, 너 다른 일행이 있었니?"

"남주가 밑에 있는데 도사견 때문에 올라오지 못하고 있어요."

"호오? 민식아!"

밖에 멍하니 서 있던 민식은 그가 자신을 부르자 살짝 인상을 찡그렸다.

"설마 나보고 데려오라는 건 아니겠죠? 형, 난 걔가 어떻게 생겼는지도 몰라요."

"괜찮아, 괜찮아. 도사견이랑 죽어라고 달리고 있는 녀석이 그렇게 흔하겠어?"

혜령이 손을 저어 보이자 그는 살짝 미간에 주름을 잡았다.

"그럼 선배가 가지 그래요?"

"여기 남자 기숙사잖아. 기사도 정신이라는 것도 없냐, 너는?"

석진이 혜령을 감싸주는 듯한 발언을 하자 민식은 짜증 섞인 목소리로 대답했다.

"그럼 형이 가지 그래요?"

"이쪽은 내 손님이잖아. 게다가 너 같은 늑대 옆에 순진한 양들을 둘씩이나 두고 갈 순 없는 노릇이잖아."

석진의 말에 그는 어이가 없다는 표정을 지으며 반문했다.

"순진한 양과 늑대라니, 그 반대가 아니구요?"

"빨리빨리 내려가기나 해라."

석진이 눈에 힘을 주자 민식은 툴툴거리면서도 순순히 아래로 내려갈 수밖에 없었다.

"그런데 진짜 무슨 볼일이야? 혜령이 너야 이번에 내가 지은 죄가 있어서 잡으러 왔다고 치지만 가희는 남주까지 데리고 무슨 일이 있었던 건데?"

그의 말에 가희는 난감한 듯 혜령을 바라보았다.

"응? 내가 있으면 안 되는 이야기야? 남주가 프로그램 때문에 볼일이 있다고 했던 것 같은데……. 난 그런 데 문외한이니까 들어도 상관없어."

"겸손하네. 너 정도면 꽤 하는 거야."

"흐웅~ 그래도 프로그래머인 너만 하려고?"

"마, 그건 당연한 거지. 난 그런 걸로 먹고 살려는 녀석이고 넌 그림으로 먹고 살려는 녀석인데 실력이 같으면 프로그래머 하겠어?"

석진의 말에 혜령은 살짝 얼굴을 붉혔다.

"그걸 알고 있는 녀석이 과제를 놔두고 도망가? 내가 내 전공 놔두고 프로그램 배우러 너네 교수님께 쫓아가야 하냐구."

혜령의 실력은 석진의 게으름에서 비롯된 것?

"뭐, 아무튼 지나간 일에 연연하지 말고 다음에 잘하면 되잖아."

"그렇게 말할 줄 알고 내가 가져온 게 있지."

"뭔데?"

혜령은 가방에서 종이와 펜, 잉크와 각종 스크린 톤을 꺼냈다.

"내가 너네 전공 죽어라고 했으니 너도 해야지."

"뭐?"

석진이 자신의 귀를 의심하며 반문하자 그녀는 참고할 만한 그림들을 꺼내 들었다.

"다음 주까지 SD 세 장이다. SD가 뭔지 잘 알지?"

"그런 걸 내가 어떻게 알아?"

"야, 난 프로그래머 수업 아는 거 하나도 없었다. 그래도 넌 지우개질은 할 줄 알잖아."

혜령의 눈빛은 진심이었다. 그동안 꽤 많이 쌓인 듯했다.

"야, 원고 먹을래, 그릴래?"

"어?"

"너 때문에 쓰지도 못했던 이 원고 열 장 네가 먹을래, 아니면 SD 세 장 그릴래?"

혜령은 자신의 가방을 들어 보이며 살짝 눈을 치켜떴고 석진은 그녀의 눈빛에서 다시 한 번 그 말이 진심임을 읽어낼 수 있었다.

"…최선을 다해보마."

그의 말에 혜령은 흡족한 듯 미소를 지었다.

"내 용건은 이걸로 끝. 그런데 그쪽은 계속 입 다물고 조용히 있을 거야?"

"석진 선배!"

'쾅' 하고 문 열리는 소리가 나더니 그보다 더 큰 남주의 목소리가 날아들었다.

"연약하기도 하다."

조금 전에 자신이 연약하다는 말에 가희에게 다른 일행의 존재 여부에 대해 질문하듯 면박 준 것을 잊지 않고 있었는지 그녀는 석진을 살짝 비꼬았다.

"여기야!"

가희가 문밖으로 얼굴을 내밀며 남주를 향해 손짓하자 그녀는 버럭 소리를 질렀다.

"선배, 사람이 어쩌면 그러실 수가 있어요?!"

"아아… 그, 그게… 도사견을 치워야 들어갈 수 있는데 애는 너무 연약해 보이고 만만한 게 그래도 안면있는 너니까."

혜령이 진땀을 빼며 설명하자 남주는 한숨을 내쉬었다.

"아니요. 선배 말고 석진 선배 말하는 거예요."

"남주야, 그거 말해도 되는 거야?"

가희가 말리듯 그녀의 옷자락을 당기자 남주는 가볍게 고개를 끄덕거렸다.

"응, 괜찮아. 혜령 선배는 그런 거 소문 퍼뜨리고 다닐 만큼 한가한 사람이 아니니까."

"형은 도대체 무슨 사고를 치고 다니기에 이 방에 오는 사람은 죄다 소리부터 지르고 그러는 거야? 정말 방을 바꾸든지 해야지."

"깐족거리지 말고 넌 네 볼일이나 봐."

남주는 방문을 닫으며 살짝 눈살을 찌푸렸다.

처음 보는 사람에게는 언제나 예의를 지키는 남주다. 하지만 분명히 민식은 그녀에게 초면의 사람임에도 불구하고 버럭 짜증을 부릴 정도로 민식은 불쾌한 존재였다.

"이 집의 반은 내 거야. 잊었나 본데 손님은 어디까지나 손님이야. 주객전도라도 하고 싶은 거라면 나가서 해. 우리 집에선 절대로 안 돼."

민식이 목에 핏대를 세우자 석진은 미간을 찡그렸다.

"이래 봬도 나 상당히 바쁜 사람이거든. 싸우려거든 나가서 싸우고 지금은 날 찾아온 용건이나 간략하게 말해 봐."

"좋아요. 어이, 소문내면 죽는다. 명심해."

석진에게 고개를 끄덕인 남주는 민식을 향해 주먹을 들어 보이며 매서운 눈으로 그를 쏘아보았다.

"선배, 오늘 아침에 설아에게 주셨던 거 기억해요? 바로 이거 말이에요. 저에게도 주셨잖아요."

가희의 질문에 그는 고개를 끄덕거렸다.

"기억하지. 왜? 자잘한 버그나 에러 같은 거 책임 못 진다고 했는데……."

"…자잘한 정도가 아니니까 이러는 거죠. 갇혔다구요!"

남주가 버럭 화를 내자 석진은 의아한 표정을 지었다.

"갇히다니?"

"선배가 만들어놓고 선배가 묻는 거예요?!"

"게다가 남의 이야기에 그렇게 함부로 손을 대다니… 미안하지도 않아요?!"

남주와 가희가 합창하듯 소리를 지르자 석진은 인상을 찡그리며 그들을 바라보았다.

"알아들을 수 있게 설명 좀 해봐."

"아아, 답답해! 우리랑 같이 프로그램 안에 있었으면서 시치미 떼기예요?!"

남주가 버럭 화를 내자 민식이 맞받아쳤다.

"무슨 소리야? 형은 오늘 수업 마치고 나서 내내 나랑 같이 있었는데……."

"거짓말!"

"내가 너한테 거짓말해서 얻어지는 게 뭔데?"

"으아아! 난 세상에서 꼬이는 게 제일 싫어! 선배가 정리 좀 해봐요!"

남주의 말에 석진은 어이없어하며 한숨을 내쉬었다.

평화로운 토요일 오후 내내 하릴없이 기숙사에 앉아 있는 것만으로도 스트레스 쌓이는데 난데없이 들이닥친 녀석들이란 하나같이 자신을 갈구기나 하다니…….

"자, 말해 봐. 육하원칙에 의해서 되도록이면 간단하게 말이야."

"그렇게 이야기해도!"

남주의 항의 섞인 말을 자르며 석진은 단호하게 입을 열었다.

"자, 너희 지금 뭐 때문에 온 거야?"

"설아가 선배가 준 프로그램에 갇혀서요."

"뭐?! 언제?"

"그게 얼마나 됐지? 꽤 됐잖아."

"무슨 소리야. 프로그램 가동 시간은 5분도 안 됐잖아. 여기까지 우리가 온 걸 합하면 삼십 분 정도 지났지?"

그제야 가희와 남주는 자신들이 착각하고 있는 것을 깨달았다.

석진은 지금까지 그 프로그램이 가동된 사.실.조.차. 모.르.고. 있었다는 것을…….

"현 시간이랑 프로그램 설정 시간이랑 얼마나 차이가 나는데?!"

"그게 1초당 하루라고…….."

"뭐?! 걔가 미쳤구나! 정신적으로 안전하라고 동행에, 시간 설정도 널널하게 잡아놨는데 설정을 바꿔놨다고?! 또 손댄 거 없어?!"

그답지 않게 윽박질러 대는 것을 보며 소녀들은 자신도 모르게 알고 있는 사실을 말해 버리고 말았다.

　"동행이었던 우리가 선배 덕분에 설아만 빼놓고 빠지게 됐어요."

　"뭐?! 내가 미친다, 미쳐! 그 녀석, 무슨 배짱이야?! 어디야?"

　"네?"

　"그 녀석 어디 있어?"

　그의 말에 남주는 살짝 눈을 치켜떴다.

　"기숙사에 있어요."

　"본체 말고 정신체!"

　거의 멱살을 잡을 듯이 묻고 있는 그에게 가희는 진정하라는 듯 차분한 목소리로 대답했다.

　"마지막으로 본 건 프리로 향하는 사막 쪽에서였는데……."

　"그런데 왜 그 녀석만 남은 거야?"

　"그야 글을 완성시키려고 남는……."

　"뭐?! 글을 완성시켜? 기가 차서……. 그러다 그쪽에서 무슨 일이라도 생기면 어쩌려고 그러는 거야?! 알았어. 복사해 와!"

　가희의 말을 단호하게 자르며 석진은 짜증 섞인 목소리로 고함을 질렀다.

　"네?"

　"가희 너한테 준 걸로 복사해 오라구."

　"네!"

　가희는 후닥닥 달려나갔고 석진은 자신의 던전 같은 방을 이리저리 뒤적거리다 좁쌀만한 칩 몇 개를 골라냈다.

　"그게 뭐야?"

"충격 완화 장치랑 삭제 칩."

"삭제? 그거 뭐 하려고?"

"응? 자기가 안 나오겠다고 버티면 억지로라도 나오게 만들어야지."

그의 말에 설아의 화난 얼굴이 떠오르는 남주였다.

"선배, 가급적이면 설아의 이야기에 손대지 말아요."

"무슨 소리야?"

"아크레가 이야기 속의 주인공이고 유이라는 하이 프리스티스가 히로인인데… 선배가 아크레를 죽였어요. 설아는 그래서 화가 났고……."

"그래?"

"네, 그러니까……."

"네가 하려는 이야기가 뭔지 알겠어. 확실하게 처리해 줄 테니까 안심해."

그의 말에도 뭔가 석연치 않은 기분이 들었지만 일단 설아와 접촉할 수 있는 자는 석진밖에 없었다.

"일단 우리도 나가자. 시간을 아껴야 해. 물론 프로그램이야 되돌려서 볼 수 있지만… 데리고 나올 수는 없어. 게다가 그곳에 들어가는 시간도 계산해야 하니까."

몇 개의 물건들을 챙긴 석진이 방에서 나오자 모두는 우르르 쫓아나왔다.

"그 설아라는 애 괜찮을까? 내가 뭐 도와줄 일 없어? 분기를 맞추는 거라면 나도 어느 정도는 도와줄 수 있는데……."

"괜찮아. 그런 것들은 눈 감고도 해. 넌 그냥 돌아가 있어."

"아니, 지켜볼래. 어떤 이야기인지 궁금하기도 하고……."

혜령이 흥미를 보이자 민식은 코웃음을 쳤다.

"관심 가질 거 없어요. 보나마나 뻔한 이야기일 테니까. 이번 주제가 판타지라 난 그다지 신경도 안 쓰고 있었는데……. 드래곤이 날아다니고 마법이 난무하고 기사가 검기나 뿜어대겠죠. 한심하군. 그런데 빠져서 현실 도피나 하고 있다니……."

"입 대!"

"네?"

"딱 대!"

혜령의 단호한 목소리에 민식은 뒤로 한 걸음 물러서며 의아한 표정을 지었다.

"……?"

"그런 더러운 말 하는 네 입이나 꿰매 버리게 딱 대란 말이다."

"선배, 말씀이 지나치시군요!"

그제야 그녀가 무슨 말을 하는 것인지 알아차린 민식은 미간을 찌푸렸다.

"넌 뭐가 훌륭해 보이는데?"

"그야 문학 하면 당연히……."

"흔해 빠진 사랑 이야기? 복수극? 뭐, 빈약한 상상력을 현실감으로 포장해 놓은 이름만 대작 시리즈?"

"무슨 소리예요?"

"소설이든 시든 동화든 빠지지 않는 공통 소재가 있어. 사랑, 복수……. 그 시대의 살아가는 이야기가 그런 것들이지. 그건 졸작이든 대작이든 빠지지 않는 소재야."

"그래서요?"

"그걸 가지고 내가 앞서 말한 것처럼 네가 좋아하는 장르를 매도해

버리면 넌 기분이 어떨 것 같아?"

"선배님, 고정관념이란 하루아침에 무너지는 게 아니에요. 정말 그 고정관념을 무너뜨릴 수 있는 작품을 만날 때까지는 소 귀에 경 읽기나 마찬가지죠."

"그런 이야기는 한가할 때 차나 홀짝거리며 나누고 따라올 사람들은 얼른 따라 나오기나 해!"

보다 못한 석진이 버럭버럭 소리를 지르자 남주와 혜령은 신발을 신기 위해 현관으로 따라나섰다.

"나도 따라가도 돼?"

민식의 질문에 석진은 짧은 한숨을 내쉬었다.

"시간없어. 따라올 거면 신발부터 제대로 신어."

남주는 가희에게 폰으로 '공원에서 보자' 는 메시지를 보내며 조심스럽게 기숙사를 빠져나왔다.

"사람들이 오지 않을 만한 곳으로 가는 게 안전하겠지?"

석진의 질문에 민식은 걱정 말라는 표정을 지었다.

"어디든지 상관없어. 형만 프로그램에 들어가는 건데 설마 이 많은 사람들이 형 하나 못 지키겠어? 걱정하지 말고 프로그램이나 실행시켜 봐."

"일단 기다려 봐. 기본 설정부터 바꿔야 하니까."

멀리서 가희가 얼굴이 새빨개진 채로 달려왔다.

"서, 선배… 이거……."

가쁜 숨을 몰아쉬며 프로그램을 내미는 가희에게 그는 수고했다는 의미로 생긋 미소를 지어 보였다.

"음… 생각보다 문제가 심각하네."

프로그램을 실행시킨 석진은 설정을 바꾸며 인상을 찡그렸다.

"1초당 하루라는 게 고쳐지지가 않는데……. 현실감이 떨어지면 아무래도 평소보다 배는 겁이 없어지기 마련이라 그렇지 않아도 겁없는 설아 녀석이 무슨 사고를 치고 다닐지 정말 걱정이다."

"설마 그거 정신이 이상해진다는 소리는 아니겠지?"

"정신이 이상해진다라……. 그럴 수도 있지. 그렇지만 나쁜 의미가 아니라 대범해진다는 소리니까 너무 나쁜 쪽으로 생각하진 말자."

그렇게 자신의 말을 마무리한 석진은 의자에 걸터앉아 칩의 배열을 바꾸었다.

"첫 접속 시간 탐색, 해킹 프로그램 가동."

"호오, 처음부터 프로그램에 들어가 있으려고?"

"말 걸지 마. 정신없어. 게다가 아마 처음부터 들어갈 순 없을 거야. 정원이 4명이라는 게 초기 설정이니까 지금 와서 바꿀래야 바꿀 수도 없다구."

석진은 준비해 온 선글라스 모양의 모니터를 착용하며 시간들을 체크해 나갔다.

"5배속으로 넘겨. 그래, 그 드래곤이 들어가는 부분. 착하지? 조금만 더 견뎌봐."

에러가 뜨고 있는 것인지 기긱거리는 잡음이 흘러나왔지만 석진은 속도를 줄이지 않았다.

"좋아, 결정했어. 내가 들어갈 부분은… 미르셀의 신전이다!"

"에?"

"풀 가동! 게이트 뚫엇!"

석진의 목소리에 응답하기라도 하듯 프로그램에 붉은 불빛이 들어오자 석진의 몸은 축 늘어져 버렸다.

그가 지금 막 프로그램 속으로 들어간 것이다.

"지금 이거 잘한 일인가?"

"응?"

"석진 선배에게 일을 의뢰한 사람이 우리가 된 거잖아. 이게 과연 잘한 일일까?"

가희의 시무룩한 질문에 남주는 한숨을 내쉬었다.

"하아, 나도 잘 모르겠어."

"만약 선배가 아크레를 죽인다면……."

"그게 무슨 소리야?"

혜령이가 관심있다는 표정으로 소녀들을 바라보자 남주는 주저하면서도 순순히 그녀의 질문에 대답해 주었다.

"선배가 프로그램을 강제 종료시키려고 주인공을 죽이거든요."

"…형이라면 가능한 소리지."

"응?"

"어쨌거나 프로그램 개발자는 형이야. 사용자가 개발자를 이기기엔… 좀 불리하지?"

"그런 건 잘 모르겠고 어쨌거나 이 이야기 보고 싶은데 볼 수 있을까?"

"미완성인데 보시려고요?"

"완성되어 가는 것을 보는 것도 또 하나의 재미라네요. 완성될 때까지 기다리는 재미라는 것도 있는 법이거든."

혜령은 석진에게서 선글라스 모양의 모니터를 빼앗고는 프로그램을 초기로 돌렸다. 이제 겨우 독자가 생긴 이야기는 경쾌한 음악 소리와 함께 초기 화면으로 돌아가고 있었다.

네 개의 작은 행운

"저게… 뭔가요?"

한스는 바닥에 자신의 모습이 다 비칠 정도로 깨끗해진 선실과는 어울리지 않게 한쪽 구석으로 모아놓은 한 무더기의 반짝거리는 뼈들을 바라보았다.

"해골인 것 같은데……?"

라이더는 별 거부감 없이 거의 자신의 키만큼 쌓여 있는 해골들을 바라보며 조심스럽게 그것들을 만지작거렸다.

"이곳이 선장실이 맞긴 맞는 겁니까? 아무리 정체 불명의 수상한 배라고는 하지만 선장실에 해골 같은 게 있을 리가 없잖아요?"

"그럼 화장실에 있어야 하냐?"

라이더의 질문에 한스는 어이없는 표정으로 어깨를 으쓱거렸다. 해골들은 하얗다 못해 투명하게 느껴졌다.

분명히 을씨년스러운 광경임에도 불구하고 너무나 깨끗하다 보니 이 해골 무더기마저 실내 장식으로 보일 정도였다.

"갑자기 그 수프가 그리워지는 이유가 뭘까요?"

한스는 모래 수프를 떠올리며 한숨을 내쉬었다. 그러고 보니 배고프다는 생각이 들기도 했지만 결국 배 안에서 할 수 있는 짓이란 묵묵히 항해 일지를 찾는 것 외엔 아무것도 할 수 없었다. 책상 서랍 속과 수납장을 뒤적거리던 그들은 굉장히 누렇게 변색된 낡은 책 한 권을 찾아냈는데 워낙 낡은 것이라 책장을 힘주어 집어 드는 것만으로도 바스락거리는 소리와 함께 힘없이 부스러져 버렸다.

"조심해서 다뤄."

"…네."

오래된 책 특유의 먼지와 종이 냄새에 한스는 머리가 지끈거렸지만 조심스럽게 책장을 넘겼다. 책 상태는 엉망이었지만 글자는 간신히 알아볼 수 있을 정도였다.

그러나 여기에도 문제가 있었으니… 그 글자를 읽을 수가 없다는 것이었다.

"이거… 고대어입니까?"

한스는 마지막 책장을 넘기며 끝내 단 한 자도 알아볼 수 없었다는 것에 한숨을 내쉬며 라이더에게 그 책을 건넸다.

고대어냐는 말에 흥미로운 표정으로 책장을 넘기던 라이더는 고개를 흔들었다.

벽에 적힌 글씨는 고대어도 아니고 인간의 글도 아니며 엘프들의 글도 아니었다.

라이더로서도 전혀 알아볼 수 없는 글자인 것이다.

"이건… 읽을 수가 없겠는데… 고대어도 아니고……. 이런 글자는 본 적이 없어."

모든 종족 중 가장 지혜롭다는 엘프의 말인지라 한스는 실망감에 고개를 숙였다.

"그렇지만 이거 하나는 확실하게 알 것 같아."

"……?"

"이 배는 인간들의 것이 아니라는 것, 그리고 엘프들의 것도 아니라는 것."

"어째서요?"

한스의 질문에 라이더는 레이피어를 뽑아 들며 방어 자세를 취했다.

"네 뒤를 봐."

"…죽이는군요."

한스는 롱 소드를 집어 들며 식은땀을 흘렸다. 먼지에 뒤덮여 쌓여 있던 해골들이 공중으로 떠올라 하나하나 뼈대를 맞춰가고 있었던 것이다.

쌓여 있을 때는 인간이라고 생각했었는데… 그것은 인간이 아니었다.

"실프, 소리를 차단해 줘!"

라이더는 황급히 실프를 불러들여 미연의 사태에 대비했다.

그것들은 세이레네스들이었던 것이다.

사람의 머리와 새의 몸을 가진, 그리고 그녀들의 뒤에 하피로 추정되는 스켈레톤도 눈에 띄었다. 상반신은 분명히 인간의 구조를 가졌지만 하반신이 새였던 것이다.

세이렌과 하피를 구분하기는 매우 어려웠지만 라이더가 인상을 구기며 '하피'라고 발음하는 것을 본 한스로서는 그저 그런가 보다라고 생각했다.

"이놈의 배는 도대체 어떻게 생겨먹은 거야?"

짜증스럽게 스켈레톤을 노려보는 그들을 향해 하피는 뭐라고 이야기하고 있는 듯했지만 아무런 소리도 들리지 않았다. 라이더와 한스가 자신의 말에 아무런 반응을 보이지 않자 그녀는 화가 난 듯 발을 굴렀지만 아무런 소리도 들리지 않기는 마찬가지였다.

서로를 한참 동안 노려보고 있던 그들은 인간형의 세이렌 하나가 이상한 동작을 취하자 입장이 역전되어 버렸다. 순식간에 정령이 사라져 버린 것이다.

"당신들인가요?"

세이렌답지 않은 음침한 목소리였다.

"당신들이 항해실의 세이레네스들을 없애 버리신 건가요?"

"항해실?"

"레니는 벌을 받을 거야. 쉴드는 무서워— 쉴드는 잔인해—"

"시끄러워! 밖으로 집어 던지기 전에 조용히 해!"

레니의 날카로운 목소리에 하피는 상자에 머리를 들이박았다.

쿵! 쿵! 쿵!

"레니는 이제 큰일 났대요— 쉴드는 용서하지 않아. 쉴드는 오류를 싫어해."

"오류?"

라이더의 의아한 목소리에 하피는 상자에서 꺼내 달라는 듯 더욱 쿵쿵거리며 그의 말에 신이 난 듯 콧노래를 불렀다.

"티로는 똑똑해— 티로는 영리해— 그러니까 말 안 할래."

까마귀가 '까악까악' 거리는 소리도 하피의 목소리보다는 아름다울 것이다.

라이더는 그녀의 찢어질 듯한 고음에 귀를 막으며 미간을 찌푸렸다.

"쉴드라, 누군지 모르겠지만 겁도 없이 신의 이름을 붙인 건가?"

"쉴드는 신이—"

"시끄러, 티로! 너 소멸되고 싶은 거야?"

레니가 그녀의 말을 자르고 나서자 티로는 순간 조용해졌다. 어색한 침묵이 흐르자 한스는 레니를 향해 질문을 던졌다.

"이 배는 어디로 향하는 겁니까?"

"어디로든……. 그렇지만 지금은 아무 곳에도 가지 못하죠, 당신들 때문에……."

"이봐, 도대체 우리가 뭘 어쨌다고 이러는 거야?"

라이더의 짜증 섞인 말투에 레니는 그를 잡아먹을 듯이 노려보며 버럭 소리를 질렀다.

"이 배는 세이레네스들의 노랫소리로 움직인단 말이에요!"

"네?!"

"멈췄잖아요! 굴러 들어온 돌이 박힌 돌 뺀다더니 여기에 있는 우리들은 이제 어쩌라는 거예요?!"

음침한 목소리만으로도 충분히 공포스러웠건만 원한에 찬 표정을 짓고 있는 해골이 눈앞에 있다고 생각해 보라.

한스는 괜히 등줄기가 서늘해지는 느낌마저 들었다. 그러나 라이더는 역시 보통 엘프가 아니라는 듯 꿋꿋한 표정을 짓고 있었다.

'엘프는 도대체 심장이 뭘로 만들어져 있는 거야?

아니면 그도 자신처럼 겉으로만 덤덤한 표정을 짓고 있는 것일까?

"그래서 어쩌라고?"

쿨하게 내뱉는 라이더의 말에 그녀는 팔짱을 꼈다.

"조타수도, 부관도, 파수꾼도, 선장조차 없는 배가 어떻게 움직이고 있는 것 같아요?"

"레니가 떠드네— 레니가 떠들어— 일러 버릴 거야! 일러 버릴 거야!"

하피가 정신 사납게 주변을 휘저으며 딸각거리는 소리를 만들어냈다.

"시끄러워. 조용히 해. 나도 다 말할 생각은 없어. 하지만 우린 바다를 건너야 해."

"레니가 변명을 하네— 레니가 변명을 해— 일러 버릴 거야! 일러 버릴 거야!"

마치 수다스런 까마귀를 보는 듯한 기분이 든 한스와 라이더는 살짝 미간을 찡그렸다.

"누가 저 녀석 좀 말려줘."

그녀의 말을 기다리고 있었던 것처럼 세이레네스는 일제히 하피에게 달려들어 그녀의 뼈를 분해하기 시작했다.

"아얏! 이런 게 어딨어! 일러 버릴 거야! 일러 버릴 거야!"

머리만 남은 하피가 시끄럽게 떠들자 세이레네스는 그녀를 상자 속에 집어넣고 뚜껑을 닫아버렸다.

"뭐… 어쨌거나 세이레네스에 대해 아는 건 하나도 없어. 눈에서 사라져 버렸거든."

라이더는 흥미없다는 듯한 표정으로 사라져 버린 세이레네스에 대해 말했다.

"저런!"

그의 말에 그녀는 최대한 안타까운 표정을 지어 보였다.

"어쨌거나 난 모르는 일이야."

"당신들 말고 침입자가 또 있습니까?"

"침입자를 우리가 알겠니, 너희가 알겠니?"

라이더가 특유의 거만한 표정으로 세이렌을 상대하자 세이렌은 그에게서 쓸 만한 정보를 얻을 수 없다고 생각했는지 이내 한스에게로 시선을 돌렸다.

"이 배에 몰래 침입하신 이유가 뭔가요?"

"어이, 누가 몰래 탔다는 거야? 우리야말로 납치당한 거라구!"

라이더의 말에 그녀는 인상을 찡그렸다.

"거짓말하지 말아요! 이 배는 몬스터밖에 타지 못해요! 아니, 이 배는 그 누구도 태우지 않아요!"

"레니가 말했네― 레니가 말했어― 이를 거야! 이를 거야! 레니는 비밀을 떠벌렸어! 레니는 비밀을 떠벌렸어!"

상자에서 날카로운 하피의 목소리가 터져 나왔다. 그녀의 목소리에 레니는 움찔했으나 해골만으로는 표정을 알아볼 수 없는 법이다.

"조용히 해, 티로!"

그녀는 상자를 향해 차가운 목소리로 주의를 주고는 이내 한스에게로 다시 시선을 돌렸다.

"협상해요."

"협상?"

"아직까지는 우리의 목소리로 이 배를 움직일 수 없어요."

그렇게 말하면서도 상당히 자존심 상한다는 듯한 말투였다.

"그래서?"

"당신들이 문제를 일으킨 그 선실에서 노래를 불러주세요."

그녀의 말에 한스와 라이더는 두 눈을 동그랗게 뜨며 반문했다.

"노래를 부르라고?"

"네, 주의해서 부르셔야 할 거예요. 음에 따라 방향이 바뀌니까요."

"노래라니? 싫어!"

완강하게 거절하는 라이더에 비해 한스는 신중한 표정으로 그녀를 바라보았다.

"협상이라면 이쪽에서 유리한 조건도 있겠지요?"

"물론입니다."

"그게 뭡니까?"

"당신들을 쫓아내지 않고 처음 보이는 육지에 내려 드리겠습니다."

"쫓아낼 수 있으면 어디 쫓아내 보시지."

자신만만한 표정으로 그녀를 향해 호기있게 외친 라이더에게 그녀는 가벼운 코웃음을 쳤다.

"당신들은 살아 있는 자들이니 먹지 않으면 살 수 없겠지요? 그러나 우린 먹지 않고도 살아갈 수 있어요."

"언데드니까— 언데드니까—"

노래를 부르듯 티로의 끔찍한 목소리가 날아들었다.

"아니야. 우린 언데드 따위가 아니야."

세이레네스들이 마치 유령들이 속삭이듯 음침하게 술렁거렸다.

"이쑤시개로 드래곤 옆구리 찌르는 소리 하고 있네."

"라이더님!"

굳이 저들을 자극해서 좋을 것이 없는데도 라이더는 계속 그들을 향해 이죽거려 댔다.

"너희가 언데드가 아니면 내가 언데드냐?"

"우린 언데드가 아니야!"

"호오라, 그럼 얘가 언데드구나?"

라이더는 한스를 바라보며 비아냥거렸다.

"라이더님, 그만 하십시오."

"웃기잖아, 쟤들 하는 말이…….."

라이더는 거의 건달에 가까운 포즈로 건들거려 댔다.

"사정을 모르면 가만히 있어요. 당신들은 선택만 하면 되는 거예요. 이 배에서 굶어 죽어 언데드가 될 것인지 그렇지 않으면 육지에 도착해 무사히 이 배에서 내릴 것인지……."

"우리가 육지에서 내리고 나면 당신들은 어떻게 되는 겁니까?"

"어떻게 되다니요?"

"당신들의 노래로는 배가 움직이지 않는다고 했는데… 저희가 이 배에서 내린다면 배는 또다시 멈출 텐데 설마 사람들을 잡아가겠다는 소리는 아니시겠죠?"

"사람 같은 걸 잡아서 어디다 쓰게?"

"맞아요. 사람 같은 거 잡아봤자 시끄럽거나 하고 골치 아픈 일만 생기죠."

라이더와 레니가 처음으로 마음이 맞은 듯 서로를 바라보자 한스는 '그래, 둘이서 잘 먹고 잘살아라. 너희는 인간 아니라 이거지?' 하는 표정으로 그들을 노려보았다.

"흠! 그럼 어떻게 하시겠다는 겁니까?"

"걱정하실 필요 없어요. 제가 알아서 할 테니까요."

"알아서라……."

"다른 종족들에게 피해를 주는 일은 없을 테니까 그렇게 겁먹으실 필요는 없습니다. 저희는 단지 배 안에 있을 뿐이니까요."

그녀는 어깨를 으쓱거리며 한스를 향해 생긋 미소를 지었다.

"엘프들은 타고난 음유 시인이라지요? 그런 라이더님의 노래를 듣게 되다니 이거 영광인걸요."

은근슬쩍 라이더에게 떠넘기려는 한스에게 라이더는 두 손을 내저었다.

"난 아는 노래가 없다구. 한스, 너 아까 잘 부르더니 왜 그래?"

"아무렴. 엘프에 비할까 봐서요?"

"관객이 없어서 흥이 나지 않으시는 거라면 저희가 있으니 함께 가도록 하죠."

그녀의 말이 끝나기가 무섭게 상자에서 '쿵쿵' 거리는 소리가 울려 퍼졌다.

"티로도 데려가! 티로도 데려가!"

"풀어줘."

레니의 말에 세이레네스들은 불만스런 목소리로 하피의 머리를 꺼내 들었다.

"그럼 티로가 안내해 줄게."

어느새 떨어졌던 뼈를 다 이어 붙인 하피가 덜컥 소리를 내며 밖으로 나가자 한스와 라이더는 가볍게 한숨을 내쉬었다.

"자, 이제 아무거나 불러봐요."

세이레네스는 그들을 가운데에 두고 원을 그리며 빙 둘러앉았다.

"노래는 정말 아는 게 없다니까."

그답지 않게 얼굴까지 빨개져서 손을 내젓는 라이더를 보며 한스는 생긋 미소를 지었다.

"'깊은 숲 속 엘프' 같은 동요도 괜찮은데……."

"그럼 네가 불러봐. 내가 따라 부를게."

라이더의 말에 한스는 여전히 사람 좋아 보이는 미소를 지으며 팔짱을 꼈다. 그리고는 율동을 보여주려는 듯 무릎을 구브렸다 폈다를 반복하더니 두 손으로 산 모양을 만들었다.

깊은 숲 속 옹달샘 누가 와서 먹나요?
깊은 숲 속 옹달샘 누가 와서 먹나요?
새벽에 엘프가 눈 비비고 일어나~
세수하러 왔다가 물만 먹고 가지요~

물을 마시는 액션까지 취하는 한스를 향해 세이레네스는 배를 잡고 키득키득거렸다. 라이더는 어이없는 표정을 지으면서도 순진하게 그를 따라 허리에 손을 얹었다.

"티로도 할래! 티로도 할래!"

…만약 그녀의 목소리가 그녀의 말투만큼이라도 귀여웠다면—이건 꼭 좀비가 신음하는 목소리보다 더 음침하다—하다못해 살이라도 좀 붙어 있었다면 봐줄 만했겠지만—살? 해골에 살이 붙어 있으면 그게 고기지 해골이겠는가?—이건 꼭 엽기 쇼를 보는 것 같은 기분이었다. 붉은 장발의 화려한 라이더와 스켈레톤 하피 티로의 듀엣 팀이라니…….

그것도 깜찍한 동요 '깊은 숲 속 엘프'라는 곡이다.

깊은 숲 속 옹달샘~ 누가 와서어~ 먹나요~오?
깊은 숲 속 옹달샘~ 누가 와서어~ 먹나요~오?
새벽에~ 엘프~가아~ 눈 비비고~ 일어나아~
세수하러 왔다가아~ 물만 먹고 가지요오~

…시작은 분명히 동요일진대 끝은 트로트다. 꺾어지는 절묘한 타이밍.

"우워어어ㅡ"

"까아아ㅡ"

여기저기에서 비명 소리가 울려 퍼지고 누구라고 할 것도 없이 모두 쓰러져 이리저리 선실 바닥을 몇 바퀴째 떼굴떼굴 구르고서야 배는 다시 잠잠해졌다.

"야, 이건 내 거야, 저게 네 거잖아."

"아니야! 내 뼈는 이런 통뼈가 아니라구."

"뼈면 다 같은 뼈지 그런 것도 주인이 있냐?"

한바탕 자신의 뼈를 찾기 위해 세이레네스가 난리를 피워대자 한스는 온몸의 통증을 참아내며 한쪽으로 물러섰다. 배가 완전히 멈춰 버린 듯하자 머쓱해진 라이더는 실프를 불러 갑판 위를 살펴보고 오라고 했다. 한스는 품에서 지도를 꺼내 라이더에게 펴 보이며 자신이 직접 확인하는 것이 좋겠다고 그를 선실에서 쫓아냈다.

음치 수준을 넘어선 것이다.

트로트 마스터!

한스는 고개를 절레절레 흔들며 라이더를 향해 한숨을 내쉬었다.

"엘프가 맞긴 맞는 거죠?"

"아마도……."

"거기서 방향이 어긋나면 알려주세요."

벌써 툴툴거리며 저만치 멀어져 간 라이더의 뒤통수에 대고 소리친 한스는 또다시 새로운 노래를 불러야만 했다.

"무엇이~ 무엇이~ 똑같을까?"

크르르룽?

라드니르는 지금 상황이 이해가 가지 않는다는 듯 주변을 두리번거렸다.

자신을 집어삼킨 이상한 생물체도, 그리고 자신에게 알 수 없는 공포감을 심어준 작은 소녀도 사라지고 없었다.

크르룽! 크룽!

아무것도 없는 휑한 사막에서 주변을 두리번거리던 검은 소 라드니르는 일단 저승계로 돌아갔다.

"축하합니다, 백작님. 당신은 이제 자유의 몸입니다."

데우투스는 생긋 미소를 지으며 라드니르에게 가볍게 목례했다.

"확실히 그 소녀들은 보통내기가 아니었어요. 앞으로 자주 볼 수 있다면 좋겠는데……."

크르룽?

이게 어떻게 된 일이냐고 묻는 듯한 라드니르에게 그는 차근차근 자초지종을 설명하기 시작했다. 덕분에 기절한 자신이 위에 있는 동안 이승계로 연결시켜 놓은 마법진을 통해 몇몇의 마물들이 나가는 것을 그냥 내버려 뒀다는 데우투스의 설명에서는 아무리 무심한 그라도 살짝 미간을 찌푸릴 수밖에 없었다.

소녀들이 자신에게 좋은 일을 해주고도 손해를 본다면 죽은 자의 백작 비프론즈의 명예가 훼손되는 일이라고 생각했던 것이다.

어쨌거나 뮤가 자신을 삼켰다는 것은 기억나지만 그 뒤의 일은 전혀 기억이 나지 않는 라드니르에 비해 함께 삼켜졌던 '그녀'는 무엇을 본 건지 커다란 충격을 받고 아직도 자리에서 일어나지 못하고 있다고 했다.

"그런데… 라드니르 백작님처럼 대단하신 분이 어째서 한낱 인간 따위를 겁내시는 겁니까?"

으르렁!

건방진 소리 하지 말라는 듯 낮게 으르렁거리는 그에게 데우투스는 악의없는 미소를 지으며 두 손을 내저었다.

"언짢게 해드릴 생각은 아니었습니다만 만약 언짢으셨다면 용서하십시오."

…….

침묵으로 대답을 대신한 라드니르는 그를 무시하듯 콧김을 내뿜고는 다시 마법진 안으로 발을 내디뎠다.

"어디 가시는 겁니까?"

크르르릉!

"은혜 갚은 소 이야기라도 만드시려는 겁니까?"

크르릉.

그는 '은혜 갚으러 간다'는 한마디만 남기고는 데우투스 따위에게는 관심도 없다는 듯 훌쩍 사라져 버렸다.

160㎝도 채 안 될 것 같은… 키 작고 까무잡잡한 피부에 자기 얼굴만큼이나 동그란 안경을 끼고 있는 단발머리의 소녀.

그녀와는 그때를 제외하고는 단 한 번도 만나본 적이 없었다.

적어도 자신이 기억하는 한은 말이다.

그러나 그 익숙함……

아주아주 낯익은 공포는 어디서 오는 것이란 말인가?

그녀의 '두려워하지 마. 예정이 바뀌긴 했지만 넌 하던 대로만 하면 되는 거야'라는 말은 무슨 뜻이었을까?

크르르릉.

지금의 라드니르에게 가장 중요한 것은 데우투스로부터 자신을 해방시켜 준 그녀에게 은혜를 갚는 것이다.

복수는 성심성의껏 힘이 닿는 데까지, 아니, 힘이 닿지 않는다면 도움을 청해서라도 해야 하는 것이고—복수의 대상이 자신에게 '제발 죽여주세요'라고 애원하게 만드는 것은 생각만 해도 마음 한구석이 뿌듯해져 온다는 종족이 이들이다—은혜를 갚는 것은 그 은혜의 두 배만 갚아주는 것이다(야박하다고 생각할 것 없다. 그 은혜가 얼마나 대단한 것인지 판단하는 것은 순전히 자신의 감정 상태에 있는 것이니 말로 다 할 수 없는 은혜를 입었다고 생각하면 자신의 존재가 사라질 때까지 봉사하는 것이 이들이니까 말이다).

설아에게 은혜를 갚기 위해 일단 그녀의 일행이 되기를 청할 것이고 그러려면 그전에 그녀를 찾아야 한다.

크릉, 크르릉?

그의 울음소리에 반응하듯 워프 게이트가 만들어지자 그는 만족스러운 표정으로 그곳으로 들어갔다. 게이트 밖으로 나오자 그녀의 실루엣이 보였고 라드니르는 행여 그녀를 놓칠까 싶어 빠른 속도로 그녀를 향해 돌진했다.

크릉! 크르르르릉!

숨이 넘어갈 듯이 그녀를 향해 뭐라고 말을 거는 라드니르.

"너, 라드니르?"

크릉! 크르릉!

맞다는 듯 연신 고개를 끄덕이는 그에게 설아는 의아한 표정을 지었다.

"네가 여기 왜 있는 거야?"

크르릉! 크릉!

"어이! 말을 해, 말을! 내가 소냐?"

그녀의 말에 그는 답답하다는 듯 미간을 찡그리며 턱으로 설아를 가리키더니 바닥으로 납작 엎드렸다.

"타라는 거니?"

크르르릉.

고개를 끄덕이는 라드니르를 보며 설아는 고개를 절레절레 흔들었다.

"안 돼. 네가 무슨 생각을 하려고 하는지 알 것 같아."

크릉?

"너 말이지, 내가 널 구해줘서 날 은인으로 생각하고 은근슬쩍 따라다니다 은혜 갚는답시고 눌러붙으려나 본데 어림도 없어."

크르릉?

"야, 넌 날 따라다니면 안 돼! 아크레를 따라다녀야지."

답답하다는 듯 자신의 가슴을 툭툭 치던 설아는 라드니르를 한번 노려보고는 그대로 그를 무시한 채 앞으로 걸어나갔다. 라드니르는 당연하다는 듯 그녀의 뒤를 따랐다.

"야, 따라오지 마!"

눈에 힘주어 라드니르를 노려보던 설아는 갑자기 우뚝 멈춰 서더니 목소리를 낮게 깔았다.

크르릉?

마치 내가 언제 그랬냐는 듯한 표정으로 딴청을 부리는 라드니르를 다시 한 번 더 흘겨본 설아는 땀을 닦아내며 천천히 앞으로 걸어나갔다.

터벅터벅.

터벅터벅.

그녀는 자신을 쫓아다니는 발소리를 의식하며 재빨리 달리기 시작했다.

그러나… 숨 쉬기 운동을 제외한 모든 운동과 담을 쌓은 그녀가 달려봤자 얼마나 달리겠는가.

결국 얼마 가지 못해 잔기침과 함께 그 자리에 털썩 주저앉으며 마치 좀비 같은 포즈를 취했다.

크르릉?

걱정스러운 표정으로 그녀를 바라보던 라드니르는 축축한 코끝을 그녀의 얼굴에 들이밀며 킁킁킁 냄새를 맡기 시작했다.

"무슨 짓이야!"

설아는 그의 얼굴을 멀찌감치 밀어내고는 가쁜 숨을 고르며 겨우 자리에서 일어났다.

"내가 아무리 내 캐릭터 중 널 제일 예뻐한다지만 넌 네가 할 일만 잘하면 된다구. 괜히 이 주변에서 얼씬거리다 너마저 예상외로 움직인다면 난 아마 기절해 버릴 거야."

그러나 라드니르는 그녀의 말을 무시하듯 또 한 번 크르릉거리다가 이내 자신의 뿔로 그녀를 쿡쿡 찔러댔다.

크르릉.

"…난 소가 아니야. 못 알아듣는다니까."

크르릉.

라드니르는 뿔로 그녀를 들어 올리며 자신의 등으로 가볍게 그녀를 옮겨 태웠다.

그리고는 계속 그녀가 가던 방향으로 걸어나갔다.

"너, 길이나 알고 이러는 거냐?"

크르릉, 크르릉!

"도대체 뭐라고 그러는 건지……."

설아는 이제 자신도 모르겠다는 표정으로 한숨을 내쉬었다.

이야기는 엉망이 되었지만 끝나지 않았다는 것.

프로그램 속에 혼자 남은 설아를 구하기 위해 잠입에 성공한 석진.

유이를 찾기 위해 배를 움직이고 있는 라이더와 한스.

그리고 숲으로 돌아가기 위한 레번과 유이의 비교적 순조로운 출발.

이들의 행운은 과연 어디까지 갈 수 있을지…….

많은 사건들이 지나가고 있음에도 불구하고 설아의 이야기는 이제 막 시작되고 있을 뿐이었다.

외전

제일 소중하다는 것은…

이것은 자랑 같지만, 그리고 사실은 자랑이지만 난 잘하는 것이 아주 많다. 스포츠도 운동 신경이 제법 있는 편이라 다른 사람들보다 움직임이 좋다고들 하고 스스로도 꽤 스포츠를 즐긴다. 성적도 상위권이고 대인 관계도 좋은 편이다.

그 밖에도 여러 가지로 눈에 띄는 편이지만 특히 내 키는 웬만한 남자보다 큰 편이다. 그다지 오랜 세월을 살아온 것은 아니지만 사춘기를 지나고부터는 다행히도 누군가를 보기 위해 고개를 번쩍 치켜들어야 하는 일은 없었다. 재작년에 쟀던 내 키가 175㎝.

정확하지는 않지만 그 뒤 대책없이 더 커져 버렸다. 180㎝만 넘어가지 않기를 바라며 키 재는 것을 그만두었지만 어쩌면 180㎝가 넘어갈지도 모르겠다. 마치 콩나물이 자라듯 쑥쑥 크고 있는 내 키는 눈에 띄고 싶지 않아도 눈에 띌 수밖에 없다.

성격도 좋은 편이라고 생각한다. 서글서글하고 붙임성도 좋다. 위로 한 살 차이 나는 오빠와 두 살 차이 나는 남동생 틈에서 서바이벌을 벌이며 자라온 탓인 것 같다.

외모도 그렇게 빠지는 편은 아니라고 생각한다. 구체적으로 말하면 남들이 종종 남자로 착각할 만큼 중성적이다. 그래도 빠지지 않는 외모라고 생각하게 된 것은 날 남자로 착각한 여자애들이 러브레터를 보낸다거나 이웃집 아주머니의 '옆집 둘째 아들 참 잘생겼어. 보면 볼수록 곱상하니 딱 여자애처럼 보인다니까' 라는 말들이 한몫 톡톡히 작용하고 있는지도 모르겠다.

내 동생 역시 나를 형 보듯 보고 있었고 오빠 역시 나를 남동생과 똑같이 대하고 있는 걸로 봐선 여동생에 대한 개념이 별로 없는 건지도 모르겠다. 하긴 수북하게 쌓여 있는 먼지를 보고도 청소하기 싫어서 뒹굴뒹굴거린다거나 배고프다고 밥솥째로 고추장 슥슥 비벼 먹어대는 나를 보며 예쁘게 꾸며 입고 오빠와 식사할 때마다 2/3 정도의 음식을 남기고도 배불러 못 먹겠다는 여자 친구와 동등하게 생각해 달라는 것은 역시… 무리일지도 모른다. 어쨌거나 그런 것들에 대해 딱히 불만이 있다거나 하진 않았다.

뭐, 그렇게 따지자면 나나 남 형제들이나 거기서 거기다. 어릴 때부터 난 남자들에 대한 환상 같은 건 가지고 있지도 않았다. 아니, 가질 래야 가질 수도 없었다.

여름철이면 어김없이 찾아오는 일상… 사각 팬티와 런닝 차림으로 배 북북 긁어가며 '빈아, 배고프다. 라면 좀 끓여라' 라고 말하는 오빠와 데이트를 위해 머리부터 발끝까지 말끔한 모습으로 신경 쓰고 나가는 오빠가 동일 인물이라는 것도 그렇고 생긴 것은 정말 터프하게 생겨선 바퀴벌레 나온다고 잡아달라던 동생…….

우리 남매들은 이미 이성의 실체에 대해 너무 많은 것을 알아버린 것이다. 누구를 원망하겠는가? 이것이 현실인 것을(뭐, 오빠는 동생들을 많이 위해주고 양보도 잘해주는 착한 오빠인데다가 내 동생도 나름대로 귀염성 있는 녀석인지라 말은 저렇게 해도 나는 우리 남매들을 자랑스럽게 생각한다).

예능 계열에도 난 그럭저럭 재능있다는 소리를 듣는 편이다. 그림도 어느 정도 그리는 편이고 내가 쓴 글로 몇 번인가 상도 받았었다.

이런 말들을 쭉 늘어놓다 보면 '그래, 너 잘났다' 소리를 들을 것 같아 그만두겠지만 난 기본적으로 나 스스로에 대한 자신감을 가지고 있다. 그리고 가능한 자신감을 가지려 노력하고 있다. 흔한 말로 자신을 사랑하는 사람이 남도 사랑할 수 있다는 말처럼 자신에게 자신이 있어야 남 앞에서도 당당할 수 있다는 말을 믿는 것이다.

이렇듯 스스로가 생각해도 상당히 괜찮은 녀석임에도 불구하고 나에게 치명적인 단점이 있다면 그것은 생각나는 대로 그 자리에서 말해버리는 직설적인 말투다.

말해 놓고 '아차' 하는 거다. 더군다나 그렇게 사고를 치고 나서 상대방에게 사과하는 타이밍을 놓쳐 버리기라도 하는 날에는 상황이 더욱더 꼬이기 시작하면서 최악으로 몰리기도 한다. 그나마 다행인 것은 나나 내 주변의 사람들이나 다들 뒷탈이 없는 성격이라 그때 다툰 것은 그때그때 풀어버린다는 것이다.

나의 이런 단점에 대해서는 충분히 자각하고 있고 또 고치려고 나름대로 신경도 많이 쓰고는 있지만 신경 쓴다고 쉽게 고쳐진다면 그것이 어디 단점이겠는가?

내가 하고 싶어하는 일은 편집 계통의 일이다.

내가 다니고 있는 이 아다마스라는 학교는 전문화 계열의 학교라 일단 한 번 과를 정하고 나면 아주 기초적인 과목들을 제외하고는 오로지 원하는 계통의 수업만 받는다.

양다리란 있을 수 없는 일이지만 기자 지망생은 어느 정도 양다리가 가능했다.

기자라고 해서 다 같은 기자가 아니기에 기자 양성반은 1년이 지나면 세부적으로 나뉘게 된다. 인터넷 북도 책처럼 원고를 받아 편집하는 일과 작가를 관리하는 일 등은―원고 마감에 관련된 것과 접대 등―같지만 인터넷 전자 북 같은 경우 이미 화면에 사운드도 갖춘 일종의 영화 같은 성격이 강했다. 즉, 작업하는 프로그램이 전혀 다르다는 것이다.

학교에서 가르치는 것은 바로 이런 부분이다. 사람을 상대하는 것부터 프로그램을 능숙하게 다루는 법, 그리고 홍보나 마케팅에 관한 것도 어느 정도는 배우게 된다.

뭐라고 할까……. 나 같은 경우는 인터넷 전자 북보다는 책을 선호하는 편이다. 책장 한 장 한 장 넘길 때마다 참을 수 없는 긴장감과 호기심, 무엇보다 읽.고. 있.다.는 느낌이 강하게 드는 것이 좋다. 책은 인류 역사상 가장 보편적인 유물이면서 현재에도 쓰이고 있고 미래에도 쓰이게 될 유산이다. 부모님께선 보다 유망 직종인 인터넷 전자 북 계열 쪽으로 일하길 바라지만 인터넷 전자 북은… 내 취향과 맞지 않다. 차라리 대형 스크린과 오감을 자극시키는 영화관에서의 영화 감상 쪽이 낫다.

이야기라는 것은 보여지기 위한 것과 읽혀지기 위한 것이 있는 법이다.

book이라는 것은, 책이라는 것은 읽혀지기 위한 것이라고 생각한다.

재미도 재미지만 적어도 하나의 이야기가 끝나고 '아, 이거다!' 하고 남는 것이 있어야 '내가 좋은 책을 읽었구나' 라고 생각하게 된다. 그러나 인터넷 전자 북은 단순히 즐기고자 하는 목적으로 만들어지는 것이다 보니 묘하게 신경에 거슬리는 부분이 많다. 특히 클라이맥스로 넘어가는 부분에서 나오는 3D 입체 영상이라든가 음악들이 매 순간마다 감정 이입을 방해한다. 난 그런 것들을 참아내지 못하고 언제나 전원을 꺼버리고 만다.

사실 책이라는 존재와 친숙해진 것이 고 서점가를 돌아다니면서부터였다. 책에서 풍겨 나오는 생소한 향기와 생소한 감촉은 그 한 권을 다 읽고 나면 어느새 내 손에 딱 맞는 듯한 익숙함이 찾아왔다. 퀴퀴하게 느껴지던 낡은 책의 향기는 마음에 들지 않았지만 그것마저도 익숙해지면 향기고 냄새고 아무것도 느껴지지 않는다.

내가 좋아하는 이야기는 SF나 역사 소설 같은 거지만 판타지도 꽤 좋아한다.

사실 판타지에 대한 선입견이 있던 나는 판타지도 무예 판타지만 읽거나 무협들만 줄기차게 읽어댔다. 현실적이지 않은 이야기들이라 해도 무협 쪽의 이야기들은 한 자라도 건진다는 명분이 있었고 솔직히 재미있었다. 읽다 보면 머리 속에서 자연스럽게 그려지는 영상들이라니……

그렇지만 판타지는 가볍다라는 생각이 강했다. 분명히 나도 그런 때가 있었다.

설아 그 자식이 내밀었던 '데이야 전기' 나 하다못해 '드워프' 만 읽지 않았어도… 그것들만 읽지 않았더라면 난 아마 판타지가 가벼운 것만 있는 줄 알았을 것이다. 그래, 그 빌어먹을 자식 때문이다.

"설아야, 뭐 해?"

설아의 집은 어린 시절부터 고 서점을 해왔기 때문에 설아는 늘상 책과 함께였다. 게다가 그녀의 집중력은—먹을 때와 읽을 때와 같은 특정한 경우에 한해서 가끔—놀라워 옆에서 불러도 모를 정도였다.

"흠흠, 손님이 왔는데 이 집은 쳐다보지도 않는군."

장난기가 발동한 나는 발을 까딱까딱거리며 주변의 책을 만지작거렸다.

"어, 어서 가세요."

꾸벅 인사하는 설아를 향해 나는 어이없는 미소를 지었다.

"어딜 가라고?"

"에? 뭐야? 너였어?"

설아는 읽고 있던 페이지에 클립처럼 되어 있는 가로로 된 책갈피를 끼워 넣고는 살짝 미간을 찡그렸다.

"책 읽을 때 방해하는 녀석은 데이트할 때 훼방놓아도 할 말 없겠지?"

안경을 치켜 올리며 그녀다운 반응을 보이고 있는 설아에게 나는 생긋 미소를 지었다.

"어이, 나는 손님이라구."

"호오, 그렇다는 것은 돈 내고 책을 사겠다는 말인데?"

어쩐지 눈이 반짝이는 듯한 건 나만의 착각인 걸까?

"물건을 안 사면 손님이 아닌 거야?"

"그럼 팔 거라도 있어?"

"그건 아니지만……."

"쯧쯧, 그럼 넌 단순한 훼방꾼인 거지. 가게에 들어오면 누구나 손님이지만 넌 내 친구잖아. 놀려고 찾아온 거 아니야? 이 몸은 가게를 보느라 바쁘신 몸이라구."

마치 어린애랑 놀아줄 시간 없다, 혹은 애들은 가라, 애들은 가라 하는 분위기인지라 나는 슬그머니 오기가 치솟았다.

"참고로 우리 집에는 비교적 신간 서적들도 있으니까 싼 건 50만원부터 시작해."

오기만… 치솟았다.

"쳇! 그런데 오늘은 뭐가 많네?"

"응, 얼마 전에 새로운 고서들이 들어와서 읽어보는 중이야."

갈색의 딱딱한 하드 커버의 책은 주인이 얼마나 아꼈던 책인지 한눈에 들어올 만큼 깨끗했다. 물론 여러 번 읽었는지 책 사이에 손때가 묻긴 했지만 손상된 곳은 없었던 것이다.

"그런데 설아야, 그거 그렇게 읽고 있어도 되는 거야?"

"뭐가?"

"네가 손에 들고 있는 그 책, 그렇게 읽어봐도 되는 거냐구."

"책은 읽혀지기 위해 있는 거야."

"그래, 그거야 알지만 지금 네가 들고 있는 책은 진열해 둬야 하는 거 아니야? 많이 찾을 것 같은데……."

"응? '드워프' 말하는 거야? 아아… 이건 내 책이니까 걱정할 필요없어. 알바 비 대신이니까. 그러고 보면 우리 부모님 정말 짜지?"

"매일?"

"주말만……."

"하루 종일?"

"아니, 파트 타임. 한 시간 정도 남았으니까 조금만 기다려. 아, 그동안 이거라도 볼래?"

설아가 내민 것은 '데이아 전기'라는 책이었다. 겉보기에도 어두운 색 표지는 그다지 관심이 가지 않았던 판타지 소설이라는 것을 짐작하게 해주었다.

"이거 말고 다른 건 없냐?"

설아는 잠시 고개를 갸웃거리더니 생긋 미소를 지었다.

"손님, 어떤 종류의 책을 찾으시나요?"

"판타지 같은 거 말고 좀 더 이 몸의 수준에 맞는 거 말이야. 고상하면서 우아하고 많은 사람들이 읽는 그런 책."

반쯤은 농담으로 한 소리였지만 어느새 그녀의 표정에서는 미소가 사라져 버렸다.

"잠시만 기다려 주십시오."

등을 돌려 안쪽으로 들어가는 설아의 뒤통수에 대고 '농담이었어! 그냥 해본 소리야' 라고 외칠 분위기가 아닌지라 '이거 잘못하다간 오늘 고서 사서 돌아가겠군' 이라고 생각하며 주머니를 뒤적거렸다. 현금 카드에 표시되어 있는 금액은 총 5만원.

여기… 할부도 되던가?

"손님, 이건 어떠십니까?"

"이건… 뭐냐?"

설아가 꺼내온 것은 저 두툼한 '드워프' 라는 책보다 세 배는 더 두꺼워 보이는 책이었다.

"어머, 손님, 경전도 모르시는 겁니까?"

경전이라면… 설마……?

나는 책을 펼치며 나도 모르게 '헉' 하는 신음 소리를 지르고 말았다. 한자다! 한글 한 자 섞이지 않은 순수한 한자 100%의 두통을 불러 일으키는 책이었다.

"장난치는 거냐?"

"고상하며 우아한 책으로 성경이나 경전같이 많이 나가는 책이 어디에 있겠어요?"

그녀의 말에 나는 살짝 눈에 힘을 주었다.

"괜히 시비 거는 거라면 난 간다."

"너 '드워프' 랑 '데이아 전기' 읽어봤어?"

뜬금없이 무슨 소리를 하는 건지 모르겠지만 판타지라면 관심없다고 대답하려던 차에 설아가 뭐라고 대답할 틈을 주지 않고 자신의 말을 이어 나갔다.

"너, 판타지 얼마나 읽어봤어? J 씨, L 씨, K 씨 소설들, 한 번이라도 읽어봤니?"

"내가 왜 이런 걸로 너랑 다퉈야 하지?"

"그건 네가 내가 하고 싶어하는 일을 싸.잡.아.서. '판타지 같은 거'라고 했기 때문이야. 판타지 같은 거라는 게 무슨 뜻이야?"

"수준 낮다는 의미지. 맨날 싸우고, 현실성없고, 피 터지고, 쓸데없이 웃기려고 오버하고… 내 말 틀렸어?"

"네가 본 소설이 그랬다고 싸잡아서 매도하니? 너는 길거리에서 김씨 성을 가진 사람이 너한테 돌 던지면 김씨는 전부 쳐 죽일 놈이겠네?"

"그거랑 이거랑 같냐?"

"뭐가 다른데? 내가 역사 소설 한번 제대로 읽지도 않고 역사 소설은 역사 왜곡이나 해대는 빌어먹을 소설이라고 하면 기분 좋냐?"

"하, 웃기지 마. 판타지 보면 뭐가 남는데? 역사 소설은 읽으면 건질 거라도 많지, 판타지는 뭐가 남는데? 재미만 추구하는 것들이라면 인터넷 전자 북만 보면 돼. 그 책들 굳이 사서 방에 모셔둘 필요는 없잖아."

"누가 그래? 판타지가 재미만을 추구한다고 누가 그래?"

"대부분의 판타지가 재미만을 추구한다고 사람들 다 떠들고 다니는데 너만 몰랐니? 그렇겠지. 그렇게 오래된 책만 보고 판타지가 훌륭하다고 하니까 현재는 눈에 보이지도 않지? 그래, 내가 백 번 양보해서 판타지에서도 뭐가 남는다고 치자. 그래 봐야 재미 위주의 소설이라는 건 변하지 않아."

"좋아, 좋다고. 내가 백 번 양보해서 판타지가 재미 위주의 소설이라고 치자. 그게 어때서? 재미없는 소설보다 낫지 않아? 정말 딱 까놓고 말해서 너 역사 소설이나 SF 소설이나, 아니아니, 네가 읽는 책들, 재미없으면 읽기나 해?"

"응."

"까놓고 말하자니까. 읽어?"

"시간 많으면……."

설아는 '호오, 정말?' 하는 표정으로 나를 보긴 했지만 그걸로 꼬투리 잡지는 않았다. 다시 경전을 들고 안으로 들어가면서 그녀는 계속 내 말에 토를 달았다.

"내가 고전을 좋아하는 이유는 어떤 이야기든 처음 시작된 것들은 늘 놀랍도록 잘 쓰여져 있어서야. 판타지 역시 그래. 너, 그 드워프가 언제 적 작품인지 아니?"

"글쎄……?"

"1900년이야. 그것도 대략. 더 오래됐을 수도 있지."

"에엑?! 진짜 고서잖아?! 이 책이 그렇게나 오랫동안 버티고도 아직도 망가지지 않은 거야?"

"…너 바보냐? 우리 부모님께서 그런 걸 나한테 주실 리가 있겠어?

그건 당연히 개정판이라구. 오래되긴 했지만 그렇게까지 오래된 건 아니야. 책 뒤나 앞에 봐. 날짜가 있을 테니까."

"2537년 3월 20일? 에엑?! 세상에 몇백 년이 넘어간 저 시대에도 이 책이 읽혀졌다는 거야?"

"그보다 오래된 지금도 읽혀지고 있잖아. 우리 집에 있는 책들은 마니아들이 보면 침을 질질 흘리며 달려들겠지만 요즘에도 이 책 꾸준히 나오고 있고 그만큼 나가고 있어."

"헤에, 재밌겠는걸."

안에서 정리를 끝냈는지 다시 밖으로 나온 설아는 내가 흥미로운 표정으로 책을 집어 들기가 무섭게 내 손에서 책을 낚아채 버렸다.

"판타지야."

"응?"

"이건 네가 무시하고 있는 판타지라고."

"치사하긴……."

나는 손을 탁탁 털며 다른 책들로 눈을 돌렸고 설아의 말은 계속 이어져 나갔다.

"현재의 소설이 과거보다 재미를 추구하고 있는 것 같진 않아. 로미오와 줄리엣도 오랜 시간을 거쳐 주옥 같은 고전으로 불리고 있지만 그 시대에는 그저 유행하던 소설 중 하나라고. 소설이 유행을 타려면 일단 필수적으로 재미있어야 해. 이러니저러니 해도 난 재미없는 책은 시험 칠 때 빼고는 절대로 읽지 않는다구. 넌 어떤지 몰라도 말이야."

생긋 미소를 짓는 그녀에게 나는 건성으로 책을 하나 빼 들고는 무뚝뚝하게 대답했다.

"이렇게 재미를 추구하게 된 게 독자 탓이라는 거니?"

"절반 정도는……."

"관대하네. 절반이라니……."

비꼬는 내 말을 진심이라고 생각한 건지 그녀는 살짝 미소를 지었다.

"뭐, 독자는 다수니까. 책임을 많이 떠넘겨 봤자 변하지 않는다…라는 게 건방진 내 생각이거든."

"나머지는?"

"반은 작가 탓, 절반은 출판사 탓."

"어째서? 좋은 책을 써봐야 나오지 못하면 읽혀지지 못하잖아. 출판사가 반 아니야?"

"출판사는 땅 파서 먹고 사냐? 출판사는 학교가 아니야. 기업이지. 기업은 이윤 추구라는 거 초등학교 때도 배우지 않니?"

"시끄러워. 그래서?"

"회사가 유지되려면 돈을 벌어야 하고 그러려면 팔리는 소설을 찍어야 한다고. 비 인기류의 철학책도 찍어내기는 하지만 숫자가 적잖아."

"하긴 그 계통으로 공부하는 사람들이나 많이 읽지 진짜 전문적인 철학책은 잘 읽지도 않더라. 으음… 그럼 작가 탓은?"

설아는 일단 늘어지게 기지개를 켜더니 테이블 아래에 있던 스위치를 누르고는 한숨을 내쉬었다. 센서가 달린 청소기는 ON 램프에 불이 들어오더니 저 혼자 청소를 시작했다.

"뭐… 재미만 추구하는 책이야 많지. 판타지가 아니더라도… 어느 장르에서든 꼭 있어. 그건 작가가 의도해서 그렇게 된 것도 있고 아르바이트 정도로 생각하고 그냥 기만을 위한 글을 쓰니까 그렇게 된 것도 있을 거고… 사정이야 많겠지."

"아르바이트라… 작가라는 게 아르바이트 개념으로 할 수 있는 일

이던가?'

　나의 질문에 설아는 씁쓸한 표정을 지었다. 이런이런, 난 잠시 그녀가 작가 지망생이라는 것을 잊고 있었나 보다.

　"작가는 고정 수입이 없으니까 안정적인 생계 유지를 위해 다른 직업을 가진다는 것은 슬픈 현실이지만… 여하튼 현실이지. 그렇지만 그저 전혀 생각없다가 제의해 오니까 특별한 경험이라고 생각해서 책을 내는 것은 하지 않았으면 좋겠어. 그냥 능력없는 작가 지망생인 내가 뼈 빠지게 쓴 글은 쓰레기통에서 뒹구는데 누구는 재미 삼아 심심한데 알바나 해볼까 하고 책을 낸다는 건 억울하거든. 너무 만만하게 생각하고 있는 것 같고……."

　"잘 쓰니까 출판사에서 제의한 거 아니야? 물론 글만 잘 쓴다고 작가가 된다면 넌 심사가 꼬이겠지만 독자나 출판사는 어느 정도 만족하지 않겠어?'

　"그러니까 뒤틀리고 못된 내 심보라는 거야. 작가 지망생으로서의… 최소한의 자신의 글에 대한 책임을 질 줄 아는 사람들이 '저 작가가 아닙니다. 다양한 경험 중 하나일 뿐이지요' 라고 하면 있지… 그 재능은 나한테나 줄 것이지라고 질투하게 되지만 결국 작가라고 인정하게 되거든. 그런데 공공연하게 알바라고 떠들고 다니는 작가들도 있어. 그 사람들은 작가가 아니야… 라고 나 혼자 생각하면 뭐 하냐고. 아아, 허탈해. 누구는 하고 싶어서 이 난리인데……."

　설아는 흘깃 청소기가 잘 작동하는지 살펴보더니 또다시 말을 이었다.

　"진짜 농담하는 거 아니라 나도 예전에는 내가 쓰고 싶은 글은 순수 문학 계통인 줄 알았거든. 그런데 저 '드워프' 가 내 코를 꿰어버린 거야."

　"응?"

"내가 제일 처음 읽은 판타지가 '드워프' 였거든. 감동했다는 거 아니야. 이런 세계가 있구나. 이렇게까지 상상력을 발휘해서 그 세계로 데려가 주는 소설도 있구나' 하고……."

"그건 현실 도피잖아."

"글쎄… 꼭 그렇지도 않아. 뭐… 현실 도피라면 그것도 나름대로 괜찮겠지. 결국은 괴로운 현실을 잠시나마 잊게 해주는 거잖아."

─어서 오세요. 소설과 안내, 그리고 계산은 1층에서, 전문 서적은 2층…….

상냥한 여인의 목소리가 손님이 왔음을 알리자 곧 '1층입니다' 라는 소리와 함께 문이 열렸다. 설아는 최대한 상냥한 미소를 지으며 우아한 중년의 금발 여성을 바라보았다.

─어서 오세요. 무엇을 도와드릴까요?

그녀의 목소리는 언어 번역기를 통해 영어로 변환되었고 중년부인의 목소리 역시 언어 번역기를 통해 한국어로 변환되었다.

─와우, '드워프' 군요. 언제 것인가요?

─2537년도 것입니다만 팔지 않는 거예요. 죄송합니다만 제 책이거든요.

어쩐지 자랑하는 듯한 저 말투는…….

─아아, 그렇군요. 음? 저것은……?

중년부인의 시선이 간 것은 나에게 읽어보라던 '데이아 전기' 였다. 어쩐지 슬그머니 책으로 손이 가는 내 표정을 보며 그녀는 입맛을 다셨다.

─이런, 좋은 책도 많지만 라이벌도 많은 서점이군요. 로라 블라인저라는 이름으로 예약된 책들이 있을 텐데…….

—아, 잠시만 기다려 주세요.

그녀는 또다시 안쪽으로 들어가서는 상자를 들고 왔다.

—확인해 보세요.

그녀가 상자의 뚜껑을 열자 나는 또 한 번 나도 모르게 눈을 크게 떴다.

'유토피아'! 그것도 1976년도 책이라니……

—유토피아를 아시나 보군요?

마치 조금 전에 '드워프'가 자기 책이라며 자랑하는 것과 같은 말투에 나는 나도 모르게 슬그머니 미소를 지었나 보다. 그녀는 생긋 미소를 지으며 책을 꺼내 들었다.

— '유토피아'와 '드워프' 중 어떤 책이 더 좋아요?

— '드워프'는 아직 읽어보지 못했어요.

내 말에 그녀는 의외라는 표정을 지어 보였다.

—아아, 이런……. 꼭 한번 읽어보세요. 그는 영국이 자랑하는 작가니까요. 제가 보장해요. 유토피아보다 훨씬 쉽게 즐길 수 있으면서도 훨씬 더 마음에 와 닿는 게 많은 작품이죠.

—의외예요.

—뭐가요?

— '유토피아'를 읽는 사람이 '드워프'를 즐겨 읽는다는 게…….

—무슨 뜻이죠?

—장르가 판이하게 다르잖아요.

—두 작품은 통해요. 잘 맞죠.

—아니, 그런 게 아니라…….

내가 버벅거리는 것을 보며 설아는 살짝 윙크를 했다. 나중에 설명할 테니 지금은 가만히 있어 달라는 뜻 같았다. 그녀는 설아와 몇 마디

를 주고받고는 현금 카드를 내밀었다. 고액의 돈이 저 바코드를 통해
나가는 것이다.

　―안녕히 가세요.

　설아가 만족한 듯한 그녀의 표정을 보며 꾸벅 인사하자 상냥한 여인
의 목소리가 그녀가 나갔음을 다시 한 번 알려주었다.

　―좋은 하루 되십시오.

　"어이, 너 조금 전에 나라 망신시킬 뻔한 거 알지?"

　"나라 망신이라니, 무슨 소리야?"

　"책을 편식하면서 보는 나라는 많을지 모르지만 그걸 자랑스럽게 생각
하는 나라는 우리 나라밖에 없어. 넌 그걸 광고할 뻔한 거고……."

　"편식?"

　"그래, 편식. 1년 내내 베스트셀러 목록이 몇 번 바뀌지도 않고, 나쁜
일만 터지면 만화 탓이고, 무협이랑 판타지는 수준이 낮고, 로맨스 소설
은 여자들만 읽는 거고, 문학 하면 순수 문학이고……."

　"그건……."

　"맞는 말이라고? 나는 자기랑 맞지 않는 소설도 베스트셀러라고 폼
잡고 읽는 쪽보다 차라리 로맨스 소설이라도 자기가 좋아하는 작가 거
로 골라 읽는 쪽의 수준이 더 높아 보이더라."

　"호오, 꽤 멋지구리한 말을 하는구나."

　"사실은 내가 아니라 남주가 한 말이야. 그렇지만 맞는 말 같지 않
아? 같은 편식이라도 이런 쪽의 편식이 자랑할 만한 거잖아."

　설아의 말에 나는 고개를 갸우뚱거렸다. 말은 맞는 말일지 모르지만
고정관념이라는 것이 그렇게 쉽게 깨어지는 것은 아닌지라 어쩐지 순
순히 납득하기가 어려웠다.

"나 이거 빌려간다."

" '빌려줘' 도 아니고 '빌려간다' 냐?"

살짝 인상을 찡그리면서도 안 된다는 말을 하지 않는 걸 보면 빌려가도 된다는 것이다. 가방에 책을 넣자 설아는 기다렸다는 듯이 생긋 미소 지으며 나를 올려다보았다.

160㎝도 안 되는 단신이라 나란히 서봤자 언제나 그녀의 머리는 내 어깨에서 맴돈다. 그렇게 노려봐 봤자 무서울 리 없지.

"아, 맞다! 너 아직 말 번복하지 않았어."

설아가 가방을 뺏기 위해 손을 뻗자 나는 재빨리 몸을 뒤로 빼서 가방을 지켜내고는 혀를 내밀었다.

"판단은 책을 읽고 나서 할래."

"그럼 그러시든지."

설아의 의기양양한 표정을 보고 눈치 챘어야 했다. 이 책의 중독성을.

빌어먹을 '드워프' 도 '데이야 전기' 도 그거 한 권으로 끝이 아니었다. 밤을 꼬박 새워 읽었는데도 잠이 오기는커녕 심장이 두근거려서 가만히 있을 수가 없었다.

정말이지… 한번도 보지 못한 오크와 오우거, 그리고 생각만으로도 등줄기가 서늘해지는 드래곤들, 우리와는 다른 종족을 만나고 돌아온 듯한 기분에 내내 페이지를 또다시 넘기고 단숨에 읽어 내려갔다.

내 입으로 수준 낮은 판타지가 어쩌고저쩌고했었다는 게 무안해졌다. 이런 고정관념을 깨지도 못하면서 무슨 책을 만들 거라고 했었던 것인지.

작가 지망생들이 막상 작가가 되었다고 실감하는 순간은 자신들이 썼던 글이 마법처럼 한 권의 책으로 나와 있고 그것을 손에 쥐었을 때라고 한다. 꿈은 꿈일 때가 아름답다. 작가라는 꿈이 현실이 된 다음은 더 이상 꿈을 갖지 못하는 경우가 많아 한 달, 두 달 그 시기가 지나면 일상이 되고 목표를 잃는다.

그러나 나는 다르다. 내가 하고 싶은 일은 좋은 책을 만드는 것이고 좋은 작가를 발굴해 내는 일이다. 내가 이루는 꿈으로 누군가는 꿈을 꾼다.

꿈이 꿈을 나누고 만들어준다니… 얼마나 멋진 일인가.

물론 게으른 작가들 탓에 속을 썩고 있는 선배들을 보면 가끔씩 겁이 나긴 하지만 이 일만큼은 좋아서 하지 않으면 못한다. 정말이다.

작가는 기억해 주지만 책을 만드는 사람은 작가보다 더 많이 책에 이름이 나오는데도 알아주는 사람이 없다. 게다가 책은 일반 사람들이 생각하는 것보다 적은 숫자로 만들어져선 일반 사람들이 생각하는 것보다 훨씬훨씬 적게 팔린다. 남들은 2쇄, 3쇄를 아주 우습게들 생각하지만 처음 찍은 책은 팔기도 힘들다. 우리 나라 사람들이 책을 사는 데 쓰는 돈은 패스트푸드 점에서 쓰는 돈보다 적단다.

나는 이런 일을 하려는 거다. 드라마에서나 영화에서 그려지듯이 우아한 직업? 마감 때 와서 하루만 일해봐라(참고로 우리는 정말로 책을 만든다. 전산부 학생들과 팀을 짜서 인터넷 전자 북 소프트 한 개와 작가 양성반 학생들과 팀을 짜서 소프트 스토리와 일반적인 책 한 권으로 시험을 친다. 결국 출판사에서 일하는 것보다는 덜하지만 우리의 마감도 거의 죽음이다. 내일 모레가 제출 마감인데 망할 놈의 작가 양성반 학생들은 원고를 넘겨줄 기미조차 보이지 않는다. 게다가 잠수 타면 끝장인지라 옥박지르지도 못한다. 우리 기자 양성반 학생들은 마감 때가 오면 다들 알아서 간과 쓸개를 잠시 출장 보내놓는다. 왜냐고? 속이 쓰리거든).

드라마에서 나오는 작가나 기자가 보여지기 위해 우아해진 것뿐이지 어설프게 그런 이미지에 혹해서 하겠다고 덤볐다간 일 년도 못 버티고 좌절할 것이다.

'속았어'를 외치며 말이다.

그렇지만 이 일을 좋아하는 사람들은 그렇게 만들어진 책 한 권 한 권에 너무나 뿌듯해한다. 더군다나 그 책이 좋아하는 작가의 것이라면? 예술이다.

난 그렇다. 그래서 기자 양성반으로 들어온 것이다.

"수준 높은 사람들은 그 높은 안목으로 수준 높은 책들을 골라 읽어라. 괜히 수준 낮은 책을 읽고 와서는 모든 책을 싸잡아서 수준 낮다고 매도하지 말고."

설아가 언젠가 내게 했던 말이다. 이젠 내가 하고 다니는 이야기다.

그리고 언젠가는 당신이 하게 될지도 모르는 이야기다.

결국 제일 좋은 것은 솔직해지는 것이다. 그렇게 되면 장르를 가리게 되는 일도 없어질 것이고.

내가 제일 좋아하는 것도 그것이다.

솔직해지는 것.

언젠가는 이 빚을 돌려줄 수 있는 날이 올 것이다. 그동안은 그녀에게 깐깐하더라도 도움이 되어주고 싶다. 단순한 시비쟁이로 보일지라도.

〈제2권 끝〉

설정집

여어~ 그들만의 어드벤처 2권 가이드 남주입니다.

안전벨트 단단히 매시고 지금부터 저와 함께 어드벤처 속으로 날아가 볼까요?

1. 화이트 가루:투명 인간을 만들어주는 가루죠. 멋지지 않나요?

가루에 닿기만 하면 물건이든 사람이든 뭐든 투명하게 만들 수 있답니다. 불행히도 가루를 사용한 본인들의 눈에도 보이지 않으니 사용 전에 충분히 주의하셔야 합니다.

만약 학교에 몰래 만화책을 가져가기 위해 화이트 가루를 뿌려놓고 자신이 찾지 못한다면 얼마나 비참할까요? 하나도 안 비참하다구요?

흠흠, 아무튼 다시 원래대로 돌아오고 싶다면 물로 가볍게 씻어내기만 하면 된답니다. 그러니까 실제로 물이 닿으면 안 되는 물건들에는 사용할 수 없죠(그러면 만화책도 안 되는 건가? 하하핫! 사소한 건 넘어가자구요).

주의할 점은 화이트 가루는 오로지 모습만을 지워주는 것이므로 감촉이라든가 향기라든가 소리 같은 것들은 사라지지 않는다는 것입니다. 덕분에 주의하지 않으면 발각되는 건 시간문제랍니다.

또 하나, 이 가루가 화이트 가루라는 이름을 지니게 된 데는 이유이자 단점이 있어요.

바로 아주 드물게 이것이 통하지 않는 사람들이 있죠. 그들은 이 가루가 하얀 가루로 보일 뿐입니다. 그러니 이 가루를 뿌려봤자 그들 눈에는 하얀 가루가 묻은 것일 뿐이라고 생각하죠. 아이러니컬하게도 이 가루를 제일 처음 발견한 자들이 그들이었으며 덕분에—그들에 의해—화이트 가루라는 이름을 갖게 되었답니다.

어라? 이번 소개는 플랑베르주군요? 전 무기에 대해서는 아는 바가 없어요. 그러니까 넘어가면 안 될… 안 되겠죠? 잠시 실프와 바통 터치하죠.

2. 플랑베르주(Flamberge): 플랑베르주는 프랑스어로 '불꽃 모양' 을 뜻하는 '플랑부아양(Flamboyant)' 에서 유래한 말입니다. 흔히 의례용으로 사용되는 이유는 검의 장식성과 같은 아름다움 덕분이지만 상당히 위력적인 검입니다.

이 물결 모양의 날에 부상을 입으면 살점이 떨어져 나가는 것은 기본이요, 깊게 패인 상처는 치료도 힘들 뿐만 아니라 찌를 때보다 뺄 때 상처가 더 깊어진답니다.

플랑베르주는 1.3~1.5m, 날 폭은 4~5cm, 무게는 3~3.5kg의 물결 모양의 날을 가진 도검입니다. 플람베르크(Flamberge) 역시 같은 의미지만 독일 도검의 형식학상으로는 양수검의 명칭이 아니라 물결형 날을 가진 레이피어의 칼 몸을 이르는 이름입니다.

뭔가 상당히 무서운 검이군. 그야 검치고 안 무서운 것은 없겠지만… 아무튼 수고했어, 실프. 그럼 다음! 다음!

3. 켈베로스: 세 개의 머리를 가진 저승 세계의 입구를 지키는 개입니다.
일설에 의하면 켈베로스가 꼭 세 개의 머리만 가지고 있는 건 아니래요.

보편적인 숫자는 세 개지만 많은 것은 백 개까지도 있다고 하던데 상상만으로도 끔찍하군요.

켈베로스의 꼬리는 뱀이며 턱 주위에도 무수한 뱀 머리가 나 있고 검고 날카로운 이빨을 가지고 있죠. 턱에 나 있는 무수한 뱀 머리는 맹독을 뿜어내죠.

그 독으로 인해 생긴 식물이 바곳입니다.

켈베로스는 청동 기구를 서로 문지르는 것 같은 울음소리를 내는데 그 목소리를 들은 자는 소름이 끼치고 몸이 얼어서 아무것도 할 수 없대요.

저희는 다행히도 자각을 하지 못해서 상관없었던 거지만… 모르는 게 약일 때가 확실히 있긴 있군요. 하핫!

큰 바다의 흐름에 따라 검은 포플러가 울창하게 자라난 곳, 바로 이계이자 저승인 타르타로스는 스틱스 강을 사이에 두고 존재하죠.

아무튼 이 스틱스 강을 건너기 위해서는 카론이라는 사람에게 한 닢의 동전을 줘야만 하고 그 건너편에 진짜 저승의 입구 청동 대문이 있는 거랍니다.

켈베로스가 지키는 것이 바로 그 청동 대문입니다.

뭐… 아무튼 죽은 자에겐 상냥하고 저승 세계에서 되돌아가는 자에겐 한 번의 용서도 없는 지옥의 파수꾼 켈베로스의 일화가 궁금하시다면 그리스 로마 신화의 헤라클레스의 12업의 마지막 공적인 맨손으로 켈베로스를 잡았던 에피소드를 참고해 주세요.

그 외에도 이아네아스의 모험, 테세우스의 모험 같은 것도 많은 도움이 될 거예요.

4. 스틱스 강(Styx):타르타로스를 일곱 번 둘러싸고 흐르는 강으로 이 강의 지류는 아케론, 프레게톤, 코키토스, 아오르니스, 레테 등으로 불렸죠.

돈이 없는 자들은 영원히 저승 세계를 가지 못하고 이 강가를 헤매고 다녔다는 그다지 마음에 들지 않는 강이에요. 설아의 경우는 단순히 이름만 빌린 것이고 자세히 나오지도 않으니까 신경 쓰지 않으셔도 무방해요.

역시 그리스 로마 신화를 참고하시길…….

여담으로 우리 나라의 조 모 가수의 레테의 강이라는 노래는 이 스틱스 강 지류에 있는 레테의 강을 가리키는 것입니다.

그리스 로마 신화에서는 이 강을 걸고 한 맹세를 깨면 10년간 고통스러운 벌을 받게 했죠.

5. 카론(Charon): 긴 머리에 허름한 옷을 입은 노인이에요.

특이한 점은 에트루리아의 유적에 남아 있는 카론은 망치를 들고 있는데다 머리카락은 뱀처럼 되어 있다는 것이죠.

뱃삯을 받기 때문에 사람이 죽으면 그 입속에 동화 한 닢을 반드시 넣어주었다고 해요.

쳇! 정말 뱀이랑 돈은 왜 이렇게 자주 나오는 건지…….

죽어서까지 돈이 필요하다면 정말이지 짜증날 거 같지 않나요(궁시렁궁시렁)?

어쨌거나 카론은 스틱스 강 서쪽에 항상 대기 중입니다.

6. 데우투스(Theutus): 텁수룩한 수염을 기르고 뾰족한 귀와 S 자 형으로 구부러진 한 쌍의 뿔이 나 있으며 인간과 비슷한 모습을 하고 있습니다. '어디가?!' 라고 하셔도 직립 보행하고 인간보다 똑똑해요. …사실은 나도 저런 녀석 따위… 소개하고 싶지 않다구요! 우어어—

'미소년을 보여 달라!' 라고 작가에게 항의라도 해주시지 않겠습니까?

"주인님, 아직 설명이 끝나지 않았습니다만……."

"크윽! 저 정도로 충분해 놀이나 주사위, 카드 같은 도박을 가르치는 마신이라는 건 이미 다들 아실 텐데… 뭐……."

7. 비프론즈(Bifrons):죽은 자의 백작으로 반드시 뿔이 나 있는 무시무시한 괴물로 등장합니다. 명령을 받으면 미청년이 되지만… 그리 호감이 가지는 않아요.

왜냐구요? 죽음의 백작!

뭐가 느껴지시나요?

네! 맞습니다.

네크로멘시(Necromancy)!

바로 시체술의 달인이라는 거죠. 그가 묘지를 지나치는 것만으로도 묘비 위에 푸르스름한 불꽃이 생긴다고 해요. 점성술, 수학, 마법의 약초, 보석, 식물 등과 같은 풍부한 지식을 전수하는 그는 마계에서도 꽤 높은 지위를 가지고 있습니다.

· 여기서 잠깐!

그들만의 어드벤처의 이세계(異世界)의 계급 체계는 일반적인 계보를 따르고 있지만 여러 세계가 뒤엉킨 데다가 설아의 상상력을 원천으로 하고 있는 것이라 다른 부분들도 있으나 어드벤처 내의 세계관에선 오류가 아님은 알려 드립니다. 그러니까 예를 들면…….

마신 · 악마의 계급

제왕(Prince of Darkness)

대공(Great dukes & Princes)

각료(Ministers)

장군(Generals)

왕(Kings)

후작(Marquis)

백작(Earls)

총통(Presidents)

귀공자(Princes)

공작(Dukes)

악마(Devils)

퍼밀리어(Imps)

　　제왕인 Prince of Darkness라는 계급은 마왕 사탄·루시퍼를 가리키는 것이지만 이슬람교의 진의 우두머리인 이블리스가 기독교의 루시퍼인 이 계급에 해당되므로 이블리스를 조상으로 하는 마리드(진―실프)와 이프리트가 이 계급에 떡하니 자리 잡고 있다는 거죠. 엄격하게 말한다면 대공의 지위여야겠지만 이 세계의 원천이 설아의 상상력과 지식임을 다시 한 번 강조해 드립니다.

　　"으음… 저거 뭐야? 저 위의 것!"
　　"작가로부터의 세계관 설정 메시지인 것 같은데요?"
　　"…치사하게 처음부터 저런 식으로 갈 것이지 왜 내 대사를 뺏고 그래?!"
　　"진정하시고 다음 설명으로 넘어가시죠."

씩씩대는 자신을 말리느라 진땀을 빼고 있는 실프를 보고 있노라면 과연 저 녀석이 저렇게 대단한 존재인 건가 하는 것에 대한 의심이 드는 남주였다.

8. 에페(Epee): 검이라면 실프에게 물어봐야겠지만 귀족들과 잘 어울릴 법한 검들에 대해서는 저도 꽤 관심이 있답니다. 플뢰레라는 거 들어보셨죠?

플뢰레는 오늘날의 펜싱에 사용되는 검이에요.

굳이 말하자면 검술 연습용이라는 거죠(에페는 실전용 도검입니다).

귀족들이 결투를 벌일 때 주로 사용되는 검이니만큼 일 대 일 승부를 위한 거죠.

흔히 상상하듯 너 죽고 나 죽자고 흉폭하게 휘둘러 대는 사생결단의 승부도 있지만 당시 어느 부위에서고 피만 나면 끝나는 승부 방식에 있어선 크게 부상을 입힐 베기 전용 검보다는 찌르기 전용 검이 애용되었습니다.

사실 명예를, 그리고 기사도를 중시하던 귀족 젊은이들은 쓸데없는 일에 목숨을 많이 걸었죠.

예를 들면 누군가 자신이 사모하고 있는 레이디에게 '드레스 색이 어울리지 않는군요' 라고 한마디 했다고 '나의 레이디를 모욕하다니, 결투다!' 라고 흰 장갑으로 따귀를 때리면 둘 중 어느 하나가, 혹은 둘 다 크게 다치거나 죽을 때까지 싸우는 게 일상이었답니다.

헛되이 죽어가는 젊은이들이 너무 많이 생겨나자 점점 규칙을 단순화시켜 나갔던 거죠. 결국은 어느 한쪽이 피를 흘리면 그것으로 결투가 끝나는 것으로 바뀐 겁니다.

에페의 외형적인 특징은 반구형 가드(Cup Guard)가 있다는 것과 글립이 길어서 자루 머리에 의지하지 않고도 충분히 검의 균형을 잡을 수 있었다는 것입니다.

에페 역시 펜싱에 쓰인 도검이므로 규격이 엄격하게 정해져 있는데 무게는 500~770g, 길이는 110㎝이되 그 가운데 칼 몸이 88~99㎝이며 가드의 직경은 3.5㎝여야 합니다.

9. 세이렌(Seiren):세이렌은 오디세이아 제12서에 등장하는 바다 요정으로 여인의 머리와 물새의 몸을 가진 것으로 알려졌으나 실제로는 평범한 여인의 모습이라고 해요. 세이렌에 대해 전해지는 묘사는 단순히 노래를 부르는 여인으로서 지나가는 뱃사람들에게 마법을 거는 두 명의 마녀라고 쓰여 있죠.

세이렌이 새의 모습을 가진 여인이 된 것은 고대 그리스의 유적에 의한 것이죠.

아, 그러고 보니 착각하기 쉬운 것을 하나 지적해 드리자면 인어와 같은 모습으로 묘사되는 세이렌은 뱃사람들 사이에서 바다 괴물로 여겨졌기 때문에 그렇게 된 것뿐이고 이건 고대 그리스보다 훨씬 이후의 일이에요.

그럼 하피와는 어떻게 구분하냐구요?

하피들은 지저분한 차림을 하고 있지만 세이렌은 깨끗한 소녀들의 모습을 하고 있답니다. 아테네 국립 미술관에 가보면 세이렌은 깨끗한 소녀들의 모습을 하고 있어요. 세이렌은 세 명의 소녀들이라고 했는데 한 명은 하프를, 다른 한 명은 피리를 연주하고 마지막 소녀가 노래를 불렀다고 해요.

세이렌들이 무리를 이루고 있을 때는 세이레네스(Seirenes)라고 부르는데 보통 작은 섬에서 살죠. 이들의 주거지 근처에는 스킬라나 카리브디스들이 살기 때문에 뱃사람들이라면 당연히 피해 다녔다고 합니다.

마의 해역이라 이름 붙여진 그곳은 그녀들의 포로가 된 사람들이 죽어 썩어가는 시체와 해골의 산이 수도 없이 쌓여 있었다고 합니다. 세이렌은 아름다운 목소리로 노래를 부르고 악기를 연주해서 근처를 지나치는 배의 승무원들을 매혹시켜 자신들의 섬으로 끌어들인 다음 암초나 얕은 물로 유인해서 배를 난파시킵니다.

뱃사람들 사이에서 그녀들이 공포의 존재가 된 이유가 바로 거기에 있어요.

세이레네스는 무척 자존심이 강해서 자신의 노래에 홀리지 않는 자는 없다고 생각합니다. 그러나 만약 그런 자가 존재한다면 그녀들은 큰 충격을 받은 나머지 자살한다고 전해지죠. 물론 어드벤처에서는 그렇게 극단적인 성격으로 묘사할 생각은 없다고 전해달라는군요.

세이렌에 대해 궁금하신 분은 오디세이아를 읽어보세요.

10. 스켈레톤(Skeleton): 백골 시체라고 해야 하나, 뼈라고 해야 하나. 아무튼 해골이 움직이는 것을 스켈레톤이라 하는데 그 기원이 분명하지 않아요. 확실한 것은 언데드(Undead)라는 거죠.

11. 하피(Harpy): 하피는 하르퓌아(Harpuia)라는 라틴어 이름으로 통하기도 하는데 '슬쩍 빼앗는 자', 또는 '억지로 빼앗는 자'라는 의미가 있답니다.

크레타 신화에서 전해지는 하피는 여신으로서 아름다운 날개가 달린 소녀들이었으며 죽은 자의 영혼을 저승으로 옮기는 죽음의 정령으로 여겼죠.

그렇지만 가장 보편적으로 알려져 있는 하피의 이미지는 역시 괴조입니다.

얼굴은 아름다운 여인이고 긴 발톱이 있으며 굶주림 때문에 창백한 얼굴을 하고 있다는 설과 얼굴이나 상반신은 여성인데 하반신은 새의 모습을 하고 있고 등에 날개를 가지고 있다는 설이 있는데 큰 차이는 없습니다.

세이렌과 하피는 서로 구별하기가 매우 어려운데 하프는 세이렌들처럼 아름다운 용모가 아니라는 설도 있습니다만 역시 가장 큰 차이는 목소리일 겁니다.

하피들의 무기는 그냥 맨손이나 날카로운 이빨 정도로 몸놀림이 재빠르고 날 수 있는 것보다는 날 수 없는 것을 공격합니다.

또한 약한 자를 괴롭히는 걸 좋아해서 강하게 생긴 사람에게 일부러 덤비는 일은 거의 없습니다. 더구나 무기 등으로 무장한 자에 대해서는 절대로 싸움을 걸지 않습니다. 겁이 많거든요.

그런 주제에 욕설을 내뱉거나 상대방이 싫어하는 짓만 골라서 하는 이유는 뭔지 모르겠다니까요. 하피를 만나면 무시하는 것이 제일 좋은 방법이죠.

그래도 영 신경 거슬려 못 참겠다면 짱돌 하나 가볍게~ 던져 주세요.

겁이 많기 때문에 일단 이쪽에서 자신을 상처 입힐 수 있다는 것을 알려주는 게 좋거든요.

활을 쓰는 것도 좋지만 절대로 죽여선 안 됩니다.

하피는 신의 애완용일 경우가 많거든요.

육식에 썩은 고기까지 먹어치우는 하피는 성격도 좋은 편이 아닌지라 남의 식사를 훔쳐 먹고도 감사하는 법이 없죠. 도저히 혼자서 감당할 양이 아니라면 식탁을 엉망으로 만들어서 아무도 먹을 수 없게 만들어요.

그녀들의 이야기를 자세히 알고 싶다면 '아르고 원정' 과 판타지의 주인공들을 참고하시길……

※현재 설정집에 등장하는 책들 중 '참고' 하시라고 알려 드리는 책은 정말 실존하는 것들입니다.

ex)그리스 로마 신화, 오디세이아, 판타지의 주인공들 등등.

12. **현금카드**: 전 세계에서 공통 결재 수단으로 사용하고 있습니다. 자동 환율 계산은 물론이고 신용카드 기능도 포함되어 있죠.

13. **인터넷 전자 북**: 현대의 책은 그 종류가 무척이나 다양합니다.

장애인을 위한 귀로 듣는 책이라든가 필요할 때만 효과음을 들려주는 책, 3D 입체 영상 책, 질문을 주고받을 수 있는 것에서부터 영화를 방불케 하는 것까지……

손톱만한 칩으로 해결되죠.

이것으로 자세한 설명은 끝났답니다.

어떠세요? 궁금증을 푸는 데 도움이 되셨나요?

남주와 진은 이만… 물러나겠습니다. 3권에서 뵙죠.

앞으로 더 많은 사랑 부탁드릴게요.

모두들 언제나 행복하세요.